KB267962

임진운 판타지 장편 소설

대공학자

대공학자 7
임진운 판타지 장편 소설

초판 1쇄 찍은 날 § 2002년 11월 21일
초판 1쇄 펴낸 날 § 2002년 11월 30일

지은이 § 임진운
펴낸이 § 서경석

편집장 § 문혜영
편집 § 장상수 · 박영주 · 권민정 · 이종민
마케팅 § 정필 · 강양원 · 이선구 · 김규진

펴낸곳 § 도서출판 청어람
등록번호 § 제1081-1-89호
등록일자 § 1999. 5. 31
어람번호 § 제1-0318호

주소 § 경기도 부천시 원미구 심곡1동 350-1 남성B/D 3F (우) 420-011
전화 § 032-656-4452 팩스 § 032-656-4453
http://www.chungeoram.com
E-mail § eoram99@chollian.net

© 임진운, 2002

값 7,500원

ISBN 89-5505-332-0 (SET)
ISBN 89-5505-540-4 04810

대공학자

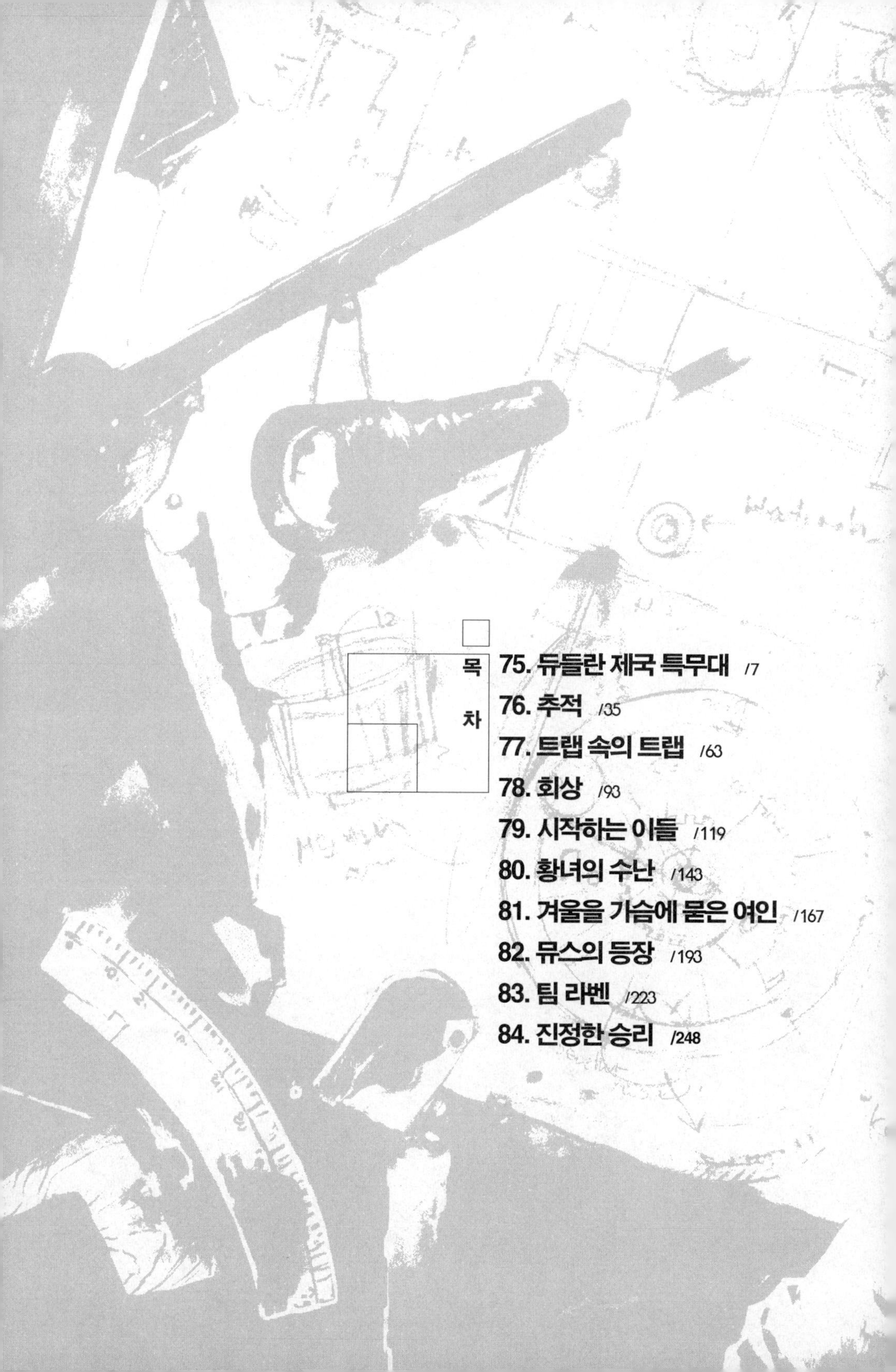

목차

75. 듀들란 제국 특무대 /7
76. 추적 /35
77. 트랩 속의 트랩 /63
78. 회상 /93
79. 시작하는 이들 /119
80. 황녀의 수난 /143
81. 겨울을 가슴에 묻은 여인 /167
82. 뮤스의 등장 /193
83. 팀 라벤 /223
84. 진정한 승리 /248

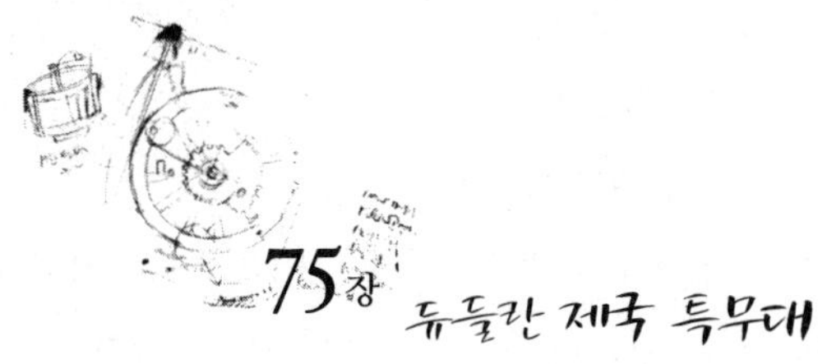

75장 듀들란 제국 특무대

밤이 깊어지자 짓궂은 늦가을의 하늘은 고요한 모습으로 깊은 잠에 빠져 있는 숲을 깨우기라도 하려는 듯이 은빛의 차가운 서리를 뿌렸댔고, 모험자들의 마을인 파솔에 옹기종기 붙어 있는 건물들의 지붕 위에도 예외없이 서리가 내려앉아 눈처럼 하얗게 빛나고 있었다.

대부분의 모험자들이 따뜻한 이불 속으로 들어가 단잠을 이루고 있을 늦은 시간임에도 불구하고 한곳의 숙소만은 아직까지도 불을 밝히고 있었다.

여덟 개 정도의 침대가 전혀 무리없이 들어갈 정도로 넓은 숙소였지만, 이곳을 사용하고 있는 이는 오직 뮤스와 그라프 둘뿐이었다. 겨울이 다가오면 온도와 날씨로 인해 모험을 하는 데 지장을 받게 되는 것이 보통이었고, 그런 이유로 늦가을부터 일찌감치 모험자의 수가 줄어든 것이었다. 하지만 그 덕에 타인의 눈치를 보지 않아도 되었던 뮤스와 그라프는 늦은 밤에도 편안하게 대화를 나누고 있었다.

전뇌등에서 뿜어져 나오는 빛을 받게 되자 뮤스의 얼굴에는 진한 음영이 드리워져 있었다. 그는 깊은 생각에 잠긴 표정으로 그라프의 입으로부터 흘러나오는 이야기를 듣고 있었다.

"이 편지는 틀림없이 조작된 것일세. 자네의 말대로라면 그 장영실인가 하는 사람이 어리석기는커녕 자네에 못지않은 지식을 가지고 있다는 것인데, 자네가 알아보지도 못하는 문자를 사용해서 편지를 썼다고 보기에는 너무 이상하지 않나? 굳이 도이첸 제국어가 아니더라도 자네와 그의 고향이라는 조이센 대륙의 언어로 편지를 보냈더라면 자신의 친필임을 확인시킬 수 있는 좋은 방법이 되었을 텐데 말이야."

뮤스를 통해 그와 특무대 사이에서 오갔던 이야기를 자세하게 들을 수 있었던 그라프는 뮤스를 찾아온 인물들에 대한 자신의 생각을 말하는 중이었는데, 여러 가지로 미뤄보아 미심쩍은 구석이 한두 가지가 아니었기에 뮤스가 그들을 따라 듀들란 제국으로 가는 것을 말리려는 입장이었다.

뮤스가 건네주었던 편지를 모두 읽어본 그라프는 그것을 대충 접어 탁자의 한쪽에 던져 놓으며 말을 이었다.

"게다가 편지 형식을 잘 지킨 것도 의심이 가는군. 불과 몇 개월 전에 듀들란 제국으로 들어온 사람이 편지 형식까지 배울 여유가 있었을지… 아무튼 저들에게 뭔가 꿍꿍이가 있어."

귓가로 흘러가는 그라프의 말을 듣고 있던 뮤스 역시 그와 비슷한 생각에 빠져 있었다. 사실 니카도를 통해 장영실에 대한 이야기를 듣고 있을 당시에는 장영실의 소식이라는 사실 하나만으로도 감정이 격한 상황이었기에 그들의 말에 의심을 가질 여유가 없었지만, 제삼자의 입장인 그라프가 제시하는 냉정한 판단을 듣고 있다 보니 이해가 가지 않는 부분이 하나둘씩 보이고 있었던 것이다.

그라프가 지적한 내용 이외에도 편지의 내용에서 ‘명신’이 아닌 ‘뮤스’라는 호칭을 사용한 점을 들 수 있었는데, 호칭이라는 것은 일종의 버릇과 같아서 의도적으로 바꿔 부르지 않는 한 쉽게 바꿀 수 없는 것이 보통이었으니, 애써 다른 사람들에게 배려하려는 의도가 없는 개인적인 편지에서 뮤스라는 호칭을 사용한다는 것은 크게 이상한 점이었다.

시간이 지나면서 점차 부정적인 방향으로 결론이 흐르는 듯하자 뮤스는 답답한 한숨을 내쉬며 물었다.

“도무지 어디까지가 진실이고 어디까지가 거짓인지 알 수가 없군요. 이제 저는 어떻게 대처하는 게 좋을까요?”

“음… 내 생각이 맞다면 그들은 틀림없이 듀들란 제국의 비밀 기관 소속의 인물들일 것이고, 듀들란 제국에서 자네를 영입하기 위해 파견한 자들이라는 것은 사실이네. 또 한 가지 확실한 것이 있다면 자네가 찾고 있다던 장영실이라는 사람은 분명 듀들란 제국에 있다는 것이고, 그들의 말대로 중요한 요직을 맡고 있을 것이야.”

“그렇다면 장영실 아저씨에 대한 이야기는 사실일 것이라는 말이십니까?”

뮤스의 되물음에 그라프는 확신에 찬 눈빛으로 고개를 끄덕여 주었다.

“그렇다네. 사실 한 국가의 요직에 앉아 있는 인물에 대한 소식은 이곳에서라도 손쉽게 접할 수 있기 때문에 그것에 대해서는 거짓을 말하기 힘들지. 하지만 다른 것보다 마음에 크게 걸리는 부분은 그들이 왜 장영실이라는 사람이 직접 자네를 초빙한 것마냥 거짓말을 했냐는 것일세. 장영실이라는 자는 틀림없이 듀들란 제국에 귀속되어 있고, 굳이 자네를 속이지 않고 접근해도 될 것을 말이지."

"흠… 하긴 그렇군요."

그라프는 자신의 말에 동의하고 있는 뮤스를 향해 손가락을 튕기며 말했다.

"아! 혹시 이렇게 추론해 보면 어떻겠나? 그 장영실이라는 사람이 어떠한 사정으로 인해 자네가 듀들란 제국으로 오는 것을 반대하는 입장일지도 모른다고. 그렇지 않다면 그들이 자네를 끌어들이기 위해서 속임수를 써야 할 이유가 없지 않나?"

"장영실 아저씨는 내가 듀들란 제국으로 오는 것을 반대하는 입장이다라……."

"충분히 그럴 수도 있는 상황이라네. 예를 들어 자신의 의사와는 상관없이 듀들란 제국에 귀속되어 있는 경우라면 자네까지 끌어들여 귀속시키고 싶진 않겠지."

뮤스는 그라프와의 이야기가 진행될수록 머리 속이 복잡해짐을 느꼈고, 결국은 신경질적으로 머리를 긁으며 불만에 찬 목소리로 말했다.

"점점 골치가 아파지는군요. 차라리 카일락스와 한 번 더 싸우는 편이 훨씬 나을 듯한걸요."

비교적 여유로운 표정을 짓고 있던 그라프의 인상은 카일락스라는 말로 인해 잔뜩 찌푸려지고 있었다.

"에잉! 행여 그런 소리 다시는 하지 말게나. 나도 큐리컬드만큼이나 그때의 일은 꿈에도 생각하기 싫다네."

"후훗, 그라프님보다는 제가 더 못할 짓을 많이 했던 것으로 기억합니다만."

"아무튼 싫은 건 싫은 거니 그만 하게나."

아무런 생각 없이 던진 말에 엄살을 부리고 있는 그의 모습에 잠깐 동안 기분 전환을 할 수 있었던 뮤스는 문득 턱을 쓰다듬으며 나직이 중얼거렸다.

"그냥 간단하게 그들의 속내를 알 수만 있다면 정말 좋을 텐데요."

"흠… 그들의 속내라……."

"속내……."

흐려지고 있는 뮤스의 목소리를 따라 생각에 잠기던 그라프는 갑자기 무엇인가가 떠오르기라도 했는지 눈을 반짝이며 입을 열었다.

"아! 그렇다면 이렇게 해보는 것이 어떻겠나?"

그라프가 해결책을 찾아낸 듯 탄성을 지르자 함께 생각에 잠겨 있던 뮤스도 꽤나 기대하는 표정으로 물었다.

"좋은 방법이라도 떠오르셨나 보군요. 어떤 것이죠?"

"일단 내일 날이 밝는 대로 그들을 만나 듀들란 제국으로 가지 않겠노라고 말을 하게. 그리고 그들의 행동을 지켜보는 것이지."

고개를 갸웃거린 뮤스는 그라프의 이야기가 이해가 되지 않는 듯했다.

"조금 더 설명해 주시겠습니까? 무슨 말씀을 하시는 것인지 이해를 잘 못하겠군요."

"원래 사람이란 자신이 뜻한 바를 이루지 못했을 때 본래의 모습이 나오는 법일세. 그러니 옛말에도 도박에서 밑천을 잃었을 때의 모습을 보면 그 사람에 대해 알 수 있다고 하지 않았나? 이와 같이 그들의 제안을 거절하고서 반응을 살펴보자는 말이지. 만약 듀들란 제국에서 자

네에게 다른 마음이 있어서 접근을 했다면 분명 자네와 같은 인물이
도이첸 제국으로 돌아가도록 놔두지는 않을 것일세."

그라프의 말을 귀 기울여 듣고 있던 뮤스는 고개를 갸웃거리며 입을
열었다.

"놔두지 않는다면 그들이 저의 목숨을 노리기라도 할 것이라는 말씀
이십니까? 함께 듀들란 제국으로 가지 않는다는 이유만으로 사람을 해
친다니… 하핫! 설마 그런 일이 있을라고요."

"허허! 답답한 소리를 하는구먼. 원래 한 국가의 득과 실이 걸린 문
제에 있어서 모든 일은 흑, 아니면 백으로 귀결되지. 한마디로, 이득이
되면 어떤 수를 쓰더라도 같은 편으로 끌어들이는 것이고 그렇지 못할
때에는 제거를 하는 것이 보통이야. 그것은 평화의 시대라고 말하는
요즘이라도 예외는 아니란 말일세. 쯔쯧, 아무튼 자네가 그렇게 세상
돌아가는 일에 대해 잘 모르니 귀족들에게 당해 지금 추방자 신세가
된 것 아니겠나?"

"그것과 제가 추방된 것은 어떤 상관이 있다는 것이죠?"

그렇지 않아도 장영실 문제 때문에 골치 아픈 상황에서 지나간 이야
기까지 꺼내는 것은 그리 좋지 않다고 생각한 그라프는 말을 돌렸다.

"뭐, 지금 그런 것이 중요한 것은 아니니 다음에 이야기하도록 하지.
아무튼 내 말대로 한번 해보게나. 그들이 정말 장영실이라는 사람이
보낸 자들이라면 아무런 소득 없이 돌아가는 한이 있더라도 자네를 해
치려 들지는 않을 것이 당연하지 않나? 그 연후에 그들을 따라가도 무
방할 걸세."

그의 의견을 듣고 있던 뮤스는 지금 상황에서 그보다 좋은 방법은
없다고 생각하게 되었고, 조금 긴장되는지 입 주변을 매만지며 고개를

끄덕였다.

"마땅히 다른 방도가 없으니 그라프님의 말씀대로 따르는 것이 가장 좋을 듯하군요. 그럼 내일 그 방법을 써보도록 하죠."

결국 그라프의 의견을 받아들인 뮤스는 잠자리에 들기 전까지 여러 가지의 언질을 들어야만 했는데, 그들에게 둘러댈 이야기들부터 말을 할 때의 태도, 그리고 그 이후에 해야 할 일까지 꼼꼼하게 챙겨주고 있는 그라프였다.

다음날 아침 일찍 일어난 뮤스는 날이 밝는 대로 카밀턴 일행이 묵고 있는 집의 문을 두들겼다.

쿵! 쿵!

"누구시오!"

문의 안쪽에서 흘러나오는 걸걸한 목소리를 들은 뮤스는 숨을 한번 가다듬으며 대답했다.

"흠흠, 저 뮤스 드라켄입니다. 들어가도 되겠습니까?"

뮤스가 자신의 이름을 밝히자 삐그덕거리는 소리와 함께 문이 조금 열렸다. 그리고 누군가가 그 틈을 통해 뮤스의 얼굴을 살피기 시작했는데, 그들이 아주 조심스럽게 행동하고 있다는 것을 알 수 있었다.

자신들을 찾아온 인물이 뮤스 본인임을 확인하자 문고리를 잡고 있던 카밀턴이 안심하며 문을 열어주었다. 뮤스는 그와 동시에 탁자 주변에 둘러앉아 있는 니카도를 포함한 일행들을 볼 수 있었는데, 몸에 배인 습관대로 날이 채 밝기도 전에 잠자리에서 일어난 듯 이른 아침임에도 불구하고 이미 무장을 착용하고 있었다. 카밀턴은 평생 변할 것 같지 않은 사무적인 말투로 뮤스를 맞이하고 있었다.

"어서 오게, 뮤스 원장. 그렇지 않아도 자네를 기다리고 있던 참이었네."

"제가 너무 일찍 찾아온 것이 아닌지 모르겠군요."

가볍게 고개를 숙이며 목례를 한 뮤스는 카밀턴의 안내에 따라 안으로 들어갔다.

뮤스가 들어오는 것을 본 일행 중 한 명이 자리에서 일어나며 자리를 내주자 그는 사양치 않았고, 카밀턴 역시 그의 옆 자리에 따라 앉았다.

잠시 침묵이 흐르는 동안 이 자리에 있는 사람들의 시선은 모두 뮤스의 하얀 얼굴에 집중되었다. 그렇지 않아도 긴 머리에 가려 햇빛에 타지 않은 얼굴이 찬바람을 맞아서인지 오늘따라 더욱 창백해 보였다.

이런저런 생각으로 잠을 설친 듯 피곤해 보이는 뮤스를 향해 니카도가 침묵을 깨며 조심스러운 목소리로 물었다.

"저희가 말씀드린 이야기에 대해 생각해 보셨습니까?"

니카도의 물음에 잠시 입 주변을 쓰다듬던 뮤스는 조금 긴장이 되긴 했지만 그라프가 준비해 주었던 말대로만 하면 된다고 마음속으로 중얼거리며 머리에 있던 말들을 천천히 꺼내기 시작했다.

"흠… 그 일 때문에 어제 늦게까지 잠을 이루지 못했습니다. 특히 장영실 아저씨가 저를 찾고 있다는 소식에 뛸 듯이 기뻤습니다."

"장영실 남작님께서도 뮤스 원장님을 보고 싶은 마음에 요즘 잠을 잘 이루지 못하고 계십니다."

말의 중간에 끼어든 니카도를 향해 고개를 가볍게 끄덕인 뮤스는 눈을 내리깔며 말을 이었다.

"하지만 밤새 고민해 본 결과 여러분들을 따라가지 않기로 마음먹었습니다. 이곳까지 애써 찾아오셨는데 정말 죄송하군요."

잘 되어가는 상황이라고 철석같이 믿고 있던 상황에서 뮤스가 갑자기 부정적인 태도를 보이자 카밀턴, 그리고 그들의 일행은 적잖게 당황한 표정을 짓고 있었다. 하지만 심경의 변화를 상대에게 내보이는 것은 교섭인의 자세가 아니었기에 니카도는 최대한 마음의 동요를 억눌렀다.

"그런 결정을 내리신 것에 대해 이해를 할 수가 없군요. 그렇다면 뮤스 원장님께서는 장영실 경을 만나고 싶은 마음이 없다는 것입니까? 아니면 저희가 다른 실수라도 저지른 것입니까?"

니카도의 되물음에 뮤스는 차분한 음성으로 대꾸했다.

"여러분들이 제게 실수를 하신 일은 없습니다. 물론 저도 장영실 아저씨를 만나고 싶은 마음이 굴뚝같고요. 하지만 지금 저의 처지가 쉽게 듀들란 제국으로 돌아갈 상황이 아닙니다. 지금도 도이첸 제국에서 제가 돌아올 날을 손꼽아 기다리는 많은 사람들이 있고, 또 그곳에서 해야 할 일들이 많으니까요. 게다가 가장 중요한 것은 제가 이곳에 있는 이유가 죄인으로서 저의 잘못에 마땅한 벌을 받기 위해서라는 것입니다. 만약 여러분들을 따라 듀들란 제국으로 간다면 죄책감으로 인해 견딜 수 없을 것 같습니다."

"하지만……"

뮤스의 이야기를 듣고 있던 니카도는 무슨 말이라도 해야 한다고 생각했지만, 그가 뮤스에 대해 알고 있는 것은 상부로부터 내려온 자료에 한정되었기에 적당히 떠오르는 말이 없었고 결국 아무런 말도 할 수 없었다. 뮤스의 말이 계속되었다.

"만약 여러분들의 말대로 장영실 아저씨가 듀들란 제국에 잘 계신다면 훗날이라도 제가 쉽게 찾아뵐 수 있겠죠. 아쉽지만, 그날을 조금 뒤로 미루어야 할 것 같습니다. 부디 돌아가시면 장영실 아저씨께 제가 훗날 꼭 찾아가겠노라고 전해주십시오."

이렇게 그라프가 귀뜀해 준 대로 이야기를 모두 늘어놓은 뮤스였다.

그의 이야기를 듣고 있는 동안 주변 인물들의 안색은 수시로 변하고 있었고, 결국 니카도는 이미 결렬되어 버린 것이나 마찬가지인 교섭 내용에 대해 더 이상은 자신의 기분을 숨기지 못하는 듯 싸늘한 목소리로 말했다. 한데 일행들 사이에서도 그것은 공부만 하던 샌님쯤으로 치부되던 그에게는 색다른 면이었다.

"대체 뮤스 원장님은 자신의 능력을 제대로 인정해 주지도 않는 도이첸 제국의 얼간이들이 어디가 좋다는 것입니까? 지금쯤 능력을 인정받아 호의호식해야 할 분이 이따위 미개척지에서 고생하며 지내는 것이 분하지도 않습니까?"

갑작스런 니카도의 태도 변화와 심한 말에 기분이 나빠진 뮤스는 안색을 어둡게 바꾸며 말했다.

"제 주변의 사람들을 그렇게 매도하지 마십시오! 그분들은 언제나 제게 정을 배풀어주셨고 저는 그곳의 생활에 충분히 만족했습니다!"

"언젠간 지금의 잘못된 선택을 크게 후회할 것입니다. 당신은 지금……."

듀들란 제국 최고의 교섭인으로 인정받으면서 자존심이 높았던 니카도였기에 이번 교섭의 실패를 스스로 인정하지 못하는 듯했고, 흥분해서 떠드는 그의 말투에는 미묘하게 듀들란 어의 억양이 섞여 있었다.

둘의 대화를 듣던 중 다른 동료들에 비해 냉정을 유지하고 있던 카밀턴이 나서며 니카도를 만류했다.

"그만 하게, 니카도!"

근엄한 한마디의 말에 입을 다물어 버린 니카도에게서 뮤스 쪽으로 시선을 돌린 카밀턴은 특유의 딱딱한 목소리로 말했다.

"원장, 한번 정한 마음을 돌리기 힘들 것이라는 것을 잘 알고 있지만 한 번 더 물어보도록 하겠네. 진정 자네는 우리와 듀들란 제국으로 가지 않겠는가?"

뮤스는 이미 마음을 굳힌 상태였기에 대답을 대신해 고개를 끄덕였다.

그의 행동을 보며 이번 일이 실패로 돌아갔다고 결론지은 카밀턴은 오히려 평소보다 냉정한 모습을 유지했다.

"자네의 생각을 충분히 알겠네. 돌아가면 장영실 남작님께 자네의 말을 그대로 전하도록 하지."

"그럼 부탁드리겠습니다. 또 다른 이야기가 없다면 그만 일어나도 되겠습니까?"

자신의 뒤에서 답답한 심정을 금하지 못하고 있는 니카도의 시선을 외면한 카밀턴은 손을 내밀며 의례적인 말투로 입을 열었다.

"아쉽지만 어쩔 수 없지. 그럼 남은 기간 동안 몸조심하게나."

카밀턴의 손을 마주 잡은 뮤스는 가볍게 고개를 숙이며 답했다.

"걱정해 주셔서 감사합니다. 그럼 저는 이만……."

자신이 그들의 제안을 거절하면서부터 주변의 공기가 좋지 않아진 것을 알 수 있었던 뮤스는 오래 있어봐야 좋을 것이 없다고 느끼며 금세 자리에서 일어났고, 그들의 따가운 시선을 받으며 밖으로 발걸음을 옮겼다.

털컹!

　문이 닫히는 소리와 함께 뮤스의 모습이 사라진 후, 카밀턴 일행들 사이에는 한동안 정적이 흐르고 있었다. 누구 하나 먼저 입을 열려는 사람이 없었는데, 지난 한 달 동안 험난한 미개척지를 돌아다니며 고생했던 것이 무위로 돌아간 것에 대한 허탈감이었다. 그러던 중 니카도가 카밀턴의 표정을 살피며 물었다.

　"카밀턴 대장, 이젠 어떻게 해야 좋겠습니까? 분명 재상 각하께서 타국의 비난을 감수하면서까지 특무대를 파견하신 것을 보면 보통의 일이 아닐 텐데 부끄럽게도 교섭 실패라니……."

　그의 물음에 대답을 미루며 침묵을 지키고 있던 카밀턴은 조심스럽게 품 안으로 손을 넣었다. 그리고 품에서 빠져나온 그의 손에는 붉은 봉투가 하나 들려 있었는데, 바로 투르코스 재상이 교섭이 실패했을 때를 대비해 전해준 명령서였다.

　오랜 시간 동안 특무대에서 작전을 수행한 카밀턴의 수하들은 그것이 무엇인지 잘 알고 있었지만, 평범한 교섭인으로서 이번 일에 참여한 니카도는 어떤 분위기인지 파악을 하지 못하는 듯했다.

　"대체 그 봉투는 뭡니까? 인장을 보니 재상 각하께서 전해주신 것 같은데……."

　"흠… 이 봉투 안에 우리가 이제 해야 할 일이 적혀 있지. 작전마다 그 내용도 가지각색인데, 심지어는 비밀을 위해서 자살 명령까지 내려지기도 한다네."

　긴장한 니카도의 침 넘어가는 소리가 옆 사람에게도 들릴 만큼 크게 들렸다.

　"설마 저도 그 명령에 따라야 하는 것은 아니겠죠? 저는 그저 특무대와는 전혀 관계없는 교섭인일 뿐입니다."

하지만 카밀턴은 그와 다른 생각을 가진 것 같았다.

"자네가 특무대의 존재를 알게 되고 함께 작전에 투입된 이상 자네 역시 특무대에 소속되었다고 할 수 있지."

"그, 그런 억지가… 분명 계약서에는 그런 말이 언급되지 않았었습니다!"

지레 겁먹은 니카도의 모습을 본 카밀턴은 그의 얼굴과 그리 어울려 보이지 않는 미소를 지었다.

"너무 걱정하지는 말게나. 자살 명령은 그리 쉽게 내려지는 것이 아니니까. 국가의 존망이 걸린 일이 아니라면 절대 내려지는 일이 없지."

그제야 조금 안심한 니카도는 놀란 가슴을 쓸어 내리며 안도의 한숨을 내쉴 수 있었다. 카밀턴은 단단히 밀봉된 봉투의 모서리를 거칠게 찢어 내렸다. 그의 손에 이끌려 나온 것은 손바닥의 반만한 크기의 얇은 노란색 종이였다. 바람이 조금만 불더라도 금방 찢어질 듯 얇은 노란색 종이에 적힌 내용을 읽어 내려가던 카밀턴은 그 내용을 미리 짐작이라도 한 듯 아무런 동요 없이 나직한 목소리로 입을 열었다.

"니카도를 제외한 대원들은 오늘 자정을 위해 푹 쉬어라. 명령서의 내용은 그때 전달한다."

"옛!"

짤막하게 대답을 한 대원들은 착용하고 있는 무장을 움직이기 편리하도록 정리하며 각자의 침상으로 자리를 옮겼고, 카밀턴은 늘 그래 왔던 것과 같이 명령서를 작게 구겨 입으로 털어 넣었다.

"아무튼 이 종이 맛이란……."

침과 닿으며 천천히 녹아내리는 기묘한 맛에는 여전히 적응이 안 되는지 카밀턴의 이마는 보일 듯 말 듯 찌푸려지고 있었다.

나이는 속일 수 없는 법이어서인지 그라프는 아직 가을임에도 겨울마냥 몸이 차갑게 식는 것을 느꼈다. 남들보다 빠르게 두꺼운 외투를 꺼내 입은 그라프는 탁자에 앉아 버릇처럼 수염을 쓸어 내리고 있었는데, 그저 생각에 잠겨 있는 것이 아닌 듯 혼잣말을 중얼거리고 있었다.

"흠… 그럭저럭 잘 끝났군. 이들을 이끌고 있는 자는 생각보다 냉철한 인물이군. 뒷일이야 어떻게 되든 자신들이 해야 할 일들은 다 했다는 것인가? 그에 비해 교섭인이라고 하는 자는 아직도 많이 모자라는 편이라고 할 수밖에. 대충 보아도 지금껏 쉬운 일들만 도맡아 성공시키고서 자신감만 넘쳐 나는 풋내기라는 것을 알 수 있지. 하긴, 상부에서 저런 자의 능력을 평가하는 것은 서류상의 자료일 뿐일 테니 종종 사람을 고르는 데 실수가 없을 수는 없지."

그라프는 뮤스와 카밀턴 일행의 대화를 직접 듣기라도 한 듯 상세히 파악하고 있는 중이었다.

시간이 조금 지나자 방문 열리는 소리와 함께 가벼운 발걸음 소리가 들렸다. 그라프는 보지 않고서도 지금 방으로 들어오는 사람이 뮤스라는 것을 잘 알곤 두꺼운 외투 때문에 움직이기 불편한 몸을 애써 돌리며 입을 열었다.

"여차, 어서 오게나. 생각보다 자네의 연기력이 뛰어나더구먼. 허헛."

그의 말을 들은 뮤스는 겉에 입고 있던 옷을 벗어 옷걸이에 걸어놓으며 어깨를 으쓱거렸다.

"후훗, 그래도 속으로는 떨리던걸요. 혹시라도 연기를 하는 것이 들키기라도 하면 어쩌나 해서요. 그나저나 도청 장치의 수신 성능은 어떻던가요?”

뮤스의 되물음에 그라프는 귀에서 검은 물체를 빼내며 미소 지었다.

“바로 옆에서 듣는 것처럼 목소리가 깨끗하게 들리더군. 정말 마법 같은 물건이야.”

그라프가 뮤스와 카밀턴 일행의 대화에 대해 잘 알 수 있었던 것은 도청 장치를 사용했기 때문인데, 벌쿤이 세이즈의 집을 도청했을 때 쓰였던 것을 다른 방편으로 사용한 것이었다. 목을 죄고 있는 단추를 풀어내던 뮤스는 아쉬운 듯이 말했다.

“아무래도 도청 장치를 그곳에 설치하고 올 걸 그랬군요. 그렇다면 그들이 지금쯤 어떤 이야기를 하고 있는지 알 수 있었을 텐데요.”

하지만 그라프는 고개를 내저으며 그의 말을 받았다.

“그것이 말처럼 쉽게 되지는 않았을 것일세. 비록 자신들의 정체를 노련한 모험가들 앞에서는 숨기지 못하는 사람들이지만, 그것은 어디까지나 모험가들의 통찰력이 대단할 뿐이지 결코 그들이 어수룩한 것은 아니야. 만일 자네가 도청 장치를 어딘가에 부착하려는 행동을 했다면 그것이 무엇인지 알지는 못하겠지만, 그 행동만큼은 눈치 챘을 것이 틀림없네.”

“그렇군요. 이제 무엇을 해야 하죠?”

손에 들고 있던 수신기를 뮤스에게 넘겨준 그라프는 외투의 매무새를 다시 잡으며 몸을 일으켰다.

“뒷일은 내가 미리 큐리컬드에게 부탁해 놓았으니 우리는 느긋하게 기다리면 된다네. 설령 자네를 해치려 한다 하더라도 낮에는 보는 눈이 많으니 밤이 오기 전까지는 서툰 행동을 하지 않을 것이니까.”

“제발 서툰 행동을 하지 않았으면 좋겠습니다. 그들의 말이 사실이 되도록."

아직도 일말의 희망을 가지고 있는 뮤스를 지켜보던 그라프 역시 그가 어떤 심정인지 잘 알고 있는지 어깨를 두드리며 위로해 주었다.

여기저기 굳은살이 굳게 박힌 손 하나가 나무로 만들어진 투박한 창문을 살짝 열었다. 하지만 경첩의 기름이 메말라 버린 나무 창문은 여지없이 귀를 자극하는 소리를 내고 있었다.

끼기기기긱!

그 손의 주인인 카밀턴은 창문 틈으로 들어오는 차가운 바람에 이곳의 창문에도 유리쯤은 있었으면 좋겠다는 생각을 했다. 하지만 이런 미개척지의 숲에 유리로 된 창문이 어울리지 않는다는 것을 누구보다 잘 아는 그였기에 쓴웃음으로 잡념을 마무리 지으며 원래의 생각으로 돌아왔다.

"오늘 밤은 웬일인지 움직이는 모험자들이 없군. 모험자의 수가 많이 줄어들어서 그런 것인가?"

답을 듣기 위한 질문도 아니었고 특정한 누군가를 향한 질문도 아니었지만, 자신의 무장을 정리하던 카밀턴의 수하 중 한 명이 대답했다.

"밤의 날씨가 차가워져서 그럴 것입니다. 갑작스럽게 움직이는 사람의 수가 줄어든 것은 이상하지만, 어차피 그만큼 이목이 없으니 우리가 해야 할 일이 한결 손쉬워진 것이 사실 아닙니까?"

카밀턴 역시 수하의 말에 수긍하듯이 고개를 끄덕이며 턱을 쓸었다.

"흠… 그도 그렇지. 하지만 뭔가가 찜찜한 기분이 드는 것은 지울 수 없군. 챠퍼, 그들의 숙소에 별다른 움직임은 없겠지?"

그의 물음에 챠퍼라는 이름을 가진 수하 한 명이 하던 일을 멈추며 입을 열었다.

"수시로 그들의 숙소를 살펴봤지만 아침에 숙소로 들어간 이후에는 움직임도 보이지 않고 있습니다."

차가운 바람을 내뿜고 있는 창을 닫은 카밀턴은 내부에서 작전 준비를 하는 수하들을 둘러보았다. 홀로 떨어져 앉아 있던 니카도는 뭘 해야 할지 모르는 양 안절부절못하는 모습이었는데, 두 손을 굳게 모은 채로 작은 경련을 일으키던 그는 들릴 듯 말 듯한 목소리로 중얼거렸다.

"정말… 그를 척살해야 하는 것입니까? 이것이 자유와 평화를 사랑한다고 말하는 듀들란 제국의 방책이라니… 저 역시 교섭을 결렬시킨 뮤스 원장에 대해 분노를 느끼긴 했지만, 아무리 생각해도 이것은……."

작은 목소리에 불과했지만 카밀턴은 그의 목소리를 똑똑히 듣고 있었다. 이것은 실내가 조용한 이유도 있었지만 국가라는 보호막 속에서 편안하게 살아온 니카도의 약한 모습에서 짜증이 일어남을 느꼈기 때문이다. 그렇지 않아도 딱딱하던 커밀턴의 표정이 더욱 화석처럼 굳어지며 그의 몸 주변에서 냉기가 감돌기 시작했다.

"니카도, 자네가 우리의 일을 어떻게 이해하겠나. 우리는 개인과 아무런 원한이 없더라도 국가에 해가 될지도 모른다는 가정 하나만으로 누군가의 목숨을 빼앗아야만 한다네. 그것이 듀들란 제국에서 수많은 돈을 퍼부어가면서도 우리 특무대를 유지시키는 이유이지. 자네같이 평화로운 환경에서 살아온 사람들은 우리가 하는 일을 이해할 수 없을 것일세. 그 평화를 유지하기 위해 우리들이 어떠한 일을 해야 하는지."

"그, 그것은……."

　카밀턴은 자신의 말을 반박하기 위해 입을 여는 니카도의 말꼬리를 날카롭게 자르며 치고 들어갔다. 그런 그의 진갈색 눈동자에는 어떤 확고한 신념으로 가득 차 있었다.

　"자네는 우리에게 어떤 말을 하고 싶은가? 사람의 목숨은 소중한 것이니 인도적으로 재상 각하의 지령을 무시하기라도 하란 말인가? 그런 것은 우리가 생각할 문제가 아니야. 우리는 그저 상부의 지시에만 따르는 특무대의 대원일 뿐이지. 아무리 그 명령이 더럽고 못마땅해도 우리는 해야만 하는 것! 그것이 특무대가 존재하고 있는 이유일세!"

　니카도는 위압적인 카밀턴의 기세에 질렸는지 더 이상은 아무런 말도 하지 못했다. 니카도가 잠잠해지자 흥분을 가라앉히며 마음을 가다듬은 카밀턴은 탁자에 기대어 있는 장검을 들어 올리며 등을 돌렸다.

　"나와 챠퍼, 그리고 죠슈드가 움직인다. 쇼메트는 니카도와 함께 숙소에 남아서 짐을 꾸리고 있어라. 일이 끝나는 대로 소요에 휘말리기 전에 이곳을 빠져나간다."

　말을 끝냄과 동시에 문을 열고 나가자 챠퍼와 죠슈드라 불린 사내가 니카도를 향해 안쓰러운 표정을 지으며 그의 뒤를 따랐다.

　털컥.

　숙소의 문이 닫힘과 동시에 카밀턴의 뒷모습이 사라진 후에야 니카도는 심장을 묶고 있던 올가미가 풀리기라도 한 듯 그제야 힘이 잔뜩 들어간 몸을 진정시킬 수 있었다.

　"후우……."

　"흐음… 니카도, 자네가 실수한 것 같군. 우리들만 있는 자리에서 그런 말을 했다면 모를까 카밀턴 대장에게 그런 말을 하는 것은 어리석은 짓이었어."

니카도는 등 뒤로부터 들려오는 동료, 즉 쇼메트의 목소리에 의아한 표정을 지으며 되물었다.

"내가 무슨 실수를 했단 말인가? 그저 나는 이 비인도적인 행위에 대해서 나의 생각을 말했던 것뿐일세."

하지만 그에게 말을 건넸던 쇼메트 역시 뭔가에 답답함을 느끼는지 짧은 한숨을 내쉬며 말했다.

"아무래도 자네가 우리의 입장을 잘 몰라서 그런 소리를 한 것이야. 우리 역시 특무대에 들어오기 전에는 그저 보통의 군인이었다네. 그러던 중 각자의 부대에서 발탁되어 특무대에 들어오게 되었는데, 처음 특무대에서 교육을 받게 되었을 때는 그 충격적인 내용들을 믿을 수 없었다네. 전란이 종식된 평화의 시기에도 특무대 같은 특수 기관이 존재해야만 하는지 이해할 수도 없었고 말이야. 하지만 시간이 지나면서 우리들은 그것을 현실로 받아들일 수밖에 없었고, 듀들란 제국뿐만 아니라 다른 국가 역시 특무대에 버금가는 조직들을 키우고 있다는 것을 알 수 있었지. 어차피 누군가가 꼭 해야 할 일이라면 우리가 하는 것이 낫다고 생각했기에 지금 이런 일을 하고 있을 뿐, 우리 역시 자네의 생각과 크게 다를 바가 없다네."

"그렇다면 왜 카밀턴 대장은 그렇게 화를 내면서 이야기하는 것인가? 자네처럼 조용하게 말을 해줘도 될 것을."

"그것은… 특무대의 대장 직위를 가진 카밀턴 대장은 우리 같은 일반 대원들과 그 상황이 다르기 때문이지."

"다르다니? 어떻게 다르다는 것인가?"

잠시 대답하기 곤란하다는 표정을 짓던 쇼메트는 어쩔 수 없다는 듯 어깨를 으쓱이며 이야기를 꺼내놓기 시작했다.

“음… 보통 특무대, 그리고 비슷한 성격을 띠고 있는 여타 조직의 대장들은 생각보다 큰 권한을 가지고 있고, 직무와 연계되어 타국으로 흘러나가서는 안 될 일급 기밀 사항들에 대해서 자연스럽게 알게 되지. 만약 그런 사람이 타국으로 흘러 들어간다면 어떻게 되겠나?”

“국가적으로 엄청난 손실이 발생하겠지.”

“그런 일을 미연에 방지한다는 이유로 제국에서는 특수 기관의 대장들에게 금제를 가하는 것이 보통이야.”

“금제라니… 설마 카밀턴 대장의 몸에 무슨 짓이라도 한다는 말인가?”

기왕 이야기가 깊이 들어왔고, 니카도가 작전에 참가한 이상 그 역시 특무대의 일원이라는 사실은 틀림없었기에 더 이상 그들의 대화에 거리낌이 없었다.

“특무대는 몸을 움직이는 일을 하는 데 몸에 금제를 가하는 것은 말이 안 되지. 금제의 대상은 바로… 카밀턴 대장의 가족들이야. 나이 많으신 어머니와 시집간 누이가 있는데, 그들의 주변엔 항상 감시자들이 몰래 따라다녀. 그러다가 만약 카밀턴 대장이 다른 마음을 품기라도 한다면…….”

잠시 머뭇거린 쇼메트는 입술을 적시며 말을 이었다.

“그 가족들에게 죄를 대신 묻는 것이지.”

자신이 가지고 있던 상식이 통하지 않는 또 다른 세상의 이야기를 듣고 있던 니카도는 핏기가 없는 얼굴을 하고 있었다. 지금껏 믿고 의지하며 자부심을 가지고 있던 모국, 듀들란 제국의 어두운 면을 알게 된 충격을 감당해 내기가 힘들었기 때문이다.

“그렇다면 카밀턴 대장은 그런 사실을 뻔히 알면서도 이런 일을 하는 것인가? 가족들을 담보로 잡혀 있다는 것을 알면서도……."

"안타깝지만 모두 돈 때문이지. 최소한 특무대 대장의 직위를 가지고 있을 때만큼은 본인과 가족들에게 상당한 보수가 지급되니까 말이야. 그러니 당장 끼니 해결하기도 힘들 정도로 힘들게 가정을 꾸려 나가던 카밀턴 대장은 생계를 유지할 방법으로 어린 나이에 특무대를 선택한 것이고 가족들의 안위가 관계된 일인만큼 명령에 대해서는 도덕적 관념을 떠나서 신념이 되어버린 것이야."

"으음… 그런 것이었군."

여기까지 이야기를 듣고서야 니카도는 카밀턴의 과격하던 행동을 이해할 수 있었다. 하지만 자신의 가슴 한곳을 가득 채우고 있던 모국에 대한 믿음이 허물어지며 생긴 공허함이 그의 마음을 허전하게 만들고 있었다.

어두운 그림자가 짙게 드리워진 난간 아래쪽에서 조심스럽게 움직이는 세 개의 인영이 있었다. 그들은 주로 그림자가 겹쳐진 곳으로 이동을 하며 스스로의 모습을 감추었고, 어둠 속에서 빛나는 세 쌍의 눈동자는 주변을 살피기에 바빠 보였다.

그중 한 명이 조심스럽게 머리를 밝은 곳으로 내밀었다. 검은색의 복면을 쓴 그는 재빨리 고개를 좌우로 움직이며 난간 위쪽의 상황을 살핀 후 다시 그림자 속으로 몸을 숨겼다. 그는 시선을 바깥쪽에 고정시킨 채 입을 열었다.

"난간 위쪽에는 아무도 없습니다. 창 틈으로 새어 나오는 빛도 없는 것을 보니 이미 잠이 든 듯하지만 확실치는 않습니다. 어떻게 하시겠습니까?"

이들은 다름 아닌 뮤스의 척살을 위해 움직이기 시작한 특무대의 대원들이었는데, 오늘따라 신경 써야 할 눈이 없었기에 아무 무리 없이 이곳까지 올 수 있었다. 뒤에서 보고를 듣고 있던 복면의 인영 중 한 명인 카밀턴이 별 대수롭지 않다는 듯이 말을 뱉었다.

"어차피 우리는 자객이 아니니 그가 잠을 자든 아니든 상관없다. 소요가 일어난다 하더라도 남의 일에 신경 쓰기를 싫어하는 모험자들이 큰 신경을 기울이지 않을 것이고, 내일 시신이 발견되기 전에 사라진다면 모험자들은 사사로운 원한 관계라 생각하고 금세 조용해질 테지. 그리고 아무리 공학원의 원장이라 해도 전투 능력에 대해서는 평범한 청년일 뿐이니 목숨을 거두는 것이 그리 어렵진 않을 것이다."

말을 마친 그는 허리에 매달고 있던 장검을 가만둔 채 어깨춤에 차고 있던 단검을 빼 들고 있었는데, 기둥이 곳곳에 박힌 실내에서 장검을 휘두르는 것은 움직임에 제한을 받기에 좁은 공간에서도 움직임이 자유스러운 단검을 꺼낸 것이었다. 그때 뒤를 따르던 인영이 물었다.

"그렇다면 그와 함께 지내고 있는 늙은이는 어떻게 하시겠습니까?"

단검의 날을 확인하던 카밀턴은 수하의 눈을 직시하며 대답했다.

"명령 이외의 살인은 그다지 좋아하지 않는다는 것을 알고 있을 텐데? 큰 방해가 되지 않는 한 제압하는 것만으로 마무리하도록 한다."

"네, 알겠습니다."

목과 어깨를 이리저리 움직여 무장의 상태를 살핀 카밀턴은 수하들을 둘러보며 지시했다.

"챠퍼는 단검을 꺼내고, 먼저 진입해서 시야를 확보한다. 죠슈드는 이곳에 남아 상황을 살펴라. 그의 목숨은 내가 직접 거두겠다."

대답 대신 짤막하게 고개를 끄덕인 두 명의 인영 중 챠퍼가 먼저 계단을 밟으며 난간 쪽으로 가볍게 올랐고, 죠슈드는 사라지듯이 그림자 속으로 몸을 숨겼다. 그리고 챠퍼의 뒤를 따라 카밀턴이 발걸음을 옮겼다.

제대로 된 문고리 하나 달려 있지 않은 나무 문의 양쪽에 선 카밀턴과 챠퍼는 서로 눈빛을 교환했다. 그리고 카밀턴이 챠퍼를 향해 손가락을 간단하게 움직이자 그 의미를 이해한 챠퍼는 단검을 고쳐 쥐며 문을 안쪽으로 밀었다. 역시 창문과 마찬가지로 빽빽하긴 했지만, 그나마 자주 사용되었기에 삐걱이는 소리는 없었다. 챠퍼가 고개를 들이밀며 뮤스의 숙소로 들어가자 카밀턴 역시 밖을 한 번 더 확인하며 뒤따랐다.

숙소의 내부는 아주 어두웠다. 겨울이 한 발짝 다가옴에 따라 밤중에 창이 열려 있을 리도 없는 데다가 그들이 들어온 문은 달빛이 비춰주는 맞은편이었기에 달빛의 도움을 받을 수도 없었기 때문이다. 아무래도 시야 확보가 불가능해지자 챠퍼는 나직한 목소리로 카밀턴을 향해 물었다.

"이래서는 시야 확보가 안 되겠습니다. 불이라도 밝히는 것이……."

카밀턴 역시 챠퍼와 같은 생각이었기에 허리의 뒤쪽에 차고 있던 작은 배낭에 손을 넣었다. 그리고 필요한 동작만으로 20셀리가량 되는 막대를 꺼내 들며 막대의 아래쪽에 늘어져 있는 끈을 입으로 물어 당기려 했다. 하지만 어둠 속에서 누군가의 빈정거리는 목소리가 들려오자 그의 움직임이 경직되며 멈춰질 수밖에 없었다.

"후훗! 그런 비싼 물건을 애써 낭비할 필요는 없네. 기관원들이 쓴다는 발광막대보다는 못하겠지만 우리의 횃불로 대신 불을 밝혀줄 테니까."

　말이 끝나기가 무섭게 횃불이 타오르며 숙소의 내부를 밝히기 시작했고 갑작스런 자극에 눈이 부신 카밀턴과 챠퍼는 팔을 들어 올려 눈을 가렸다. 검은 복면 뒤로 가려진 얼굴을 일그러뜨린 카밀턴이 주춤거리며 외쳤다.

　"너희들은 누구냐!"

　"이런이런, 모험자들의 마을에 누가 있겠는가? 당연히 우리는 모험자들일세."

　눈을 얇게 뜨고서야 겨우 시야를 확보할 수 있었던 카밀턴과 챠퍼는 눈을 가리고 있던 팔을 내리며 주변을 둘러보았다.

　그제야 카밀턴은 어찌 된 상황인지 파악할 수 있었다. 약 10여 명의 모험자들이 자신들의 병장기를 꼬나 쥔 채 카밀턴과 챠퍼를 둘러싸고 있었고, 그들의 가운데서 여유로운 모습으로 빈정거리고 있는 사내는 얼마 전 대화를 나눈 적이 있었던 큐리컬드란 자임을 알 수 있었다.

　뭔가 잘못되어 가고 있다는 생각에 낮은 신음성을 흘린 카밀턴은 싸늘한 눈초리로 큐리컬드와 동료 모험자들을 흘기며 물었다.

　"뮤스 원장은 자네들이 빼돌린 것인가? 그는 어디에 있지?!"

　살기가 섞인 그의 물음을 듣고 있던 큐리컬드는 이번에도 역시 제대로 대답해 줄 생각이 없는 듯 능청스런 얼굴로 건들거리고 있었다.

　"으흠… 혹시 자네들 저녁을 잘못 먹은 것 아닌가? 이런 모험자 마을에 원장인가 뭔가 하는 사람이 있을 리가 없잖아? 오랜만에 베개 싸움 하려고 모였더니 이렇게 쳐들어와서 헛소리나 하다니."

　큐리컬드의 아무런 설득력 없는 핑계를 듣다 참지 못한 챠퍼가 나서며 외쳤다.

　"네가 뮤스 원장과 친하다는 것을 이미 알고 있는데도 그런 억지로 발뺌을 하는 것이냐! 헛소리 말고 뮤스 원장의 소재를 말해라!"

"어허! 글쎄, 나는 모른다니까 그러네. 아하! 간혹 가다 마물에 홀리면 헛것이 보인다는 소리가 있다고 하던데 자네들, 그 몹쓸 것들에게 당한 것 아닌가? 그렇다면 이러고 있을 것이 아니라 어서 신전으로 가서 치료를 받는 것이 좋겠군."

"뭐, 뭐라고!"

차퍼는 특무대에 들어간 후부터 훈련을 받으며 거칠기만 하던 군인의 성격을 누를 수는 있었지만, 큐리컬드의 노골적인 도발을 그냥 참고 있을 만큼의 수도를 한 것은 아니었기에 분노를 이기지 못하고서 장검을 빼어 들었다.

차앙!

금속의 마찰음과 함께 투명한 장검의 날카로운 검신이 모습을 드러냈지만 큐리컬드는 그가 어떤 행동을 하더라도 무시하기로 작정한 듯 아무런 표정의 변화를 보이지 않고 있었다. 큐리컬드는 손가락을 까딱이며 안타까운 목소리로 말했다.

"자네는 정말 상황 파악을 못하는군. 자네들이 아무리 특수 기관에서 훈련을 받았다고 하더라도 고작 두 명이서 우리를 이길 수 있다고 생각하나? 내가 보기에는 영 타산이 맞지 않는 계산 같구먼. 우리 역시 배짱만으로 이런 미개척지를 살아가는 것은 아니니까 말이야."

"그, 그런……."

자신이 빼 든 장검을 보며 왠지 우습게 됐다는 생각을 한 차퍼는 어쩔 줄 몰라 하며 카밀턴의 얼굴을 살폈지만, 역시 복면을 쓰고 있는 상태였기에 카밀턴이 어떤 생각을 하고 있는지 알 수 없었다.

당황하고 있는 수하에게 눈길 한번 주지 않은 카밀턴은 특무대의 대장답게 차분히 가라앉은 목소리로 말했다.

"챠퍼, 검을 거두고 뒤로 물러서라. 우리가 이들과 싸워서 이길 가능성은 없다."

"네, 대장."

곁눈질로 주변을 살피며 물러서는 챠퍼의 움직임을 느끼던 카밀턴은 더 이상 제구실을 하지 못하게 된 복면을 거칠게 벗어 던지며 큐리컬드를 향해 입을 열었다.

"좋다. 어차피 자네들과 우리가 싸워봤자 양쪽에 피해만 돌아올 뿐이다. 하지만 이대로 물러난다는 것도 우리의 자존심이 용서치 못하니 자존심에 상처를 입지 않을 만큼의 보상을 해주었으면 하는데……."

그가 하고자 하는 말이 무엇인지 충분히 이해하고 있었던 큐리컬드였기에 웃으며 대답했다.

"하핫! 역시 대장은 아랫것들과 뭔가 다르군. 그들은 저녁 식사를 마치고 남쪽으로 떠났네. 지금쯤 상당한 거리를 갔을 거야."

아직도 큐리컬드에게 확실한 믿음이 가지 않던 카밀턴이었지만 전적으로 자신들의 상황이 불리했고, 또 그의 말이 맞다면 시간을 끌수록 뮤스를 찾기 힘들어진다고 생각했기에 고개를 끄덕일 수밖에 없었다.

"남쪽이라… 고맙군. 돌아가자, 챠퍼!"

짧은 말과 함께 먼저 몸을 돌려 나가는 카밀턴을 본 챠퍼는 큐리컬드와 그의 동료들을 향해 이빨을 한번 갈아주며 그의 뒤를 따랐다.

"빌어먹을."

카밀턴과 챠퍼가 밖으로 나가자 큐리컬드는 창을 열어 밖을 내다보았다. 밖으로 나간 카밀턴은 망을 보던 죠슈드를 이끌고 서둘러 자신들의 숙소로 향했는데, 수하들을 시켜 말을 준비하게 하는 것으로 봐서 지금 당장 이곳을 떠날 것이라는 것을 쉽게 알 수 있었다. 그 모습을 보며 의미심장한 미소를 지은 큐리컬드는 조용히 창문과 문을 단속했고 방의 구석으로 걸음을 옮긴 그는 바닥을 발로 구르며 입을 열었다.

"이제 나오셔도 됩니다, 그라프님."

그의 말대로라면 뮤스와 그라프는 아직 이곳에 있다는 것이었는데, 과연 나무로 만들어진 바닥이 들썩거리기 시작하더니 곧 그 바닥의 한 부분이 열리며 그라프가 얼굴을 내미는 것이었다.

계단을 밟고 올라오던 그라프는 감탄 어린 목소리로 말했다.

"허헛, 아래에서 들어보니 감쪽같이 속은 것 같더군. 자네의 그 능청스러움은 놀라울 정도야."

그라프의 칭찬에 큐리컬드는 쑥스러운 듯 머리를 긁적였는데, 카밀턴 앞에서의 뻔뻔함은 사라진 지 오래였다.

그라프가 밖으로 나와 옷에 묻은 먼지를 털었고, 뒤이어 뮤스가 올라왔다. 어딘가 어두워 보이는 뮤스의 얼굴을 본 그라프는 그의 어깨를 두드려 주며 위로했다.

"어차피 자네나 나나 충분히 예상하고 있었던 일 아닌가? 그러니 너무 실망하지 말게나. 최소한 자네가 찾고 있는 사람이 어디에 있는지는 알 수 있지 않았나?"

그라프의 위로에 괜찮다는 듯 미소를 지어 보였지만 그것이 억지의 미소라는 것을 모를 이는 이 자리에 아무도 없었다. 분위기가 어색해지자 큐리컬드가 나서며 말했다.

"그나저나 이제는 어떻게 할 생각이십니까? 저들은 이제 남쪽으로 내려가 고생을 하게 될 테니 이곳에서 계속 지내셔도 될 듯합니다만……."

뮤스에게서 시선을 뗀 그라프는 고개를 내저으며 대답했다.

"지금은 자신들에게 불리한 분위기에 휩쓸려 이곳을 떠났다고는 하지만 곧 이상함을 느끼고 이곳으로 돌아올 것일세. 그러니 우리는 날이 밝기 전에 북쪽으로 올라갈 생각이네."

북쪽이라는 말을 들은 큐리컬드는 크게 놀라고 있었다.

"부, 북쪽이라니요! 북쪽으로 갈수록 마물들의 수는 급격히 많아지게 됩니다! 뮤스 군과 그라프님 단둘이서 북쪽으로 들어간다는 것은 위험천만한 일입니다! 차라리 국경이 있는 동쪽으로 가는 것이 어떻겠습니까?"

큐리컬드의 만류에도 불구하고 이미 뜻한 바가 있던 그라프였기에 자신의 생각을 접지는 않았다.

"아닐세, 물론 북쪽의 미개척지에 마물들이 많다고는 하지만, 우리가 움직이기 힘든 만큼 그들 역시 마물들 때문에 우리를 추적하기가 쉽지 않을 것이야. 자네가 걱정해 주는 것은 고맙지만 힘없는 이 늙은이가 아무런 대비 없이 여행을 하고 있는 것은 아닐세. 마물들의 공격에 대해서는 충분히 대비한 바가 있으니 심려하지 않아도 될 것이야."

"음… 그라프님께서 그렇게 말씀하신다면야……."

잠시 걱정스러운 표정을 짓던 큐리컬드는 그라프가 괜한 소리 하는 사람이 아님을 잘 알고 있었기에 곧 수긍할 수밖에 없었다.

같은 시간, 밖에서는 길을 재촉하는 카밀턴 일행의 말발굽 소리가 파슐의 밤을 흔들고 있었다.

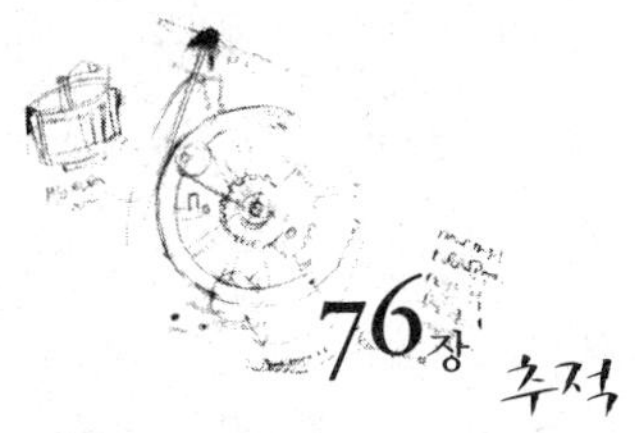

76장 추적

대지를 데워야 할 태양은 아직 모습을 드러내지 않았기에 옷소매로 파고드는 바람은 잔인하다 말할 만큼 매서웠고, 살을 벨 듯이 스치는 바람은 귀 끝의 감각을 무디게 할 정도였다. 하지만 그 주인이야 어떻든 간에 상관없다는 듯 검은 말들은 쉴 새 없이 바람을 가르며 달리고 있었다.

따가닥! 따가닥! 따가닥!

듣는 이의 가슴마저 떨어 울릴 정도의 박력적인 말발굽 소리가 숲 속에서 요동을 치고 있었다. 말의 수는 다섯. 하나같이 오랜 시간을 달렸음에도 지칠 줄 모르는 준마들이었고, 말을 모는 사내들 역시 그에 뒤지지 않을 정도의 기마술을 가지고 있었다. 큐리컬드의 말에 속아 파솔을 빠져나와 뮤스의 뒤를 추적하기 시작한 특무대의 대원들이 바로 이들이었다.

　자정이 조금 넘어 파솔에서 출발하여 꽤나 오랜 시간 동안 쉬지 않고 달리는 중이었지만 아직 아무런 단서조차 잡지 못하고 있었다. 비록 주변이 어두워서 추적하기에 애로점이 있다고는 하지만, 그런 것쯤은 아무런 장애가 되지 않을 만큼의 추적술을 가졌다고 자부하는 그들이었기에 시간이 갈수록 답답해져 갈 뿐이었다.

　그러던 중, 앞장서서 달리던 카밀턴은 무슨 생각이 들었는지 한쪽 손을 들어 멈추라는 신호를 하며 고삐를 잡아당겼다.

　"워! 워워!"

　카밀턴의 말이 속도를 줄이며 멈춰 서자 그의 뒤를 따르던 수하들 역시 비슷하게 멈춰 서게 되었다. 달리다 말고 멈춰 선 카밀턴의 얼굴과 주변을 동시에 살펴보던 챠퍼가 물었다.

　"대장, 무슨 흔적이라도 발견한 것입니까?"

　그러나 카밀턴은 대답을 하지 않은 채 말에서 뛰어내려 지나온 방향으로 걸어가기 시작했다. 다른 수하들은 카밀턴이 무엇을 하는지 알 수 없었지만, 덩달아 말에서 내리며 그가 움직이는 쪽으로 따라나섰다.

　대략 스무 발자국 정도 움직였을까? 문득 카밀턴은 몸을 낮추며 자신들의 말이 만들어놓은 발자국을 유심히 바라보았고 장갑을 벗어 그곳의 흙을 매만졌다.

　"역시 서리 맞은 땅은 딱딱하지 않아 말발자국이 쉽게 남지. 챠퍼! 앞쪽으로 가서 말 발자국이 있는지 살펴봐!"

　갑작스러운 명령에 잠시 멀뚱한 표정을 지어 보였지만, 파솔을 떠나올 때부터 표정이 좋지 않은 카밀턴에게 되물어봐야 좋은 소리 듣지 못한다는 것을 경험으로 알고 있던 챠퍼는 카밀턴의 말이 세워진 곳을 지나 길의 앞쪽으로 걸었다. 몇 발자국 걷던 챠퍼는 안력을 돋워도 아무런 흔적을 찾을 수 없자 다시 카밀턴에게 되돌아가며 말했다.

"앞쪽은 깨끗합니다. 떨어진 나뭇잎들이 흩어진 흔적이 없는 것을 보니 한동안 아무도 이곳을 지나치지 않은 것 같습니다."

그의 말에 땅의 흙을 불끈 움켜진 카밀턴은 몸을 일으키며 신경질적인 목소리로 물었다.

"죠슈드! 오늘 파솔에서 말이 빠져나가는 것을 보거나 말발굽 소리를 들은 적 있나?"

질문을 받은 죠슈드는 오늘 있었던 일을 떠올려 보았다.

하루 종일 뮤스의 행적을 관찰하던 그였기에 마을에서 일어난 일에 대해 일행 중 누구보다 잘 알고 있는 인물이었다. 하지만 그런 기억이 없었는지 고개를 내저었다.

"대장님도 알다시피 요즘 같은 계절에는 모험자들이 크게 줄어 별 움직임이 없었습니다. 물론 말발굽 소리나 그 비슷한 소리도 못 들었습니다."

카밀턴은 이제야 뭔가가 짚이는 것이 있는지 인상을 일그러뜨리며 외쳤다.

"제기랄! 우리가 그 큐리컬드라는 자의 몇 마디 말에 농락을 당했군! 마음이 조급한 바람에 냉정하지 못했어. 서둘러라. 지금 바로 파솔로 되돌아간다! 그들은 틀림없이 아직도 파솔에 머물고 있을 거야."

분한 마음을 추스를 시간도 없이 카밀턴은 공기를 가르며 몸을 돌렸고 대충 어찌 된 일인지 눈치 챌 수 있었던 수하들 역시 다시 말에 올라타며 말머리를 돌렸다.

같은 시각, 두 마리의 말이 절묘한 흑백의 조화를 이루며 파솔을 빠져나와 북쪽 방향으로 달리고 있었다. 뮤스와 그라프는 긴 여행을 대비하여 몇 시간 동안 잠을 잔 후에 큐리컬드와 작별을 하고서 떠나는 길이었다. 파솔에서 지내는 동안 큐리컬드에게 기마술을 배운 뮤스는 이제 제법 안정된 자세로 말을 몰았고, 그라프는 나이를 무색하게 할 만큼 뛰어난 기마술을 보여주고 있었다.

타가닥! 타가닥! 타가닥! 푸드득!

바람을 정면으로 받은 뮤스는 눈을 찌르는 듯한 차가운 바람 때문에 눈을 제대로 뜨지 못했다. 반면 그의 옆에서 달리던 그라프는 모자의 챙을 적절하게 내리며 바람을 막고 있었는데, 지금까지 눈치를 채지 못했었지만 모자의 챙이 내려간 모습을 보니 원래 바람을 막을 용도로 제작된 듯했다. 그런 모습이 조금 부럽다고 생각을 한 뮤스는 대용품을 찾기 위해 가방으로 손을 넣었고, 곧 공학원에서 금속 재련 시 자주 쓰던 안구보호경을 찾아낼 수 있었다. 대충 한 손으로 그것을 착용한 뮤스는 그럭저럭 만족할 수 있었고, 그제야 여유가 생긴 뮤스는 그라프에게 궁금하게 여기던 것을 물었다.

"그라프님, 아까부터 물어보고 싶었던 것인데 큐리컬드 씨가 말씀하셨던 마물에 대한 방비책이라는 것이 무엇이죠? 솔직히 이제 그라프님과 저 둘만 남게 되니 마물들을 만나는 것이 조금 걱정되는군요."

요란한 말발굽 소리 때문에 잘 들리지 않을 법도 했지만 그라프는 뮤스의 말소리를 놓치지 않은 듯 고개를 돌리며 대답했다.

"그것 때문에 걱정을 하고 있었단 말인가? 허헛!"

"웃을 일이 아닙니다, 그라프님. 솔직히 말씀드리면 제 몸 하나 지키는 것은 별문제가 안 되지만, 마물들의 수가 많아진다면 그라프님까지 보호하는 것은 무리가 있다는 것이죠."

자못 심각하게 말하는 뮤스와는 대조적으로 위험의 당사자인 그라프는 별 걱정 없는 표정으로 말했다.

"우리가 지금까지 미개척지를 돌아다니면서 카일락스를 제외한 마물들을 한 번도 만나지 않은 것이 이상하지 않았나? 그리고 전투 능력이 거의 전무한 쥬라드 사제와 내가 단둘이 미개척지까지 온 것도 충분히 의심해 볼 만했을 텐데?"

"아! 생각해 보니 그렇군요. 하지만 그 점에 대해서는 별달리 생각을 해본 적이 없어서……."

머리를 긁적이는 뮤스를 보며 노인만이 가질 수 있는 특유의 따뜻한 미소를 지어 보인 그라프가 말을 이었다.

"그 이유는 바로 나의 품 안에 '드래곤의 낭소'라는 것이 들어 있기 때문이지."

드래곤의 낭소라는 말을 들은 뮤스의 인상은 눈에 띄게 일그러졌는데, 순간적으로 머리 속에 크라이츠의 얼굴이 떠오르며 연관 지어졌기 때문이다.

"드래곤의 낭소라니요? 설마 생식 작용을 위해 동물들이 가지고 있는 부분을 말씀하시는 것은 아니겠죠?"

뮤스의 모습을 보던 그라프는 자세한 사연까지는 몰랐지만, 처음 듣는 사람이라면 그러한 반응도 충분히 할 수 있을 것이라는 생각에 웃으며 설명하기 시작했다.

"그렇다고 해서 내가 가진 것이 진짜 드래곤의 낭소라는 것은 아닐세. 보잘것없는 인간이 최강의 생명체인 드래곤의 낭소를 구한다는 것이 어디 가능하기나 하겠나? 내가 가지고 있는 것은 그저 드래곤의 낭소에서 발생하는 특유의 냄새를 인공적으로 발산하게 해주는 작은 주머니일 뿐이야."

그라프의 설명을 듣고서야 뮤스는 미간의 주름을 펼 수 있었고, 코를 킁킁거리며 그 냄새를 맡아보려 했지만 그의 코에서 느껴지는 것은 차가운 숲의 향기일 뿐이었다.

"흠흠… 저는 아무런 냄새도 맡지 못하겠는데요? 한데 그 드래곤의 낭소라는 것이 어떤 효과를 가지고 있다는 건가요?"

"자네도 알겠지만 드래곤은 최강의 존재이기 때문에 드래곤의 레어 주변에는 어떠한 마물도 마음껏 활동을 할 수 없지. 하지만 그러려면 마물들은 어디가 드래곤의 레어인지 알아야 하는데, 드래곤이 자신의 영역을 표시하는 여러 요소 중 하나가 바로 낭소에서 나오는 특유의 냄새일세."

자신을 향해 다가오는 나뭇가지 하나를 고개를 슬쩍 숙이며 피한 그라프는 계속해서 말을 이었다.

"처음 이것을 만들 당시만 해도 그저 고대의 서적에서 영감을 얻은 이론일 뿐인데다, 그 드래곤의 낭소에서 나온다는 냄새가 사람의 감각을 벗어나는 영역이었기에 어떠한 확신도 가질 수 없었지. 하지만 여러 번 여행을 통해서 시험해 본 결과 나의 이론이 맞아떨어졌다는 것을 확신하게 되었다네. 그 후로는 여행을 할 때면 언제나 몸에 지니고 다니지."

그라프의 설명을 들으며 말을 달리던 뮤스는 그라프의 실험 정신에 대하여 감탄해 마지않았고, 한편으로는 드래곤의 낭소의 치명적인 결함에 대해 생각하고 있었다.

"한데, 보아하니 카일락스와 같이 지능없이 본능만으로 활동을 하는 마물들이나 후각이 발달하지 못한 마물에 대해서는 아무런 효용이 없는 듯합니다만 그 점에 대해서는 어떻게 생각하시죠?"

날카로운 뮤스의 지적에 그라프는 마치 그런 지적을 예상이라도 했다는 듯 말했다.

"역시 뮤스 군답게 냉철한 질문일세. 하지만 자네가 말하는 범주에 속하는 마물의 종은 그리 다양하지 않을 뿐더러 그 수 또한 극히 적기 때문에 직접 찾아 나선다 해도 만나기가 힘들 정도일세. 자네가 예를 들었던 카일락스 역시 지난 수백 년간 잊혀지다시피 한 존재 아닌가."

"그렇다면 한시름 놓을 수 있겠군요."

언제 들어도 논리정연한 그라프의 말을 들으며 뮤스는 자연스레 수긍하고 있었다. 이제야 뮤스가 궁금증이 해소된 듯 더 이상 질문을 하지 않자 그라프는 흐뭇한 미소를 짓곤 그의 옆얼굴을 바라보며 나직이 혼잣말을 했다.

"설령 그런 마물들을 만난다 하더라도 자네처럼 든든한 젊은이와 함께 있으니 그리 두렵지만은 않네그려."

뮤스는 그런 그라프의 독백을 듣지 못한 듯 말을 달리는 데 정신을 쏟았고, 그가 탄 백마는 새하얀 입김을 불어내며 새벽의 숲을 거침없이 내달리고 있었다.

뮤스와 그라프를 보내고서 서운함에 잠이 잘 오지 않았던 큐리컬드는 이른 아침부터 일어나 동료들과 함께 파솔의 외벽에 올라앉아 보수 작업을 하고 있었다. 차갑게 식은 피부 위로 땀방울이 송골송골 맺혔지만 금세 식으며 사라졌고 그 자리에는 또다시 땀방울이 맺히기 시작했다. 이마에서 시작해 콧망울을 타고서 땅으로 떨어지는 땀방울을 느끼며 수건으로 얼굴을 훔친 큐리컬드는 멀리서 들려오는 말발굽 소리에 먼발치를 내다보았다.

"흠, 새로 들어오는 모험자들인가?"

혼잣말을 내뱉은 큐리컬드는 잠시 쉴 겸 팔을 늘어뜨린 채 마을로 접근하는 일행들을 바라보았다. 그리고 얼마의 시간이 지나지 않아 그 일행들이 외벽의 100멜리까지 접근하자 그때서야 얼굴을 확인할 수 있었던 큐리컬드는 그들이 누구인지 알아차릴 수 있었다.

"호오… 벌써 돌아오고 있다니 생각보다 눈치가 빠른걸? 카밀턴이라는 자는 꽤나 쓸 만한 능력을 가진 것 같군. 그나저나 이번에는 뭐라고 둘러대지?"

여전히 여유로운 말투로 중얼거리던 큐리컬드는 자신과는 아무런 상관이 없다는 듯 팔짱을 끼며 카밀턴 일행을 바라보고 있었다.

거의 같은 시간에 말을 달리던 카밀턴의 눈에도 외벽에 걸터앉은 채로 자신을 바라보고 있는 큐리컬드를 발견할 수 있었다. 지난 밤 동안 그의 말에 속아 어두운 숲 속을 헤맸다는 분한 생각에 어금니를 질끈 깨문 카밀턴은 말의 안장에 매달려 있던 활을 꺼내 잡았다. 그리고 전통에서 화살을 하나 꺼내어 시위를 먹이며 큐리컬드를 겨냥했는데, 수천 번의 반복된 훈련에서만 얻어질 수 있는 재빠른 행동이었다. 이제 화살촉의 끝으로 큐리컬드의 얼굴을 볼 수 있을 만큼 가까워졌는데, 카밀턴의 눈에 들어온 큐리컬드는 크게 당황하는 모습이었다.

"이, 이봐! 아침 인사치고는 너무 과격한 것 아닌가?!"

떠듬거리는 큐리컬드의 목소리에 회심의 미소를 지은 카밀턴은 아무런 거리낌도 없이 팽팽하게 당겨져 있는 시위를 가볍게 놨고, 촉부터 깃까지 검은색 일색인 한 대의 화살은 공기 가르는 소리를 내며 목표를 향해 날아갔다.

자신을 향해 무심하게 날아오고 있는 화살을 확인한 큐리컬드는 마른침 한 번 삼킬 시간 없이 외벽을 방패 삼아 몸을 날렸다.

"으얍!"

텅!

아슬아슬한 차이로 화살을 피했을 때 마치 큼직한 못이 벽에 박히는 듯한 소리가 외벽으로부터 들려왔고, 안전하게 피했다는 생각에 큐리컬드는 안도의 한숨을 내쉬려 했다. 하지만 화살을 피하겠다는 일념 하나로 생각없이 몸을 날린 곳이 발판 하나 없는 곳임을 알아차렸을 때는 더욱 다급한 한숨을 들이마셔야 했다. 결국은 화려한 몸짓으로 허우적거린 큐리컬드는 전신으로 맨땅을 맞이해야만 했다.

털썩!

밀가루 포대가 터지는 소리와 함께 땅에 떨어진 큐리컬드는 충격이 꽤나 컸는지 몸을 일으키지 못한 채 꿈틀거릴 뿐이었다. 그나마 다행인 것은 외벽 중에도 낮은 곳이었기에 크게 다치지 않았다는 점이었는데, 만약 가장 높은 곳에서 떨어졌다면 생각하기에도 끔찍한 일이 벌어졌을 상황이었다.

"아이고, 허리야. 미친 녀석, 아무리 약이 올랐어도 그렇지 대뜸 보자마자 활을 쏴대다니……."

투덜거리는 말과 함께 힘겹게 몸을 일으킨 큐리컬드는 몸의 상태를 살펴보았다. 팔이 약간 뻐근한 감이 있긴 했지만 큰 부상은 없었기에 그나마 다행이라고 생각하며 마을 입구 쪽을 바라보았다. 그곳에는 이미 마을로 들어온 카밀턴 일행이 말에서 내리고 있었는데, 땅을 밟자마자 큐리컬드가 있는 곳을 바라보며 성큼 다가오기 시작하는 것이었다.

그 모습을 본 큐리컬드는 만에 하나 그들이 공격할 것을 대비하여

벨트에 매달려 있는 단검에 손을 가져갔지만, 이곳은 자신의 본거지 격인 곳인만큼 그들이 허튼짓을 하지 않을 것이라 믿었기에 특유의 여유로움은 여전했다.

"오랜만에 만난 사이에 이렇게 과격하게 행동하면 쓰나. 덕분에 머리가 산산이 깨질 뻔했다고."

큐리컬드의 말을 듣고 있는 카밀턴은 이제 그의 성격에 익숙해져 있었기에 심리전에 휘말리거나 하는 모습은 보이지 않았다.

"그것참 유감이군. 조금만 빨랐으면 그 얄미운 입에 화살을 처넣을 수 있었을 텐데."

"어허… 말이 좀 심한 것 아닌가?"

비록 카밀턴의 말투가 거칠다고 생각하긴 했지만 아직 병장기를 꺼내지 않는 것으로 보아 무력 충돌이 일어나지는 않을 것이라 직감한 큐리컬드는 걱정을 덜 수 있었다. 큐리컬드의 코앞까지 바짝 다가온 카밀턴은 눈을 얇게 뜨며 입을 열었다.

"여기서 괜한 충돌을 일으켜 봐야 우리 일에 도움이 될 이유가 없으니 다른 소리는 하지 않겠네. 그들이 어디 있는지 말하게."

오히려 조용히 들려오는 목소리가 고함을 지르는 것보다 더욱 위협적으로 느껴지고 있었다. 하지만 이 정도에 기가 죽을 큐리컬드도 아니었기에 천천히 얼굴을 뒤로 빼며 대답했다.

"이봐, 물론 자네를 속인 것은 미안하지만 나에게도 의리라는 것이 있단 말일세. 하지만 이번만은 내 이름을 걸고 맹세할 수 있어. 어디라고 말을 해줄 수는 없지만 그들은 자네들이 이곳을 떠난 후 다른 곳으로 움직였다는 것을."

카밀턴은 아무런 말 없이 큐리컬드의 눈을 정면으로 응시하고 있었는데, 또다시 그가 거짓을 하지 않았나 하는 의심을 가득 담고 있었고, 이후로도 둘 사이에는 지루한 침묵이 흘렀다. 이윽고 위압적인 얼굴을 거두어들인 카밀턴은 큐리컬드를 향해 손가락질을 하며 입을 열었다.

"자네의 입장 역시 충분히 이해할 수 있는 만큼 어떠한 원망도 하지 않네. 하지만 자네가 하고 있는 행동은 나의 신념을 짓밟으려는 것이고, 나 또한 더 이상은 묵과할 수 없네. 만약 이번에도 자네가 우리에게 거짓말을 한 것이라면 내가 이끄는 단체의 모든 힘을 들여서라도 그 대가를 치르게 할 테니 그쯤은 각오하는 것이 좋을 것이야."

말을 마친 카밀턴은 더 이상 대화를 할 것도 없다는 듯이 등을 보이며 뒤돌아섰고, 멀뚱히 남은 큐리컬드는 오늘따라 유난히 거대해 보이는 그의 뒷모습을 보며 이유 모를 신음성을 흘렸다.

"흐음… 제기랄, 아침부터 화살까지 쏴댄 주제에 뭐가 원망을 안 했다는 거야."

그의 투덜거림이 끝나 있을 때 카밀턴은 이미 일행과 함께 자신들의 말까지 걸어가 있었기에 들을 수 없는 상황이었다. 어쩌면 큐리컬드의 속마음 또한 그가 듣지 않기를 바랬는지도 모르는 일이었다. 하지만 카밀턴의 그 당당함과 위압감, 또 스스로의 감정을 제어하는 모습이 큐리컬드가 지금까지 봐온 그 누구의 그것보다 대단했기에 대립하는 입장이었음에도 한 명의 인간으로서 그를 인정하고 있었다.

해가 중천에 걸렸을 때쯤 뮤스와 그라프는 말에서 내려 고삐를 끌고 있었다. 상당한 거리를 달렸기에 아무리 힘 좋은 말이라도 지치기 마련이었고, 더욱이 언덕 하나를 막 넘어오던 참이었기에 그들의 말이 쓰러지기 일보 직전이었기 때문이다.

따각, 따각.

말을 이끌며 천천히 걸음을 옮기던 그라프가 문득 멈춰 서며 뒤를 돌아보았다.

"지금쯤이면 우리가 뒤늦게 떠났다는 사실을 눈치 챘겠군."

그의 독백을 들은 뮤스 역시 고삐 잡은 손을 늘어뜨린 채 지나온 숲 속 길을 되돌아보며 물었다.

"어쩌면 이대로 실마리를 놓쳐 추적을 포기할지도 모르는 일 아닙니까?"

"허헛! 자네, 아직까지도 그들을 너무 우습게 생각하고 있구먼. 나는 그런 부류의 인물들을 가까이서 봐왔기 때문에 잘 알고 있다네. 늦더라도 내일 저녁쯤이면 우리의 속도를 따라잡게 될 것이야."

그라프의 이야기를 토대로 카밀턴의 능력을 짐작해 보긴 했지만 아무리 생각해도 그의 말은 무리가 있어 보였다.

"제가 미개척지를 한동안 떠돌아봤지만, 이렇게 길도 확실치 않은 곳에서 사람 한 명을 찾는 것이 그리 쉬워 보이지는 않습니다. 게다가 마물들까지 동시에 상대해야 하니 우리와 이동 속도가 같을 수도 없다는 것이죠."

"허헛. 자네, 지금 내 말을 못 믿겠다는 것 같은데 그들은 평범한 사람들이 아닐세. 듀들란 제국은 어떨지 모르겠지만, 도이첸 제국의 특전사단 같은 경우에는 모든 훈련을 미개척지에서 진행하고 있지. 즉, 그들은 이런 곳에서 생활하면서 살아남는 훈련과 동시에 추적, 암살 등의 훈련을 병행한다네."

과거를 회상하는 듯 허공을 응시하던 그라프는 다시 뮤스를 바라보며 말을 이었다.

"지금까지 자네는 그들의 깍듯한 태도만을 봤기 때문에 실감할 수 없을 테지만, 지금과 같이 약이 오른 상태에서는 그들의 진면모를 유감없이 보여줄 것일세. 우리는 아주 멋진 구경을 하게 될 거야."

결국 자신들에게는 극히 좋지 않은 상황이라는 것을 깨달은 뮤스는 안색을 바꾸며 말했다.

"그 말씀이 사실이라면 이렇게 여유를 부릴 때가 아니지 않습니까?"

하지만 그라프는 여전히 서두르는 기색이 아니었다.

"허허허, 지금은 말도 너무 지쳐 있고, 또 무작정 도망만 가는 것은 너무 볼썽사납지 않겠나?"

"그렇지만 그들이 추적해 오는 것을 알면서도 아무것도 하지 않는다면 결과는 불 보듯이 뻔한 것 아닙니까?"

"누가 아무것도 하지 않는다고 했던가?"

묘한 뉘앙스를 풍기는 말을 던지며 주변 환경을 유심히 살펴보던 그라프는 말의 고삐를 끌어당기며 다시 걷기 시작했다.

"흠… 이곳 어디쯤으로 기억을 하고 있는데. 아무튼 내 기억력도 예전만 못해졌군."

벌써 수십 년 동안이나 되풀이했던 자신의 기억력에 대한 불평을 오늘 역시 빼놓지 않은 그라프는 숨겨진 보물이라도 찾듯이 숲 속을 꼼꼼히 살피며 걸어갔고, 뮤스는 영문도 모른 채 그의 시선을 따라 숲을 살피며 뒤를 따랐다.

그렇게 무엇인가를 찾아 돌아다닌 지 두어 시간. 뮤스는 지난 시간 동안 천천히 목까지 차 오르는 불만을 애써 눌러 참고 있었는데, 예전의 그였다면 벌써 폭발을 하고 말았을 일이었다.

노익장을 과시하며 지금까지 한 번도 발걸음을 멈추지 않던 그라프가 문득 자리에 멈추며 턱수염을 쓸었다. 그리고 만족한 표정으로 뮤스를 향해 입을 열었다.

"허헛! 바로 이곳이야! 그래도 아주 몹쓸 머리가 된 건 아닌가 보군 그래."

자찬을 하던 그라프는 말고삐를 나지막한 나뭇가지에 걸어두며 차근히 주변을 살피기 시작했다. 하지만 뮤스는 아무리 둘러봐도 지금까지 지나온 장소들과 별다를 것이 없다고 생각하는 중이었다.

"지금까지 이곳을 찾아다녔다는 말씀이십니까? 도무지 저의 짧은 생각으로는 이해할 수가 없군요."

땅에 떨어진 나뭇가지 하나를 주워 옆으로 치워놓던 그라프가 문득 뮤스에게 질문을 던졌다.

"자네는 혹시 사냥을 위해서 트랩을 설치해 본 적이 있나?"

자신의 물음과 상당히 동떨어진 질문이었지만 그라프가 아무 생각 없이 그런 말을 할 사람은 아니었기에 지난 기억을 되짚어보았다.

"트랩이라면 덫을 말씀하시는 것입니까? 그런 것이라면 어렸을 적에 친구들과 토끼를 잡기 위해 덫을 놔본 적이 있었습니다. 그런 날은 집에 돌아와서도 덫에 대한 생각에 잠을 못 이루고 다음날 아침 일찍 일어나 세수도 하지 않고서 덫이 있는 곳으로 한걸음에 달려갔었죠."

"호오… 꽤나 멋진 추억이군. 우리가 북쪽으로 올라온 것도 바로 그 트랩을 놓기 위해서일세. 그 다섯 사람을 당황하게 만들 만한 덫을 말세."

그제야 그라프가 노리는 것을 나름대로 이해할 수 있었던 뮤스는 어른들에게 배웠던 덫 놓는 방법을 떠올리며 새로운 시각으로 주변을 둘러보았다. 그러자 아무런 의미도 없어 보였던 이 장소에 대해 감탄사를 터뜨릴 수밖에 없었는데, 나무들과 수풀의 배치가 마치 인공적으로 심어놓은 것인 양 적재적소에 위치하고 있는 것이었다.

"이 나무들의 위치… 지나온 길의 모습… 사방을 나무와 수풀이 적절하게 가리고 있으니 이곳으로 들어올 수 있는 길은 우리가 들어온 길 한곳밖에 없군요. 과연 몇 시간이나 헤매면서 찾아올 가치가 충분히 있습니다."

그라프는 이 장소의 가치를 한눈에 알아본 뮤스를 향해 미소를 지었다.

"게다가 그나마 있는 하나의 길도 폭이 좁기 때문에 트랩을 설치하기에는 더없이 좋지. 그다지 시간이 많지 않으니 자세한 것에 대해서는 차근차근 설명하기로 하고, 우선 자네의 말도 어디에 묶어두게나. 해야 할 일이 많은 만큼 각오를 단단히 해두는 편도 좋을 것이야. 미안하지만 힘쓰는 일을 하기에 나는 너무 늙었거든."

"그런 말씀은 당치도 않습니다. 어차피 이 모든 것이 저 때문에 일어난 일인만큼 당연히 제가 해야 하는 일이죠."

뮤스는 오히려 자신 때문에 함께 고초를 겪고 있는 그라프에게 미안한 기분을 느끼며 말고삐를 당겨 끌었다.

대충 여장을 푼 뮤스와 그라프는 나무를 하나씩 만져 가며 숲 속을 걷고 있었다. 그러면서 그들은 무엇인가를 우물거리며 씹고 있었는데, 이런 곳에서 따뜻한 음식을 해 먹는 것이 여의치 않았기에, 그리고 시간이 많지 않았기에 파솔에서 준비해 온 건량을 씹고 있었던 것이다. 처음 입속에 넣었을 때보다 한층 부드러워진 건량을 삼킨 그라프는 비교적 크기가 작은 나무의 밑동을 손으로 두들겨 보며 뮤스를 불렀다.

"이보게! 이 정도쯤이면 쓸 만하겠군. 이 나무 좀 잘라주겠나?"

"아, 적당한 나무를 찾으셨나 보군요."

먼발치에서 그라프의 부름을 듣고 걸어온 뮤스는 가방에서 작은 크기의 전뇌톱을 꺼내 들었다. 이것 역시 공학원의 작업을 위해 그가 만든 전뇌 공구 중 하나였고, 전뇌거 경주에서 사고가 났을 당시 전뇌거 해체에 쓰였던 물건이었다. 가볍게 뇌공력을 끌어올리며 작동시키자 전뇌톱으로부터 진동음이 흘러나오기 시작했다.

위이이잉!

"그라프님, 잠시만 옆으로 물러나 주시죠."

그라프에게 주의를 준 뮤스가 전뇌톱을 나무에 가져다 대자 별 힘을 가하지 않고서도 나무의 밑동으로 손쉽게 밀어 넣을 수 있었다. 잠시 후 빠르게 움직이는 톱날을 타고 잘려진 톱밥이 어지럽게 튀기기 시작했다.

위이이잉! 위이잉!

톱날이 조금 들어가자 나무토막을 하나 주워 든 뮤스는 그것을 잘려진 나무 틈으로 끼워 넣었고, 톱날이 더 들어갈 때마다 나무토막을 더 깊이 밀어 넣었다. 이것은 나무가 쓰러지는 방향을 임의로 조종하는 방법으로써 드워프들에게 배운 것을 그대로 활용하는 중이었다.

이제 잘려지지 않은 부분이 조금밖에 남지 않은 것을 본 뮤스는 전뇌톱을 빼냈다. 그리고 나무토막이 끼워진 반대 방향으로 나무를 밀자 둔탁한 소리를 내며 하늘로 뻗어 있던 나무가 기울어지기 시작했다.

우지끈! 촤아아아악!

우거져 있는 나뭇가지들을 가르는 소리와 함께 나무가 땅으로 곤두박질치자 살짝 비켜선 뮤스는 허공을 뒤덮기 시작한 먼지를 손으로 쫓아내며 그라프를 향해 물었다.

"이제 어떻게 하면 될까요?"

뮤스의 깔끔한 일 처리에 감탄을 하고 있던 그라프는 쓰러진 나무로 다가가 이곳저곳을 살폈다.

"호오… 정말 눈 깜짝할 사이에 쓰러뜨렸구먼. 그 톱을 사용한다면 금방일 것 같으니 내가 말해 주는 대로 나무를 잘라주게. 여기부터 여기까지는 두터운 부분이니 가로로 잘라서 통나무의 형태로 놔두고, 나무의 윗부분은 발사 장치로 만들어야 하니 얇은 판 모양으로 잘라주게나."

전뇌톱을 팔에 낀 채 그라프의 말을 듣고 있던 뮤스는 잠시 생각을 해보며 자신의 의견을 덧붙였다.

"발사 장치라면 탄성과 함께 상당한 강도도 필요할 테니 나이테와 수평이 되도록 얇게 자른 후 서로 엇갈리게 붙여야 하겠군요."

"그렇게 해준다면 탄력을 못 이기고 부러질 일은 없겠지. 그리고 다음은……."

이런 식으로 뮤스와 그라프는 자신의 생각을 의견 교환하며 일을 하나씩 해 나가기 시작했는데, 그라프가 가지고 있는 트랩에 대한 지식과 뮤스의 기술이 하나로 묶이며 눈부신 속도로 작업이 진행되고 있었다.

니카도는 지난 몇 달간을 자신의 인생의 암흑기라 느끼고 있었다. 그는 대륙 최고의 대학인 스윈 대학에서 심리학을 전공했고 졸업 때는 스윈 대학 십 인의 최우수학생에 선정되기까지 했었다. 뿐만 아니라 졸업 후에도 듀들란 제국 황실 교섭단에 최우선 발탁되어 외교관들과 함께 수많은 교섭을 성공으로 이끌었기에 그 누구도 부러워하지 않을 수 없는 창천일로를 걸어가던 그였다. 하나 사람의 일이란 예측할 수 없다고 했던가. 단 하루 만에 그의 모든 꿈이 허물어져 버렸는데, 그 시작이 특무대라는 생전 들어보지도 못한 단체에서 파견되면서부터였다.

그는 처음 카밀턴 일행들을 만났을 때부터 불안한 낌새를 느끼고 있었다. 마치 옷에 재단용 바늘이라도 꽂힌 듯 뻣뻣한 움직임과 숨이 막힐 것 같이 무거운 눈빛들, 그리고 일생을 아무런 재미 없이 살고 있는 것으로 보이는 카밀턴이라는 사내. 이것은 학창 시절 때에도 흔히 말하는 샌님으로 불리던 니카도가 결코 소화해 낼 수 있는 분위기는 아니었던 것이다.

그 이후로도 팔자에 없는 체력 강화 훈련 덕에 수도 없이 까무러쳐야만 했고, 아무도 없는 숲 속에서 수십 번도 더 길을 잃고 헤매야만 했다. 덕분에 몸에 근육이 조금 붙고 날렵해졌다는 것은 인정할 수밖에 없었지만 그때의 기억만 떠올리면 자신도 모르게 고개가 내둘러질 정도였다.

니카도는 그나마 육체의 고통은 하나의 추억으로 생각하며 그럭저럭 참아낼 수 있다고 생각했다. 그러나 처음 경험한 교섭 실패의 아픔은 그 무엇으로도 씻을 수 없을 것 같았는데, 바로 뮤스라는 새파랗게 어린 녀석이 감히 교섭의 수재라고 불리던 자신의 설득을 뿌리쳤던 것이다.

물론 이번 일이 자신의 능력 미달로 인해 실패한 것이 아니라는 사실을 알고 있었다. 무엇보다 체력 훈련으로 인해 상대에 대해서 조사할 시간도 별로 주어지지 않은 데다가 특무대의 일인만큼 보안을 요했기에 개인적으로 움직이는 것도 여의치 않았다. 게다가 교섭 대상인 뮤스에 대해서는 상부에서 내려온 빈약한 자료들에만 의존해야 하는

상황이었다. 즉, 그 어떤 교섭인이 이 일을 맡았더라도 이 이상의 결과
는 만들어내지 못한다는 것이었다. 하지만 어떠한 변명을 늘어놓는다
해도 그것은 자신이 맡은 일이었고 결과는 실패였다.

채챙! 챵! 챵! 퍼퍽!

복잡한 심정으로 상념에 빠져 있던 니카도는 고막을 찢을 듯이 날카
롭게 울리는 금속음을 들으며 동공에 힘을 주어 일행들을 살폈다. 그
들은 이질적으로 보이는 초록색의 피를 뒤집어쓴 채 무감하게 장검을
휘두르고 있었다. 검술의 화려함은 없었지만 날카로운 직선을 그리며
휘둘러진 검신은 여지없이 추악하게 생긴 마물들의 목에 틀어박혔고,
목이 잘려 소리조차 지를 수 없었던 마물들은 몸을 부들거리며 뒤로
넘어갔다. 보기에도 소름 끼치는 장면이었지만 이미 여러 번 경험한
일이었고 이제는 니카도 자신도 조금씩 무감각해지고 있었다.

마물들과의 전투가 시작된 지 불과 이십 분 만에 차가운 땅에서 뒹
굴며 체온이 식어가는 마물의 수는 스물을 넘겼고, 남아 있는 마물들의
수는 그보다 훨씬 적은 수였다. 마물의 가슴에 박아 넣은 장검을 비틀
어 빼낸 카밀턴이 볼에 묻은 마물의 혈액을 닦아내며 외쳤다.

"갈 길이 바쁘다! 나머지를 서둘러 처리해!"

귀에 박히듯이 들려오는 카밀턴의 목소리에 대원들의 몸에는 한층
더 힘이 들어갔고, 마물들의 수는 더욱 빠르게 줄어가고 있었다.

십여 분이 지나자 더 이상 땅 위에 서 있는 마물들이 없게 되었고,
카밀턴은 초록색으로 얼룩진 천을 꺼내어 검신을 잘 닦아내기 시작했
다. 비록 마물이라 하더라도 사람의 혈액과 같이 공기와 닿으면 응고
되는 것이 보통이었고 혈액을 닦아내지 않은 상태로 검집에 넣었다가
는 긴급 상황 시 검을 뽑는 데 문제가 되기 때문이었다.

"역시 북으로 올라갈수록 마물들의 수가 많아지는군. 이따위 고블린 떼들을 잡는 거야 장난이나 다를 바가 없지만, 전투 때문에 뮤스 원장의 이동 흔적이 없어지면 곤란한데……."

그의 옆에서 함께 검신에 묻은 혈액과 마물들의 살점을 닦아내던 챠퍼가 물었다.

"하필이면 왜 뮤스 원장이 북쪽을 택했을까요? 전투 능력이 상당하지 않고서는 마물 때문에 오히려 다른 곳보다 이동하기에 수월치 않을 것인데… 그렇다고 그가 전문적인 전투 훈련을 받았다고 볼 수도 없는 상황이 아닙니까."

검 손질을 끝낸 카밀턴은 검집에 그것을 밀어 넣으며 대답했다.

"글쎄, 뭔가 찜찜한 기분이 드는 건 사실이야. 하지만 어떻게 하겠나. 우리는 그저 그들이 도망가는 곳으로 따라갈 수밖에. 이번에 그를 놓친다면 엄청난 시간 동안 또다시 이 빌어먹을 미개척지에서 헤매어야 할 테니까 말이야."

카밀턴의 이야기가 끝남과 동시에 말을 이끌고 앞쪽으로 나간 죠슈드가 돌아오고 있었다.

"대장! 앞쪽에서 다시 흔적을 발견했습니다. 말 발자국이 깊이 나 있지 않은 걸로 봐서 그들의 말이 이쯤에서 지치기 시작한 듯합니다."

잠시 속으로 계산해 보던 카밀턴은 고개를 끄덕이며 입을 열었다.

"그렇다면 여기서부터 속도가 많이 줄었을 테니 우리가 조금 무리해서 움직인다면 오늘 저녁쯤이면 충분히 따라잡을 수 있을 것이다. 자! 다시 출발!"

카밀턴을 선두로 일행들은 모두 말에 올라탔다. 그들의 말들 역시 지친 듯 숨소리가 거칠게 들리긴 했지만 앞으로 몇 시간 정도는 무리

없이 견딜 수 있다는 것을 잘 알고 있었기에 서슴없이 말의 배를 차며 길을 재촉했다.

니카도는 심신이 모두 지쳐 혼자만이라도 듀들란 제국으로 돌아가고 싶었지만 자신의 능력으로 미개척지에서 안전하게 움직이는 것조차 불가능했기에 어쩔 도리 없이 그들을 뒤따르기 시작했다.

카밀턴 일행이 다시 말에서 내린 것은 해가 거의 저물어갈 쯤이었다. 그들의 추적 단서가 되는 말 발자국이 극히 흐려졌기에 말 위에서는 확인할 방법이 없었기 때문이다. 하지만 추적 속도가 늦어졌다고 해도 상대의 이동 속도 역시 늦춰졌다는 말과 같았기에 어떠한 동요도 없었다. 일행들 중 가장 앞서 단서를 찾고 있던 죠슈드가 카밀턴을 향해 입을 열었다.

"이곳부터는 말이 달린 흔적이 없습니다. 하지만 나뭇잎들이 흩어진 모습을 보니 말에서 내려 걸어간 듯하군요."

죠슈드의 보고를 받은 카밀턴은 눈을 가늘게 뜨며 턱을 쓸었다.

"흠… 아무래도 이상해. 보통 이렇게 나뭇잎이 높이 쌓인 곳에서는 사람의 이동 흔적을 찾기가 아주 힘들지. 추적자들에게 일부러 이동 경로를 가르쳐 주려고 마음먹지 않은 이상. 하지만 마치 우리를 기다렸다는 듯이 흔적이 남아 있단 말이야."

혼잣말을 중얼거린 카밀턴은 차퍼를 향해 물었다.

"쇼메트! 이런 설정 하에서 일어날 수 있는 모든 상황을 읊어보게."

말갈기를 만져 주며 지친 말을 달래주던 쇼메트는 손을 멈추고 책이라도 읽듯이 또박또박한 말투로 말했다.

"이런 경우 총 세 가지의 상황이 특무대 지침서에 나와 있습니다. 트랩의 설치를 토대로 한 유인, 전투에 능하지 못한 목표의 실책, 제3자의 전투에 의한 지형 오염이 그것이죠. 하지만 두 번째와 세 번째는 별 가능성이 없어 보이는데, 뮤스 원장의 실책으로 만들어진 흔적이라면 이렇게 규칙적인 모습으로 나타날 수 없고, 전투에 의한 지형 오염이었다면 우리가 모를 리 없습니다.”

“흠… 그렇다면 뮤스 원장이 우리를 맞이하기 위해 트랩을 설치했다는 결론인가?”

“다른 상황을 간과할 수는 없지만, 지금으로써는 그것이 확률상 가장 유력합니다.”

“허헛! 우리에게 장난을 걸어오는 것인가? 트랩이라…….”

웃음을 터뜨리며 말끝을 흐린 카밀턴은 죠슈드를 향해 외쳤다.

“죠슈드, 앞장서라! 계속 흔적을 따라 추적한다!”

“넷!”

짧게 대답을 하며 몸을 돌린 죠슈드는 이미 예상했던 카밀턴의 행동에 미소를 짓고 있었다. 카밀턴과 함께 5년이 넘는 시간을 전장에서 보낸 죠슈드였기에 그에 대해서라면 성격을 비롯해 작은 버릇까지 상세하게 알고 있었는데, 길 앞에 위험이 도사리고 있다는 것을 알고 있더라도 눈 한번 깜짝이지 않고 전진하는 대범함이 바로 카밀턴의 모습이었던 것이다.

싸늘한 공기가 내려앉은 숲 속, 이야기를 나누며 앉아 있는 뮤스와 그라프의 앞에는 붉고 노란빛을 발하는 모닥불이 타닥이는 소리와 함께 타오르고 있었다. 추위를 느낀 그라프가 모포로 몸을 감은 채 손을 내밀어 불을 쬐고 있었는데, 추운 날씨에도 불구하고 그의 머리카락과

목 둘레의 옷은 땀에 젖어 있었다.

몸을 녹이던 그라프는 숨을 한번 들이쉬며 부러운 눈빛으로 반대 편의 뮤스를 향해 입을 열었다.

"허헛, 정말 자네의 그 젊음이 부럽군 그래. 나보다 훨씬 많은 일을 했는데도 땀 한 방울 흘리지 않다니……."

담담한 눈빛으로 그라프와 시선을 맞춘 뮤스는 입가에 미소를 그리며 대답했다.

"별말씀 다하십니다. 저는 그저 몸 안의 뇌공력 덕으로 쉽게 지치지 않을 뿐이지 체력적으로는 그리 대단하지 않습니다."

"설령 그렇다 하더라도 그 뇌공력이라는 것 역시 자네의 일부 아닌가? 껄껄!"

자신보다 나이가 많은 이의 부러움에 찬 눈빛이 부담스러웠던 뮤스는 뿌옇게 흐려지기 시작하는 허공으로 시선을 옮기며 말을 돌렸다.

"그나저나 안개가 끼기 시작하는군요. 땅의 기온이 급속하게 떨어지나 봅니다. 그리 먼 거리를 이동한 것도 아닌데 파솔에서 볼 수 없었던 안개가 생기는 것을 보니 이곳이 북부는 북부인가 보군요."

뮤스의 말에 의외라는 표정을 지었던 그라프는 안개를 만지기라도 하려는 듯이 손을 움직이며 말했다.

"자네의 지식은 정말 끝을 알 수 없는 지경이군. 이 안개 역시 공학의 이론으로 설명할 수 있다는 것인가?"

"물론 자연의 위대함 모두를 공학을 통해 설명할 수는 없겠지만 대부분의 현상에 대해서는 설명할 수 있습니다. 보통 안개가 생성되는 이유는 몇 가지가 있지만, 지금 같은 경우는 대지의 온도가 급속히 떨어져 공기 속의 수증기가 냉각되면서 생기게 되는데……."

　뮤스의 설명이 길어질 듯하자 그라프는 자신의 질문을 후회하는 표정을 지었고 손을 내저으며 더 듣기를 마다했다.

　"아니네. 어차피 전혀 다른 지식의 배경을 가지고 있는 내가 지금 자네에게 그런 설명을 들어봤자 제대로 이해하지 못할 것이 뻔하지. 게다가 지금 그런 얘길 듣기엔 몸이 너무 지쳐 있다네."

　애초 그라프는 뮤스의 설명을 듣는 데 큰 문제점을 가지고 있었다. 그것은 뮤스의 설명을 알아듣는 데 필요한 기본적인 지식이나 용어적 문제가 가장 크다는 점이었는데, 하나를 이해하기 위해 수많은 질문을 덧붙여야 했기에 몸이 한껏 피곤해져 있는 그라프로서는 집중해서 설명을 듣는다는 것이 불가능에 가까운 일이었다.

　땀을 식히며 들어오는 차가운 바람을 피하기 위해 몸을 움츠린 그라프는 허공의 안개를 가리키며 말을 이었다.

　"기왕 안개가 피어오르기 시작했으니 말하는 것인데, 우리가 북쪽으로 이동한 이유 중 하나가 바로 이 안개 때문일세."

　그라프의 말투를 보아 이 시기에 이곳에서 안개가 낄 것이라는 것을 미리 알고 있었다는 것인데, 단순하게 안개의 생성 원리를 아는 것과는 차원이 다른 문제라는 점을 잘 알고 있는 뮤스는 진심으로 놀라는 중이었다.

　"어, 어떻게 그것을 알 수 있는 것입니까? 그것도 무려 파숄로부터 200켈리나 떨어진 곳의 상황을……."

　수염을 한번 매만진 그라프는 싱긋이 웃으며 대답했다.

　"자네에게 안개의 생성 원리를 아는 것이 당연한 일이듯, 나에겐 이러한 자연의 조화를 안다는 것이 당연한 일일세. 어찌 본다면 대현자라 불리울 정도의 사람이 자연의 조화의 변화를 읽지 못한다면 그것이 오히려 이상한 일이지."

아직도 놀란 표정을 지우지 못하던 뮤스는 뭔가 떠오르는 것이라도 있는 듯 무릎을 치며 물었다.

"아! 그렇다면 대현자란 마치 신선과 같은 존재로군요. 물론 신비한 능력을 가지신 것은 아니지만, 세상의 이치에 대해서 달통했다는 점에서 본다면."

"신선이라… 생전 처음 듣는 말인데, 그것이 무엇을 말하는 것인가?"

그라프의 되물음을 받은 뮤스는 무의식 중에 흘러나온 말실수를 자책하며 대충이나마 상황에 맞게 꾸며댔다.

"그, 그건 저희 조이센 대륙에서 신비한 사람들을 일컫는 말이죠. 뭐랄까… 마치 현자와 같이 세상사에 모르는 것이 없으면서 마법사와 같이 놀라운 능력을 동시에 가지고 있는 존재랍니다."

"그런 놀라운 일이! 한 사람이 현자와 마법사 노릇을 동시에 한다는 것이 가능하다는 말인가?"

머리를 한차례 긁적인 뮤스는 어색한 웃음을 지었다.

"하지만 어디까지나 사람들의 입에서 전해지는 이야기지 신선이라는 존재를 실제 목격한 사람은 없죠. 일종의 신과 같은 존재이니까요."

"하긴… 어디나 그런 전설은 있는 법이니까."

그제야 그라프는 이해할 수 있다는 듯 고개를 끄덕였고, 그 모습을 보고서야 뮤스는 안심할 수 있었다.

"그럼 하던 이야기나 계속하도록 하지. 나는 이맘때쯤이면 미개척지의 북부 지방에 심한 안개가 생긴다는 것을 미리 알고 있었네. 그렇기 때문에 우리의 계획대로 트랩을 설치하기에 이곳은 더없이 좋은 장소가 되는 것이었고. 잠시 후면 더욱 안개가 심해질 테니 아무리 트랩에 대한 전문적인 훈련을 받은 자라 하더라도 그 정도의 안개라면 트랩을 해체하는 데 상당한 고초를 겪을 것일세."

"음… 안개 때문에 시야가 한정적인 숲 속에서 우리가 설치한 트랩을 찾아내기란 정말 힘들 테니 추적자들이 트랩에 걸려들고 난 후에 유유히 빠져나간다는 말씀이시군요."

뮤스의 추론을 듣고 있던 그라프는 어쩐 일인지 고개를 내저었다.

"아닐세. 저 정도의 트랩은 그들에게 곤란함을 줄 수 있겠지만 결정적인 위협이 될 수는 없다네. 결국 그들은 우리가 설치한 트랩을 모두 해체하고 이곳까지 들어올 것이 틀림없지."

예상치 못한 대답에 깜짝 놀란 뮤스는 토끼눈을 뜨며 되물었다.

"그렇다면 저 트랩들로는 그들을 막지 못한다는 말씀이신데 무슨 이유로 흔적까지 남기면서 그들을 유인한 것이죠? 만약 이곳에서 트랩이 그들을 막지 못한다면 도망을 갈 수도, 맞서 싸울 여력도 없습니다."

뮤스의 말에는 틀린 점이 없었다. 그가 아무리 뇌동체술법을 익히고 있다 하더라도 상대는 전문적으로 살상 기술을 익힌 자들이었다. 도이첸 제국의 황실에서 겪었던 일을 떠올려 보더라도 그들을 상대하기가 굉장히 까다롭다는 것은 사실이었다. 게다가 상대가 그라프에게는 어떤 입장으로 나올지도 알 수 없었기에 불안은 더욱 커지고 있었다.

"하지만 이렇게 도망만 다닐 수도 없는 일일세. 그들은 자네가 어디까지 가든 목적을 이루기 전까지는 추적을 멈추지 않을 것이고, 미리 설치해 놓은 트랩에 걸려들어 우리의 종적을 놓친다 한들 어떤 방법을 써서라도 우리를 다시 추적할 것일세."

말이 길어지면서 폐부로 들어오는 차가운 공기를 느낀 그라프는 코를 한번 매만지며 계속해서 말을 이었다.

"흠… 자네가 앞으로 미개척지에서 지내야 할 남은 시간은 2년 반. 그 오랜 시간을 그들에게 쫓기며 지낼 수는 없는 법이지."

"그렇다면 이런 상황에서 그들을 떼어놓을 방법이 있다는 말씀이십니까?"

답답함이 깃든 뮤스의 질문에 그라프는 자신의 머리를 손가락으로 두들기며 대답했다.

"그 방법은 바로… 진심으로 그들에게 패배를 안겨주는 것일세. 더 이상은 추적을 하더라도 자네를 어찌할 수 없다는 강렬한 인상을 그들의 뇌리에 새겨 넣는 것이지. 그것도 자네의 능력으로 직접."

"하, 하지만 저에게는 그들을 상대할 능력이……."

울상을 지으며 말하고 있는 뮤스를 바라보고 있던 그라프는 그가 하고자 하는 말이 무엇인지 이미 알고 있었기에 가볍게 말을 가로막으며 품에서 작은 유리병 하나를 꺼내 들었다.

"혹시 폴리크개구리라는 이름을 들어본 적이 있나?"

잠시 머뭇거리던 뮤스는 고개를 갸웃거렸다.

"글쎄요. 그런 개구리의 종이 있다는 것은 처음 듣습니다만……."

"그렇다면 내 설명을 잘 들어보게나. 폴리크개구리는 대륙 남부의 습지에 서식하는 개구리의 일종일세. 이 개구리는 몸집도 다른 개구리에 비해 유난히 작은 데다 몸의 색 또한 울긋불긋 요란해서 적의 눈에 발견되기 쉽다는 불리함까지 가지고 있다네. 하지만 이러한 불리함에도 불구하고 폴리크개구리가 수천 년 동안 멸종하지 않고 명맥을 유지할 수 있었던 이유는 그것들의 몸에서 분비되는 독기 때문인데 그것을 흡입한 적들은 금세 생명을 잃고 말지."

잠시 말을 멈추었던 그라프는 손에 든 유리병을 한번 흔들어 보이며 말을 이었다.

"이 병에 든 것이 그 폴리크개구리의 독기를 모아놓은 것일세. 비록 폴리크개구리의 독이 사람의 생명까지 위협할 정도로 강력한 독기를 가진 것은 아니지만 아주 특이한 작용을 하게 된다네."

"특이한 작용이라면 어떤?"

그의 설명에 호기심이 발동한 뮤스가 허리까지 세워가면서 물어오자 그라프는 뭔가 재미있는 상상이라도 하는 듯 미소를 짓고 있었다.

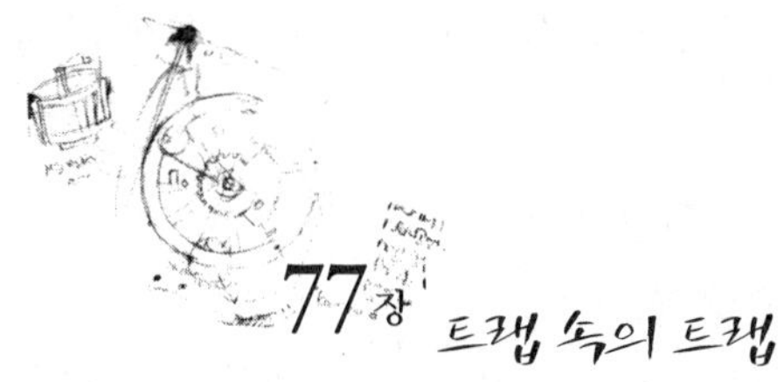

77장 트랩 속의 트랩

해가 저물기 시작한 지 얼마의 시간이 지나지 않아서 숲 속에는 밤이 찾아왔다. 낮에 비해 급격히 떨어진 기온은 몸을 움츠러들게 만들었고, 뮤스를 추적하고 있던 카밀턴 일행들의 입에서는 하얀 입김이 몽글몽글 피어올랐다. 아직 달이 밝지 않아 시야 확보가 힘들었지만, 추적자의 입장에서 횃불을 밝힐 수도 없는 상황이었다. 게다가 그들의 움직임 속도를 더욱 제한하는 것은 어느 순간부터 점점 진하게 허공을 감싸기 시작한 안개였다.

불과 반 시간 전만 해도 입김과 구분이 안 될 정도의 옅은 안개였지만 지금은 3~4멜리 앞도 분간하기 힘들 정도로 심하게 안개가 겹쳐 있었다. 이런 상태라면 추적은커녕 길을 잃기 십상이었기에 걸음을 멈춘 카밀턴이 말했다.

"안개가 너무 심하군. 죠슈드, 아직도 뮤스 원장의 흔적을 볼 수 있나?”

무릎을 굽히며 앞으로 나 있는 길의 표면을 보던 죠슈는 고개를 끄덕였다.

“이 정도의 확실한 흔적이라면 안개가 아무리 진하게 끼더라도 추적하는 데는 아무런 문제가 없습니다.”

“흠, 추적이야 가능하다고 해도 문제는 트랩이지. 아무리 트랩 해체에 능숙하더라도 이 정도의 안개에서 트랩을 발견해 내기는 까다로울 텐데…….”

“그렇다면 이곳에서 안개가 걷힐 때까지 기다리시겠습니까?”

죠슈드의 물음에 잠시 생각을 해보던 카밀턴은 이내 어떤 생각을 굳힌 듯 고개를 내저으며 입을 열었다.

“이대로 강행하는 것이 위험하긴 하겠지만 이런 곳에서 시간을 지체할 수는 없지. 대원들은 팔 하나의 간격으로 전진한다. 시간이 오래 걸리더라도 트랩 해체 대형을 이루도록. 니카도는 대원들이 트랩의 유무를 확인한 곳으로만 따라오게.”

카밀턴의 명령이 떨어지자 죠슈드의 옆에서 날씨를 살피던 챠퍼가 어깨를 으쓱거리며 카밀턴에게 다가왔다.

“대장님, 다시 한 번 생각해 보시는 것이 좋을 듯합니다. 만약 그가 트랩을 설치해 놓고 기다리고 있다면 트랩에 대한 그만한 자신감이 있다는 것이고, 아무리 우리 특무대라도 이런 안개 속에서 완벽하게 트랩 제거를 한다는 것은 거의 불가능합니다.”

명령에 대해 자신의 의견을 제시하던 챠퍼에게 시선을 돌린 카밀턴은 조용하면서도 무거운 목소리로 말했다.

“챠퍼, 언제부터 그렇게 말이 많아졌나? 대원들은 대장의 결정에 이의를 제기할 아무런 권한도 없다는 사실을 잊었나?"

카밀턴의 묵직한 목소리에 정신이 번쩍 든 챠퍼는 딱딱한 자세를 취하며 대답했다.

"죄송합니다, 카밀턴 대장님!"

"뮤스 원장이 아무리 대단해 봤자 일반인이다. 특수 군사 훈련을 받은 우리와 비교할 수는 없는 것이지. 위치로 가게."

단호한 결정을 보여주기라도 하는 듯 카밀턴은 찬바람을 뿌리며 몸을 돌렸고, 제자리에 남은 챠퍼는 그의 등을 바라볼 뿐이었다. 죠슈드는 챠퍼의 등을 두드려 주며 위로의 말을 건넸다.

"대장이 예민해져 있는 상태라 그럴 테니까 자네가 이해하게. 그리고 저렇게 강행하는 것을 보면 대장도 자신이 있기 때문일 거야. 대장이 어떤 사람인지는 자네가 가장 잘 알고 있지 않나?"

동료의 위로가 고맙긴 했지만 카밀턴에 대해 조금 섭섭한 기분이 남아 있던 챠퍼는 아무런 말도 하지 않고서 카밀턴을 묵묵히 따를 뿐이었다.

카밀턴과 그의 수하들은 허리를 최대한 숙인 채 점차 짙어지는 안개를 헤쳐 나갔다. 그들의 발걸음은 나뭇잎 하나를 밟는 데도 조심스러웠고, 손짓은 안개를 스치는 것도 어려워 보였다.

가장 앞쪽에는 챠퍼와 죠슈드, 그리고 카밀턴이 안개 속에서 서로의 모습을 놓치지 않을 정도의 거리를 유지했는데, 사실 길이 좁았기에 더 이상 떨어질 수도 없는 상황이었다. 그들을 뒤따르는 쇼메트와 니카도의 긴장은 비교적 덜해 보였지만, 누군가가 대형 트랩이라도 잘못 건드게 된다면 이곳에 있는 모든 특무대 대원들이 안전할 수 없었기에 느긋할 수만은 없었다.

문득 가장 앞에서 눈을 반짝이던 카밀턴은 무엇이라도 발견한 듯 오른손을 들어 수하들의 발걸음을 멈추게 했다. 그리곤 엄지와 검지를 넓게 펼치며 길 양 옆으로 비키라는 수신호를 하자, 수년간 함께해 온 수하들은 직접 귀로 명령을 듣기라도 한 듯 서슴없이 움직이기 시작했다.

그들이 안전한 곳으로 움직였다는 판단이 선 카밀턴은 트랩 제거용 소형 절단기를 하나 꺼내어 천천히 땅에 엎드렸다. 그의 눈이 멈춘 곳에는 약간의 물기를 머금어 빛을 내고 있는 어두운 색의 철사가 나뭇잎들 사이에 숨어 있었다. 한숨이라도 내쉬듯이 입을 모으며 철사를 향해 입바람을 불자 그 위를 덮고 있던 나뭇잎이 뒹굴며 사라졌고, 길을 가로지르며 팽팽하게 걸려 있는 철사의 모습이 드러났다.

철사를 살피며 그 끝으로 걸어간 카밀턴은 수하들을 향해 손가락을 하나씩 꼽았고, 마지막 새끼손가락을 꼽음과 동시에 그의 절단기는 철사를 잘랐다.

촤아아아아악!

극히 짧은 시간이었다. 약 10멜리에 걸쳐 길을 덮고 쌓여 있던 나뭇잎들이 파도 타기라도 하듯이 들썩거리다가 제자리를 찾았는데, 놀라운 사실은 대부분의 나뭇잎이 날카로운 것에라도 잘린 듯 두 조각이 되어버렸다는 점이었다.

그것을 본 카밀턴은 꽉 쥐어진 주먹에서 땀이 배어남을 느끼며 입을 열었다.

"고강도 유리사라니… 이것을 미리 대비하지 못했다면 지금쯤 우리의 발목은 모두 종아리에서 분리되었을 것이다. 보통내기가 아니군."

혼잣말을 하던 카밀턴은 아무런 소리도 내지 않는 수하들을 돌아보았다. 그들 역시 수많은 전장을 돌아다녔기에 웬만한 일에는 눈도 깜짝하지 않을 간담의 소유자들이었지만, 이번에는 충격이 만만치 않았던 듯 잠시 동안 움직일 줄을 모르고 있었다. 그러나 대장인 카밀턴은 그들의 마음이 진정도 되기 전에 차가운 목소리로 외쳤다.

"이제 겨우 첫 번째 트랩을 해체했다. 겨우 이 정도로 넋이 나가 있다니… 어차피 우리는 특무대에 들어오면서 목숨을 버렸지 않나! 계속 전진한다!"

카밀턴의 위압적인 외침 소리를 들은 대원들은 입술을 질끈 깨물며 그의 뒤를 따르기 시작했다. 하지만 정식 특무대의 대원이 아닌 니카도에게만은 카밀턴의 결의에 찬 목소리가 미친 소리로밖에 들리지 않았다.

"빌어먹을! 다들 제정신이 아니야. 그때 제의를 받아들이는 것이 아니었는데… 돌아가기만 해봐라! 이따위 파견서나 들고 와서 떵떵거리던 사무관 녀석의 잘난 목을 비틀어 버릴 테니!"

후회는 아무리 빨라도 늦는다는 사실을 니카도는 아직 받아들이지 못하는 듯했다.

"하지만 그것은 너무 비겁한 짓이 아닙니까?"

뮤스는 그라프에게 무슨 소리를 들었는지 상당히 흥분한 모습이었다. 얼굴까지 상기된 그는 그라프의 제안을 받아들일 수 없다는 듯 고개를 도리질쳤는데, 너무나 꽉 막힌 뮤스의 사고방식에 그라프는 어처구니없는 표정을 지었다.

"허헛, 자네는 언제까지 그렇게 정석으로만 살려고 하는가? 그렇다면 전문적으로 전투 훈련을 받은 사람들이 자네같이 평범한 청년 한 명을 뒤쫓는 것은 비겁한 짓이 아니란 말인가? 그들은 명령이라는 말로 자신들의 비겁함을 옹호하려 하지만 누가 보더라도 비겁한 짓이란 말일세. 게다가 폴리크개구리의 독이 살상력을 가진 것도 아니고, 중독되더라도 하루만 쉰다면 금방 해독이 되는데 뭐가 문제라는 것인가?"

"……."

고개를 숙인 채 갈등에 싸여 있는 뮤스를 물끄러미 바라본 그라프는 나직한 목소리로 말했다.

"내가 볼 때 자네는 너무나 순수해. 하지만 순수하다는 것은 인간들이 엉켜 살아가는 곳에서 나약하다는 말과 같지. 세상은 순수한 사람이 대체로 피해를 보는 법이거든."

씁쓸한 웃음을 지은 그라프는 몸을 일으키며 말을 이었다.

"나는 대단한 능력을 가지고 있으면서도 세상에 찌들지 않은 마음을 가지고 있는 자네가 정말 마음에 드네. 그렇지만 지금은 그럴 때가 아니야. 자신의 목숨이 경각에 달려 있는 중요한 시점에서 그런 감상에 빠져 있는 것은 정말이지 바보 같은 짓이거든. 어떻게 하겠나?"

손으로 머리를 쓸어 넘긴 뮤스는 짤막한 한숨을 내쉬며 대답했다.

"후우… 그라프님의 말씀이 맞습니다. 제 목숨 하나 책임지지 못하면서 다른 이의 입장을 생각하는 것은 우스운 일인 것 같군요. 그럼 저는 어떻게 해야 하죠?"

대답을 잠시 미룬 그라프는 고개를 돌려 트랩들을 설치한 곳으로 눈을 돌렸다. 그리곤 손가락을 꼽아보며 말했다.

"음… 두 시간 정도 지나면 그들이 이곳까지 오겠군. 그들이 20밀리 이내로 접근한다면 내가 직접 폴리크개구리 독이 들어 있는 유리병을 개봉하겠네. 그 독이 공기 중으로 퍼질 때 희뿌연 독무가 생기지만 지금같이 짙은 안개가 생겨 있는 상태라면 눈으로 분간하기 힘들 테고, 수많은 트랩들을 거쳐 온 직후였기에 긴장감이 크게 풀릴 테니 절대 중독되었다는 것을 알 수 없을 것일세. 설혹 중독의 기미가 나타난다고 하더라도 자연스럽게 지난 이틀간 엄청난 체력을 소모시켰다는 것을 떠올릴 것이고 결국은 피곤함 때문이라고 생각을 하게 될 테지."

"그렇다면 저렇게 트랩을 설치했던 것도 그들을 완벽하게 중독시키기 위해서였다고 보면 되는 것입니까? 어떻게 그런 것까지 생각이 미치실 수 있었는지……."

수분을 먹어 더욱 신비하게 빛나는 은발을 쓰다듬은 그라프는 주름진 눈웃음을 지어 보였다.

"내가 활동하던 시절에 집필했던 병법서만 해도 십여 권에 달한다네. 병법에는 적의 심리, 지형의 이용은 기본이라고 말할 수 있으니 최소한 병법서의 저자로서 이 정도는 해야 하지 않겠나?"

날이 갈수록 상상을 초월한 그라프의 능력을 경험하며 감복한 뮤스는 두 손을 들 수밖에 없었고, 대현자의 칭호를 얻은 것이 괜한 것이 아니었다는 사실을 절감하고 있었다.

파바박!

수십 대의 화살들이 두터운 나무껍질을 파고들었다. 나무로 만든 촉이었기에 일반적으로 사용하는 금속 촉에 위력을 비할 바는 아니었지만 사람의 피부 정도는 쉽게 꿰뚫을 수 있었기에 우습게 볼 것이 아니었다.

극심한 안개 속에서 겨우 트랩을 발견할 수는 있었으나 곳곳에 산재해 있는 발사 장치의 위치를 가늠할 수 없었던 특무대 대원들은 코끝이 땅에 닿을 정도로 몸을 낮추었다. 하지만 눈먼 화살 한 대가 니카도의 허벅지에 박히게 되었는데, 어려서부터 험한 꼴 한번 안 당하고 살아온 니카도로서는 태어난 이후로 가장 심한 부상을 당한 것이었고, 머리를 하얗게 비우는 고통에 비명조차 지르지 못하고 있었다.

"끄… 끄끅……."

더욱 심해지는 고통에 입술을 떨고 있는 니카도를 본 카밀턴은 그와 가장 가까운 곳에 위치한 쇼메트에게 눈짓을 했다.

"응급 처치를 해주게."

보통의 대원이었더라면 이 정도의 부상은 충분히 자신의 힘으로 응급 처치를 할 수 있었겠지만, 기본적인 훈련만을 겨우 통과한 니카도로서는 상상도 할 수 없는 일이었다.

화살 맞은 짐승마냥 앓고 있는 니카도를 측은하게 바라본 쇼메트는 그에게 가까이 가자마자 화살을 서슴없이 잡아 뺐다.

"아아악!"

요란한 비명 소리가 숲 속을 울리며 메아리쳐지자 쇼메트는 급히 그의 입을 틀어막으며 말했다.

"그나마 나무 촉인 걸 고맙게 생각하게나. 철제 화살촉이었다면 살을 찢어내기 전에는 빼내지 못했을 테니까."

입이 막혀 신음 소리만 내던 니카도의 눈가에는 눈물이 글썽이며 맺혀 있었다. 그제야 조금 진정이 된 듯하자 쇼메트는 능숙한 솜씨로 붕대를 꺼내어 그의 상처를 압박해 피를 멈추게 했다.

"촉이 나무이고 날씨도 싸늘하니 상처가 곪거나 하지는 않을 것일세. 조금 고통이 있겠지만 움직일 만할 거야."

"크윽… 고맙네, 쇼메트."

상처 부위를 만지며 고마워하는 니카도의 어깨를 가볍게 두드려 준 쇼메트는 몸을 일으키며 카밀턴에게 응급 처치가 끝났다는 신호를 했고, 그것을 본 카밀턴은 심각한 표정으로 앞으로 더 가야 할 길을 내다보며 혼잣말을 중얼거렸다.

"벌써 해체한 트랩만 해도 십여 개… 얼마나 남은 것이지? 후우… 그가 대륙을 떠들썩하게 만든 공학원의 원장이라는 사실을 우리는 너무 간과했었던 것 같군."

말을 하다 말고 누군가가 어깨를 두드림을 느낀 카밀턴은 고개를 돌렸고, 챠퍼가 그의 등 뒤에서 손가락으로 입을 가리는 시늉을 하며 조용히 말하고 있었다.

"대장님, 어디선가 사람의 목소리가 들립니다."

그의 말대로 귀를 기울이자 누군가의 목소리가 들려옴을 느꼈는데, 소리가 너무 작았기에 내용까지는 알아들을 수는 없었지만 사람의 목소리임은 확실했다. 잠시 생각을 해보던 카밀턴은 수하들에게 고갯짓을 하며 나직한 음성으로 말했다.

"저들의 목소리가 우리에게 들린다면 저들 역시 니카도가 질렀던 비명을 들었을 것이니 도주하기 전에 재빨리 진입한다. 챠퍼와 죠슈드는 왼쪽으로, 쇼메트는 나와 함께 오른쪽으로."

고개를 짧게 끄덕이며 그의 말에 대답한 대원들은 금속음이 나지 않도록 조심스럽게 자신들의 장검을 빼내 들고 있었는데, 목소리가 들릴 만큼 가까운 거리까지 다가온 만큼 더 이상의 트랩은 없다는 생각에 안도하는 표정들이었다.

먼저 땅을 박차고 나가는 카밀턴을 신호로 챠퍼와 죠슈드가 위치를 맞추어 빠른 속도로 뒤따랐다. 쇼메트는 니카도에게 그 자리에 머물러 있으라고 신호하며 카밀턴이 사라진 방향으로 따라붙었다. 혼자 남은 니카도는 이틀 밤을 꼬박 지새우며 강행군을 한 피곤함 때문에 더 이상은 움직일 힘도 없는 상황이었는데, 차라리 움직이려 해도 움직일 수 없는 지금이 훨씬 편하다고 생각하는 중이었다.

30멜리가량을 한걸음에 달려온 카밀턴은 우거진 나무들과 안개 사이로 희미한 불빛을 볼 수 있었다. 그곳에 뮤스가 있다고 확신한 카밀턴은 대원들에게 최대한 떨어지라는 수신호를 했다. 혹시라도 있을 예상외의 트랩에 모든 대원들이 한꺼번에 당하는 것을 방지하기 위한 행동이었다.

처컥!

빠른 속도로 전진하던 대원들의 귀로 청천벽력과도 같은 소리가 들려오고 있었다. 바로 트랩의 안전장치가 해제되는 소리였다. 그와 동시에 달려나가던 방향으로부터 한 아름 정도나 되는 통나무가 궤적을 그리며 날아왔고 이에 소스라치게 놀란 카밀턴과 대원들은 있는 힘을 다해 통나무 위로 몸을 날리거나 최대한으로 몸을 낮추었다. 생각보다 행동이 앞선 동물적인 본능이었다.

부우웅!

머리 위, 혹은 발 아래로 반 뼘의 공간조차 없이 아슬아슬하게 지나가는 통나무를 본 그들은 한순간의 방심으로 곤죽이 되어버릴 뻔했다는 생각에 등이 축축해짐을 느꼈다. 하지만 그런 생각이 사라지기도 전에 몸을 일으킨 카밀턴과 대원들은 돌아오는 통나무의 유효 거리에서 빠져나가기 위해 다시 한 번 몸을 날려야만 했다.

촤아악!

엉겁결에 수풀 사이로 몸을 날린 그들은 볼을 스치는 따가운 나뭇가지들을 느끼며 얼굴을 깊숙이 숙였고, 도약한 힘에 내맡겨진 그들의 몸은 앞으로 나가는 관성의 힘으로 수풀을 관통할 수 있었다.

어깨로 평평한 땅을 느낄 수 있었던 카밀턴과 대원들은 몇 바퀴를 구르며 자세를 잡으며 주변을 살피기 시작했다. 불시의 사태에 대비하기 위해 낮은 자세를 취하고 있던 그들은 문득 상황과 어울리지 않는 노인의 음성을 들을 수 있었다. 정신이 어수선한 자신들과는 대조적으로 안정감있는 목소리였다.

"허헛! 그 험난한 트랩들을 모두 해체하고 이곳까지 온 것을 보니 정말 대단한 젊은이들이군."

갑작스런 상황에 놀란 카밀턴이 목소리가 들려오는 쪽으로 시선을 돌렸다. 그곳에는 이글거리며 타오르는 모닥불을 사이에 놓고 한 명의 노인과 젊은이가 태연자약하게 서 있었는데, 다름 아닌 그라프와 뮤스였다. 그들을 발견한 카밀턴은 두 노소를 번갈아 보며 몸을 일으켰고, 볼썽사납게 여기저기 붙어 있는 나뭇잎을 털어낸 그는 장검을 가볍게 휘둘러 보이며 입을 열었다.

"흠… 뮤스 원장, 자네는 우리를 꽤나 고생시키는군. 이제 할 수 있을 만큼은 다 한 건가?"

카밀턴의 말을 듣던 뮤스는 어깨를 으쓱거리며 대답했다.

"음… 제가 믿고 있던 트랩까지 모두 해체되었으니 이제 어찌할지 난감하기 짝이 없습니다."

"그렇다면 자진해서 목숨을 내놓겠다는 말로 들어도 되겠나? 사실 개인적인 감정 없이 누군가의 피를 본다는 것은 그다지 유쾌하지 못한 일이거든.”

“굳이 저의 목숨을 가지고 가야 하겠습니까?”

뮤스의 되물음에 물어볼 필요도 없었다는 듯이 확고한 목소리로 대답했다.

“명령이니 어쩔 수 없네. 더 이상 이야기할 필요도 없어 보이니 스스로 목숨을 끊게나. 더 이상은 이곳을 빠져나갈 방법도 없는 것 같군.”

눈을 낮게 깔은 뮤스는 나직한 목소리로 대답했는데, 은연중에 발산되는 기백이 음성에 담겨 있었다.

“저 역시 하나밖에 없는 목숨을 이대로 포기할 수는 없는 일입니다. 누구에게나 목숨은 소중한 것이니 살기 위해 최대한 노력은 해봐야겠죠.”

“물론 목숨을 포기하는 것은 아쉽겠지만 우리도 물러날 수 없는 입장일세.”

결국은 대화로 해결될 문제가 아니라는 결론을 내린 뮤스는 긴 후드 속에 숨겨져 있던 손을 들어 올렸다. 그러자 그의 두 손을 가리고 있던 후드가 흘러내리며 은빛 번뜩이는 건틀렛이 모습을 드러냈다. 카일락스의 일이 있었던 이후로 처음 빛을 본 건틀렛이었다.

모닥불의 붉은빛을 거울처럼 반사시키는 건틀렛을 바라본 카밀턴은 안타까운 눈빛으로 고개를 내저었다.

“결국 내가 직접 자네의 목숨을 거둬야 한다는 것인가? 이것 참 씁쓸한 일이군.”

“장담하기는 아직 이르지 않습니까? 누구도 결과를 정확하게 예측하지는 못하니까요.”

카밀턴은 배짱 좋게 말하는 뮤스를 향해 피식 웃었다.

"풋! 물론 자네의 말대로 절대적인 결과는 알 수 없겠지만, 확률이라는 것이 있는 법이지. 내가 비록 어두운 곳에서 활동을 해 이름이 알려지지는 않았지만, 듀들란 제국에서도 열 손가락 안에 드는 검사라는 점만은 알아주었으면 좋겠네."

말을 끊은 카밀턴은 장검을 들어 올리며 천천히 뮤스를 향해 걸어갔고, 뮤스 역시 걸치고 있던 후드를 벗으며 카밀턴을 향해 다가갔다.

이들의 대화를 듣고 있던 그라프는 남들이 눈치 채지 못할 정도로 은근한 미소를 지으며 둘의 움직임을 관찰하기 시작했다.

'평범한 인물이 아닐 줄은 짐작했지만 듀들란 십대검사 중의 하나였다니… 하지만 오늘은 자네가 너무나 운이 나빴네. 쯔쯧.'

마치 대결 결과를 알고 있기라도 한 듯 나직하게 혀를 찬 그라프는 살짝 손가락을 움직여 폴리크개구리의 독이 들어 있는 병을 열었다. 그런 후 살짝 흔들며 병을 뒤집자 보일 듯 말 듯 한 연기가 새어 나오기 시작했는데, 금세 안개에 섞였을 뿐만 아니라 이목이 뮤스와 카밀턴 쪽에 쏠려 있었기에 그 누구도 이런 현상을 알아채지 못하고 있었다.

점차 가까워지는 뮤스를 아래위로 살펴보던 카밀턴은 건틀렛이 끼워져 있는 두 주먹에 시선을 고정시키며 물었다.

"자네의 무기가 그 건틀렛인가 본데 공격 유효 범위로 보더라도 검에 대항하기엔 너무 무리가 있는 것이 아닌가?"

담담하게 미소를 지어 보인 뮤스는 단전으로부터 뇌공력을 끌어올리며 대답했다.

"당신이 노리는 것이 제 목숨입니다. 그런 점까지 신경 써주시는 것은 부담스럽군요. 저는 이것이면 충분합니다. 어차피 다른 무기를 다

룰 수 있는 것도 아니니."

"이런, 잠시 내 위치를 잊은 듯하군. 자, 이제 시작해 볼까?"

고개를 끄덕인 카밀턴은 말을 멈추며 칼을 오른쪽으로 치켜들었는데, 이는 상대방에 비해 실력적으로 우위에 있는 사람이 공격만을 염두에 두고 취하는 자세였다. 그에 대비해 뇌공력을 끌어올리던 뮤스는 심상치 않은 상대의 분위기를 느꼈는지 뇌동체술법상의 방어 자세를 떠올리며 손과 발을 내저었다.

막 공격을 취하려던 카밀턴은 처음 보는 형태의 몸놀림에 의아한 표정을 지었고, 그 둘을 지켜보고 있던 특무대의 대원들 역시 고개를 갸웃거렸다.

발치에서 뮤스의 발 동작을 유심히 살펴보던 챠퍼가 감탄 어린 목소리로 말했다.

"상당히 불규칙적인 스텝이지만, 상대가 밟고 들어올 수 있는 공격 방위를 효과적으로 방어하고 있는 형태로군. 정말 의외지만 저것을 보더라도 뮤스 원장은 전투 능력이 없는 인물이 절대 아니야."

옆에서 지켜보던 챠퍼가 뮤스의 움직임을 분석하고 있을 때, 그 점을 일찌감치 눈치 챈 카밀턴은 잠시 동안 뮤스를 업신여기던 생각을 접었고, 짤막한 기합성과 함께 최소한의 동작 범위를 유지하며 찌르기 공격에 들어갔다.

"하아압!"

뮤스의 움직임이 방어로 치우쳐지고 있는 데다, 무기를 쓰는 쪽보다 주먹을 휘두르는 편이 공격의 대처에 상대적으로 빨랐기에 공격 이후에 생기는 무방비 상태를 염두에 둔 카밀턴은 동작이 큰 공격을 최대한 자제하고 있는 것이었다.

살기를 띠고서 목을 노리며 날아오는 검의 움직임을 정확하게 포착한 뮤스는 건틀렛을 될 수 있는 한 목으로 가까이 붙이며 몸을 옆으로 틀었다. 그러자 아슬아슬하게 건틀렛을 스친 검신은 불꽃을 튀기며 뮤스의 뒤로 빠지게 되었고, 이에 주춤하던 카밀턴의 옆구리를 본 뮤스는 힘껏 왼쪽 주먹을 휘둘렀다.

부웅!

바람 소리를 낼 정도로 무겁게 뻗은 주먹이 카밀턴의 옆구리에 닿게 됐을 때에도 전혀 당황하지 않은 그는 금속 갑옷으로 직접 뮤스를 밀어내려는 듯 대담하게 앞쪽으로 전진했다.

자신의 몸을 향해 다가오는 갑옷의 날카로운 돌기를 피하지 못했다가는 살가죽이 찢어질 것임을 알았기에 뮤스는 주먹을 급히 회수하며 몸을 옆으로 빼낼 수밖에 없었는데, 몸을 빼내는 뮤스의 움직임이 재빠르긴 했지만 카밀턴은 만만한 상대가 아니었다.

그는 뮤스가 움직일 경로를 미리 읽기라도 한 듯 유연하게 몸을 돌렸고, 자신에게 등을 보이고 있는 뮤스의 허리를 베어갔다.

"자! 그럼 잘 가게나!"

"헛?!"

허리 깊숙한 곳으로 진입해 들어오는 검신을 조금 늦게 발견한 뮤스는 다급한 나머지 주먹을 휘둘러 검신을 내려쳤다.

카캉!

날카로운 금속음과 함께 방향이 바뀐 검신은 뮤스의 옷을 살짝 스치게 되었는데, 검날이 직접 살에 닿지 않았음에도 불구하고 베어진 옷 사이로 진붉은 핏물이 스며 나오고 있었다.

뮤스의 상처와 손에 들고 있는 장검을 번갈아 보던 카밀턴은 뜻밖의 상황에 내심 놀라고 있었다. 방금 전만 해도 뮤스의 당당함이 죽기를 각오한 발악이라 생각했었지만, 지금 격돌에서 그가 보여준 몸놀림과 반사신경은 절대 보통 사람에게서 찾아볼 수 없는 영역의 것이라는 사실 때문이었다. 게다가 뮤스가 주먹으로 장검을 내려쳤을 때는 마치 바위를 내려친 느낌이었는데, 순간적으로 장검을 놓칠 뻔했다는 사실이 그의 놀라움을 부추기고 있었다.

"흠… 놀라워. 자네가 그만큼 여유를 보이는 데는 이유가 있었군. 하지만 이번에는 더욱 정신을 똑바로 차려야 할 것일세."

장검을 고쳐 쥐는 카밀턴을 주시하던 뮤스는 잔뜩 긴장을 하며 마른 침을 삼켰다. 처음 공격은 운이 좋았기에 그의 공격을 피할 수 있었지만, 이런 식의 공격을 몇 번 더 겪는다면 뮤스로서도 자신이 없었기 때문이다. 하지만 걱정만 한다고 해서 일이 해결되는 것이 아님을 알고 있었고, 자신의 뒤에는 그라프가 있다는 생각에 건틀렛을 부딪쳐 보이며 힘을 돋웠다.

"저도 물러날 수는 없습니다. 하아압!"

이번에는 뮤스가 먼저 뛰어들며 선제공격이 이루어졌다. 어찌 보면 검을 가진 상대를 향해 돌격해 들어가는 그가 무모해 보이기도 했지만, 공격 유효 거리가 짧은 그로서는 최대한 근접전을 벌여야만 했기 때문이다.

그가 접근하는 것을 본 카밀턴은 비릿한 미소를 지으며 검신을 옆으로 뉘었다. 검신의 넓은 면은 상대의 공격을 막거나 격타하는 데 효율적이었고, 간단한 손목의 움직임만으로도 몸 전체의 방어가 가능했기에 검술에서는 방어를 위해 가장 많이 쓰는 방식이었다.

뮤스는 검날에 베이지 않는 건틀렛을 믿었는지 몸을 낮추며 서슴없이 카밀턴의 복부로 주먹을 뻗었다. 하지만 자신의 복부로 들어오는 주먹을 검의 면으로 간단하게 막은 카밀턴은 힘을 주어 밀어냈고 손잡이의 아랫부분으로 뮤스의 정수리를 노리며 내려쳤다.

캉!

당연히 머리 깨지는 둔탁한 소리가 들려야 할 때에 금속음이 울려 퍼지는 상황이 벌어지자 그것을 내려다보던 카밀턴의 안색이 딱딱하게 굳어졌다. 머리를 강타하기 직전 뮤스가 다른 손을 머리로 들어 올려 내려치는 검의 손잡이를 받아낸 것이었다.

"이, 이런!"

"이 정도에 당할 만큼 만만하지는 않죠. 핫!"

득의의 미소를 날린 뮤스는 검에 가로막혔었던 주먹으로 뇌공력을 급히 끌어올리며 다시 한 번 카밀턴의 복부에 꽂아 넣었고, 검을 뮤스에게 잡혀 버린 카밀턴은 그에 대처하지도 못하는 상황이었다.

둘의 대결을 지켜보던 특무대 대원들은 뮤스의 주먹이 카밀턴의 복부로 들어가자 눈을 질끈 감았다. 그가 입고 있던 갑옷의 복부 부위는 전투 시 자유로운 움직임을 위해 금속이 아닌 가죽으로 만들어졌고, 충격으로부터의 방어 기능이 현저히 떨어지는 부위 중 한곳이었기 때문이다.

그러나 검사란 검만 잘 쓴다고 해서 강해지는 것이 아니라 풍부한 경험이 뒷받침되어야 하는 법이었다. 카밀턴 역시 둘째가라면 서러울 정도로 수많은 전장을 누벼온 사내였기에 그만큼 실전에 강한 면모를 보였는데, 그 짧은 시간 사이에 냉정을 되찾은 카밀턴이 몸을 급히 낮추자 복부를 향하던 주먹은 자연스럽게 그의 가슴의 금속 보호대를 강타할 수밖에 없었던 것이다.

카카캉!

또 한 번의 생각지 못한 금속음이 허공을 떨어 울리자 실눈을 살짝 떠 뮤스와 카밀턴의 모습을 살펴보던 쇼메트는 놀라움에 찬 목소리로 외쳤다.

"과연 대장이다! 그 짧은 시간에 몸을 낮추어 가슴의 금속판으로 건틀렛을 받아내다니! 하지만… 어찌 이런 일이……!"

감탄성을 내뱉다 말고 말끝을 흐리던 쇼메트의 시야에는 뮤스로부터 4멜리쯤 떨어져 있는 곳에서 자세를 낮추고 있는 카밀턴의 모습이 잡혔는데, 그의 가슴 보호대는 거대한 망치로 얻어맞은 듯 움푹 패여 있었고 흙바닥에는 밀려난 발자국이 길게 그려졌던 것이다.

"대장의 몸이 완전히 밀린 것인가?"

장검을 땅으로 길게 늘어뜨린 카밀턴은 엄청난 충격으로 인해 그 모양이 완전히 변형되어 버린 가슴 보호대를 내려다보며 떨리는 목소리로 입을 열었다.

"어, 어떻게 인간의 몸으로 이 정도의 파괴력을! 자네가 이런 엄청난 힘을 숨기고 있었다니……!"

경악에 찬 신음성을 내뱉던 카밀턴은 뼈까지 절여오는 고통을 뒤로 하고 전투를 계속하기 위해 몸을 일으키려 했다. 하지만 그것조차 마음대로 되지 않았는데, 갑자기 심한 현기증이 발생하며 제대로 균형을 잡을 수가 없어진 것이었다.

결국 한쪽 무릎을 꿇어서야 겨우 몸을 고정시킨 카밀턴은 믿기지 않는다는 듯한 표정으로 말했다.

"이, 이번 한 방으로 내 다리가 풀려 버린 것인가? 아무리 큰 타격을 받았다 하더라도 그럴 리가 없는데… 혹시?"

카밀턴이 믿기지 않는다는 표정으로 생각에 빠져들고 있을 때, 그가 무릎을 꿇는 장면을 목격한 대원들은 믿을 수 없는 광경에 몸서리를 치고 있었다. 그들은 자신들의 대장인 카밀턴이 어떤 인물인지 잘 알고 있었기에 더 더욱 눈앞에서 일어난 일이 믿겨지지 않는 것이었다.

"이 자식! 감히 카밀턴 대장님을! 이번에는 내가 상대해 주도록 하겠다!"

분노한 챠퍼가 소리를 지르며 뮤스를 향해 공격해 들어가려고 할 때, 카밀턴의 긴급한 고함 소리가 그의 발걸음을 멈추게 만들었다.

"바보 같은 자식들! 자신의 몸 상태나 어서 확인해 봐!"

돌연한 카밀턴의 말에 멈칫한 챠퍼는 그의 말이 끝나기도 전에 다리에 힘이 풀리며 현기증이 나는 것을 느꼈고, 이것은 다른 대원들이라고 예외는 아니었다.

"아니! 어떻게 이런 일이?"

"제대로 설 수가……."

당황하고 있는 그들을 향해 가쁜 숨을 몰아쉰 카밀턴은 그럴 줄 알았다는 듯이 쓴웃음을 지으며 말을 이었다.

"크윽… 인정하기는 분하지만 우리는 완벽하게 뮤스 원장에게 패배했다. 그는 처음부터 계획적으로 우리를 도발하면서 이곳까지 유인한 것이었어. 수많은 트랩을 설치하여 우리의 체력을 고갈시킨 것이지. 지금까지 다리가 풀릴 정도로 체력이 바닥남을 느끼지 못한 것이 우리의 큰 실수라면 실수였다. 분하지만 이런 몸 상태로는 절대 그를 이기지 못한다."

고개를 돌려 힘겹게 뮤스를 바라본 카밀턴은 몸을 휘청이며 힘겹게 입을 열었다.

"왜 듀들란 제국에서 엄청난 손실을 감안하면서까지 자네를 끌어들이려는지 이제야 이해가 되는군. 자네는 충분히 강하고, 몸이 이렇게 된 이상 우리는 자네와 맞서 싸울 힘이 없네."

몸의 균형을 제대로 잡지 못할 정도로 휘청거리고 있는 대원들을 안타까운 눈빛으로 바라본 카밀턴은 나직하게 말을 이었다.

"다른 대원들은 나의 명령을 들은 것인만큼 내가 모든 책임을 지겠네. 그러니 다른 대원들에게는……."

그가 무슨 말을 하고 있는지 다 듣지 않아도 충분히 알 수 있었던 죠슈드는 말이 끝나기도 전에 손으로 무릎을 잡아 고정시키며 외쳤다.

"그런 약한 소리는 하지 마십시오! 아무리 체력이 고갈되었다 하더라도 저자쯤은 처리할 수 있습니다!"

쇼메트 역시 죠슈드와 같은 생각을 가지고 있었기에 단호한 어조로 말을 내뱉었다.

"누가 뭐라고 하더라도 우리는 듀들란 제국의 특무대입니다! 목숨이 끊어질 때까지는 작전 실패를 인정할 수 없습니다!"

이런 상황에서까지 자신의 맡은 바에 자긍심을 가지고 있는 부하들의 당당함에 흐뭇한 기분이 들긴 했지만, 지금은 여유롭게 감상에 빠져있을 상황이 아니었기에 마음에도 없는 억지 표정을 지으며 부하들을 질책했다.

"이런 멍청한 녀석들! 나의 갑옷이 어떤 꼴을 하고 있는지 잘 봐라! 지금의 몸 상태로 이만한 파괴력을 뿜어내는 자를 이길 수 있다고 생각하나! 어쩌면 나의 몸이 정상이더라도 뮤스 원장을 쓰러뜨릴 수 있을지 장담할 수 없을 정도였다!"

평소라면 상상도 못했을 카밀턴의 말은 대원들의 입을 열지 못하게 만들었다.

"우리는 처음부터 그에 대해서 아무것도 알지 못했다. 심지어 이 정도의 전투 능력을 가졌다는 중대한 사실조차 알지 못한 상태였다! 이것은 완벽한 패배이고, 진정한 군인이라면 자신의 패배쯤은 인정할 수 있어야 하는 것이다!"

카밀턴의 말이 끝나자 대원들의 무릎을 꺾으며 그 자리에 주저앉아 버렸는데, 부정하고 싶었던 현실을 받아들임으로써 정신과 육체가 함께 무너져 버린 것이었다.

질끈 눈을 감은 카밀턴은 지금쯤 고향에서 자신을 기다리고 있을 가족들을 떠올리며 말했다.

"누군가는 이곳에서 작전 실패에 대한 책임을 져야 한다. 자네들에게는 이번 작전의 실패를 상부에 보고해야 할 의무가 있으니 허튼 생각하지 말게."

대장과 대원들 사이에 누구도 깨뜨리지 못할 듯한 침묵이 흐르고 있을 때, 발치에서 그들의 행동을 주시하던 그라프가 혀를 차며 고개를 저었다.

"쯔쯧… 아무튼 한참이나 젊은 사람들이 생명을 그렇게 하찮게 여기면 쓰겠나? 뮤스 군은 자네들 중 그 누구도 원망하지 않고, 목숨을 버리는 것 또한 원치 않을 것일세. 그렇지 않나?"

너무나 극단적인 카밀턴의 발언을 들으며 어찌해야 할지 모르고 있던 뮤스는 그라프의 물음을 기다리기라도 했다는 듯 서슴없이 고개를 끄덕였다.

"그라프님 말씀이 맞습니다. 저는 당신들에게 어떠한 대가도 받아내고 싶은 마음이 전혀 없었는걸요. 그저 저를 더 이상 노리지 않겠다는 약속만 한다면 어찌 되든 상관없습니다."

특유의 따뜻한 미소를 지은 그라프는 카밀턴의 옆으로 걸어가 그와 눈 높이를 맞추며 말했다.

"들었는가? 뮤스 군은 전혀 자네들을 원망하지 않으니 목숨으로 대신하겠다는 말은 삼가하게. 그는 국가 간의 권력 다툼으로 목숨을 잃기에는 너무나 순수한 청년이야. 그것을 조금이라도 느꼈다면 더 이상은 뮤스 군의 뒤를 쫓지 말게나."

"하지만… 이대로 돌아간다 해도 저희가 있을 곳은 없습니다. 작전에 실패했다는 것은 저희 단체의 존재가 외부로 알려졌다는 것이나 다름없기에 돌아가 봐야 죽음보다 더한 불명예가 기다릴 뿐입니다."

아직도 수긍하지 못하고 있는 카밀턴의 이야기를 들으며 몸을 일으켜 뒷짐을 진 그라프는 근엄한 목소리로 입을 열었다.

"자네 조직을 관리하는 직속 상관이 누군가? 듀들란 제국의 어린 황제가 특수 기관을 관리할 리가 없을 테니, 그의 숙부인 투르코스 재상이겠구먼. 그렇지 않나?"

"그, 그것을 어떻게……?"

카밀턴의 떨리는 눈빛을 보며 자신의 추측이 맞아떨어졌음을 느낀 그라프는 하던 이야기를 계속했다.

"돌아가서 투르코스 재상이 작전 실패에 대해 추궁을 한다면 뮤스 원장이 그라프 라듀아보와 함께 동행하고 있다고 전하게. 그렇게 한다면 그도 자네에게 실패를 추궁하지는 못할 것일세."

"그, 그라프 라듀아보!"

"대현자! 라듀아보!"

그라프의 본명을 들은 카밀턴과 그의 수하들은 눈을 부릅뜨며 라듀아보라는 이름을 중얼거렸다. 비록 직접 만날 기회는 없었지만 그가 이룩해 놓은 업적에 대해서라면 귀에 못이 박히도록 들어왔기에 모를 리 없었고, 한 국가의 황제라도 그의 이름 앞에서는 한 수 접는 것이 보통이라는 사실을 잘 알고 있는 특무대의 대원들이었기에 놀라움은 더욱 크기만 했던 것이다. 쉽게 그런 사실이 믿기지 않았던 카밀턴이 되물었다.

"정말 대현자 라듀아보 본인이십니까? 세상을 등지고 은거하셨다던 대현자님께서 어떻게 이런 곳에……."

"허헛! 그저 개인적인 일이 있어서 미개척지를 지나는 길에 우연찮게 뮤스 군과 만나게 되었지. 서로 뜻이 맞아 동행을 하던 차에 이번 일을 겪었던 것일세."

"후우… 그렇다면 혹시 지금까지의 모든 일을 계획하신 것도 그라프님께서?"

카밀턴의 질문에 가볍게 웃은 그라프는 손을 내저었다.

"이제 와서 그것을 따지면 뭘 하겠는가. 허헛! 어쨌든 우리는 이제 더 이상 이곳에 있을 이유가 없어졌으니 이만 떠나야겠군. 이후의 일들은 자네들의 판단에 맡기겠네. 아! 그리고 특무대라는 단체와 이번 일에 대해서는 비밀로 해주도록 하지. 그럼 몸조심들하게나."

자신이 하고자 한 말만을 간단하게 마친 그라프는 몸을 돌리며 뮤스에게로 걸어갔고, 뮤스와 그라프를 지켜보는 카밀턴과 대원들은 아무런 말도 하지 못한 채 오랜 시간 동안 멍한 표정을 짓고 있었다.

뮤스와 그라프는 그 자리에 오래 있어봐야 그리 좋을 것이 없다고 생각했기에 그 길로 바로 짐을 싸들고 길을 재촉하는 중이었다. 그들

의 말들 역시 하루 정도 푹 쉰 상태였고 충분히 기력을 회복하게 되었
기에 길을 떠나는 데는 아무런 문제가 없었다.

말을 타고서 느긋하게 길을 가고 있던 뮤스는 자신이 떠나온 곳을
뒤돌아보며 그라프에게 물었다.

"이제 이 귀마개는 빼도 되겠습니까? 소리가 잘 들리지 않아서 조금
답답하더군요. 칼을 휘두르는 소리도 잘 들리지 않아서 허리가 두 동
강 날 뻔도 했고."

허리를 똑바로 세운 자세로 말을 몰던 그라프는 자신의 귀를 들이밀
며 웃었다.

"허헛! 아직도 끼고 있었나? 나는 이미 뺐네그려. 어차피 폴리크개
구리의 독소는 20멜리 이상 미치지 못하니 오랫동안 끼고 있을 필요가
없지."

"이런… 진작 말씀 좀 해주시지."

투덜거리던 뮤스는 고개를 한쪽으로 기울여 흰색의 귀마개를 빼냈
다.

"그나저나 정말 새로운 개념의 독이군요. 귀 안에 있는 반고리관과
전정기관에 자극을 주는 독이라니……."

뮤스의 말에 문득 말을 멈춘 그라프는 믿기지 않는 표정을 지으며
되물었다.

"자, 잠깐! 그새 독의 작용까지 알아냈다는 말인가?"

당연하다는 듯 고개를 끄덕인 뮤스는 머리 속에서 떠돌아다니고 있
던 생각들을 정리하며 대답했다.

"그러니까… 폴리크개구리의 독이 귀를 통해 중독된다고 말씀하셨
을 때부터 대충 눈치 채고 있었습니다. 게다가 중독의 현상으로 현기

중을 느끼면서 제대로 설 수 없게 된다면 평형 감각에 큰 영향을 주는 반고리관이나 전정기관과 관계가 있을 것은 두말할 나위가 없는 것이고, 결국 폴리크개구리의 독은 평형을 느끼게 할 수 있게 해주는 두 곳의 유모 세포를 마비시키는 작용을 한다고 결론 내렸죠."

두 손을 들어 올리며 탄성을 터뜨린 그라프는 다시금 말을 몰며 물었다.

"이거야 원… 정말 못 당해내겠군. 자네가 모르는 것은 도대체 뭔가?"

그라프의 물음에 피식 웃은 뮤스는 손을 내저었다.

"하핫! 농담은 그만 하시죠, 그라프님. 오히려 그런 질문을 해야 할 사람은 바로 접니다. 그라프님이야말로 어떻게 이런 지능적인 함정을 파실 수가 있죠? 독에 중독된 사람에게 스스로 체력이 고갈되었다고 느끼게 만들다니… 지금 달려가 모든 일이 계획 하에 일어난 일이라고 그들에게 말한다 해도 절대 믿지 않을 것입니다. 여러 면에서 볼 때 그라프님은 정말 무서운 분이십니다."

헛기침을 한번 한 그라프는 애써 시선을 돌리며 허리를 두드렸다.

"아이고, 허리야~ 내일 당장 죽더라도 이상할 것이 없는 늙은이가 뭐가 무섭다고 그러나. 나는 죽지 못해서 살고 있는 뼈다귀일 뿐이라네."

"후훗! 정말 못 말리겠군요."

뮤스는 그라프의 엄살에 웃음을 터뜨릴 수밖에 없었고, 오랜만에 유쾌한 분위기가 된 그라프 역시 함께 미소 짓고 있었다.

부스럭.

그러던 중 길 한쪽의 어둠진 곳에서 수풀 스치는 소리가 들려왔다.

아직도 개이지 않은 짙은 안개 덕에 그 존재가 무엇인지 확인할 방도
는 없었지만, 만에 하나 있을 일에 대비해 뮤스는 재빨리 건틀렛을 꺼
내어 착용했고 그라프는 말을 조금 뒤로 빼며 외쳤다.

"웬 놈이냐! 썩 모습을 드러내라!"

상대는 그라프의 고함 소리에 놀랐는지 다급성을 터뜨리며 수풀 사
이를 헤치며 뛰쳐나왔다.

"흐엑! 자, 잘못했습니다, 뮤스 원장님! 저… 니카도입니다, 니카
도!"

그는 다리의 상처 때문에 제대로 걸을 수도 없는 상황이었음에도 불
구하고 크게 놀라서인지 거의 기다시피 한 모습으로 뛰쳐나와 뮤스와
그라프의 앞에서 쩔쩔매고 있었다. 그제야 상대의 정체를 알게 된 뮤
스는 팔에 들어간 뇌공력을 풀었다.

"니카도 씨였군요? 그리고 보니 일행들과 함께 보이지 않던데 왜 이
곳에 혼자 있죠?"

그의 물음에 두리번거리며 주변을 살피던 니카도는 동료들이 보이
지 않는 것에 불안감을 느꼈는지 뒷걸음질치며 말을 더듬거렸다.

"이, 이렇게 멀쩡하신 걸 보면 카, 카밀턴 대장이 실패했군요! 그, 그
럼 그들은 모두 죽었나요?"

뮤스가 공포에 휩싸인 니카도를 진정시키기 위해서 그간 있었던 일
을 설명해 주려 할 때, 무슨 일인지 그라프는 그의 어깨를 잡으며 말을
멈추게 했고, 장난스러운 표정으로 한쪽 눈을 깜빡이며 대신 입을 열었
다.

"그들은 뮤스 군을 해치려다가 그의 손에 모두 목숨을 잃었네! 그렇
지 않아도 자네를 찾고 있었던 차였는데 마침 잘 만났군! 감히 뮤스 군

의 목숨을 노리는 일에 동참을 하다니 용서할 수가 없어."

그라프의 목소리에 안색이 하얗게 변한 니카도는 자신의 목숨도 위험해졌다고 느꼈는지 급히 허리를 굽히며 두 손을 모아 싹싹 빌기 시작했다.

"아이고! 저, 저는 그저 평범한 교섭인일 뿐입니다! 처음부터 저는 상부의 명령을 반대하는 입장이었죠! 그, 그러니 제발 목숨만은 살려주십시오! 제발!"

고개를 땅에 처박고 애원을 하는 니카도를 보며 몰래 미소를 지은 그라프는 목소리를 가다듬으며 말을 이었다.

"흠… 그 말이 사실인가?"

"네, 네! 그렇고말고요! 제가 뮤스 원장님과 무슨 원한이 있다고 해치려 들겠습니까! 저는 절대로 뮤스 원장님을 해치는 것에 대해 반대하는 입장이었습니다!"

"하지만 자네는 틀림없이 그들을 도왔네. 그 사실만은 변함이 없지 않나?"

"그렇게 생각하신다면 정말 죽을죄를 지었습니다! 지금 반성하는 중이니 한 번만 용서를……."

근엄한 표정으로 팔짱을 낀 그라프는 고개를 끄덕이며 말했다.

"하긴, 자네 같은 인재가 이런 곳에서 목숨을 잃는 것은 아까운 일이지. 그렇다면 내가 제안을 한 가지 하겠네. 나의 질문에 대답만 해주면 자네의 목숨을 보장해 주도록 하지."

목숨이 왔다 갔다 하는 상태에서 한줄기 구원의 빛을 얻은 니카도는 쉴 새 없이 고개를 끄덕였다.

"뭐, 뭐든지 말씀만 하신다면 제가 알고 있는 것에 대해서는 모조리 말씀드리겠습니다!"

"내가 알고 싶은 것은 간단하네. 자네들이 왜 뮤스 군을 끌어들이려 하는지, 그리고 장영실 남작이라는 사람의 근황을 사실대로 말해 보게나. 그것만 말해 준다면 약속처럼 자네의 목숨은 보장받는 것일세."

용서해 준다는 말에 고개를 번뜩 들어 올린 니카도는 감동에 찬 얼굴로 울먹였다.

"감사합니다! 감사합니다! 제가 모조리 말씀드리겠습니다! 저희에게 비밀 임무를 맡기신 분은 투르코스 재상 각하이십니다. 그분께서 뮤스 원장님의 능력을 높이 평가하셨기에 타국의 이목을 속이면서까지 듀들란 제국으로 모셔오기를 원하셨습니다. 하지만 무슨 일인지 장영실 남작님께서는 뮤스 원장님이 듀들란 제국으로 오시는 것에 대해서 반대할 것이라 예상했고, 결국 장영실 남작님께는 비밀로 이번 일을 추진하게 되었던 것이죠. 그러니 뮤스 원장님께 전해 드렸었던 편지와 나머지 이야기들은 모두 조작된 사실들이었습니다."

그 이후로도 니카도의 입을 통해 장영실에 대한 이야기들을 숨김없이 들을 수 있었는데, 주로 그의 근황에 관련된 이야기들이었다. 대부분의 내용들은 그라프가 추론하던 사실과 거의 일치했고, 뮤스는 장영실의 소식에 안도의 한숨을 내쉬었다.

조금의 시간이 흘러 니카도의 이야기가 끝나자 만족한 표정을 지은 그라프는 평소의 목소리를 되찾으며 말했다.

"허헛! 솔직히 말해 줘서 고맙군 그래. 한데… 자네의 동료들은 모두 살아 있다네. 우리가 온 길을 따라가면 그들과 만날 수 있을 테니 찾아가 보게나."

아직도 그의 말을 제대로 이해하지 못했던 니카도는 눈을 깜빡거리며 되물었다.

"동료들이 살아 있단 말씀이십니까? 그렇다면 방금 전의 이야기는……."

"자네에게는 미안하지만 이번 일의 배경이 궁금해서 장난 좀 쳐본 것일세. 후훗! 그럼 듀들란 제국까지 잘 돌아가시게나. 출발하도록 하지, 뮤스 군."

말고삐를 잡아당기며 말을 몰아 나가는 그라프의 뒷모습을 보던 뮤스 역시 니카도에게 가볍게 고개를 숙여 보였다.

"좋은 정보에 감사드립니다, 니카도 씨. 그럼 상처 치료 잘 하시고 남은 여정 동안 몸조심하시길."

어떻게 들어보면 상대방의 가슴을 긁는 듯한 감사의 말을 건넨 뮤스는 손을 흔들어주며 말을 몰아 그라프의 뒤를 따랐고, 멋지게 속아넘어간 니카도는 헛웃음만 터뜨릴 수밖에 없었다.

"허… 나참… 얼떨결에 일급 비밀을 다 불어버린 꼴이 되어버렸군. 그런데 대체 저 노인은 누구지?"

숲 속에 혼자 남게 된 니카도는 너무나 어이가 없었기에 화를 내야 한다는 사실조차 잠시 잊고 있는 중이었다.

그라프는 뒤따라 오는 뮤스를 기다리기 위해 달리는 속도를 조금 늦추었고, 뮤스와 어깨가 나란해지자 속도를 맞추며 달리기 시작했다. 뭐가 그렇게 좋은지 얼굴이 한결 밝아진 뮤스의 얼굴을 보며 말했다.

"이제 예전의 얼굴을 되찾은 걸 보니 장영실이란 자의 신상에 대해 안심이 되는 모양이군."

머리를 긁적인 뮤스는 속내가 그대로 묻어나는 미소를 감추지 못하며 대답했다.

"모두 그라프님 덕분입니다. 미개척지로 나온 이후 이렇게 기분이
좋았던 적은 없었던 것 같군요."

"내가 뭐 한 일이 있다고 그러나. 그나저나 이제는 어떻게 하지? 예
상보다 파솔에서 빨리 나온 셈이 되어버렸는데."

"저는 어차피 목적지를 정하고 움직이는 것이 아니었으니 그라프님
께서 목적지를 정하신다면 어디든 따르겠습니다."

뮤스의 말에 너털웃음을 지은 그라프는 크게 고개를 끄덕였다.

"허허헛! 나도 별달리 계획이 있었던 것은 아니지만 방금 전에 꽤나
괜찮은 생각이 떠올랐네. 그럼 나를 따라오도록 하게나!"

"훗! 그렇게 하도록 하죠."

짧은 뮤스의 대답과 동시에 두 마리의 말은 새하얀 안개를 뒤로하며
공기를 갈랐고, 그 자리에는 점차 멀어져 가는 말발굽 소리만 남아 있
을 뿐이었다.

뮤스가 가지고 있는 공학에 대한 지식은 인간이 가질 수 있는 이상
의 것임에는 틀림없었지만, 그 외의 일에 대해서는 같은 나이 또래의
평범한 수준을 크게 벗어나지 못한 상태였다. 이것은 그의 경험의 부
족으로 나타난 현상이었는데, 그의 머리에 주입되어 있는 어떠한 서적
에서도 배울 수 없는 내용이었던 것이고, 이것이 바로 지식과 지혜의
차이라고 할 수 있었다.

지식은 풍부하되 지혜가 모자라는 뮤스, 그가 대륙 최고의 지성으로
추앙받고 있는 그라프를 만난 것은 행운이라고 할 수밖에 없는 상황이
었고, 개인적으로 큰 성장할 수 있는 계기가 되는 일이었다.

78장 회상

첫눈이 내리는 날은 시간과 공간을 뛰어넘어 사람의 가슴을 설레게 만든다. 하늘에서 내려주는 축복을 조금이라도 빨리 맞이하고 싶었던 어린아이들은 옷을 제대로 챙겨 입지도 않은 채 집에서 뛰쳐나왔고, 부모들은 아이들에게 입힐 옷을 들고 따라나와 함께 즐거운 시간을 보내고 있었다.

사랑하는 사람이 있는 젊은이들 역시 이런 날은 집에 있을 수 없었기에 연인과 함께 무작정 목적지도 없이 거리를 걷곤 한다. 그때만큼은 이 세상에 부러울 것도 없고, 고민도 없으며, 어떠한 슬픔도 존재하지 않는다. 그저 연인의 머리에 쌓인 눈을 손수 털어주며 한번 웃을 수 있는 그 순간을 즐길 뿐이었다.

그러나 모두들 즐거워하는 날에 더욱 외로움을 느끼는 부류의 사람들이 있기도 했다. 사회에 속하지 못하며 정신적으로 방황을 하는 사람들, 예를 들자면 갈 곳이 없는 길거리의 부랑자들이나 가족으로부터 소외받은 사람들, 또는 이국 땅에서 고향을 그리워하는 사람들이 그런 부류에 드는 사람들이었다.

장영실 역시 지금은 그런 부류의 사람들 중 한 명이었다. 듀들란 제국에서의 생활에 다소 익숙해졌다고는 하지만 아직도 어색하기만 한 환경들이 그의 마음을 안정시키기에 부족함이 많은 데다 결국 이곳도 타향이라는 생각이 강하게 남아 있었던 것이다. 특히 오늘과 같이 수많은 사람이 모여 즐기는 연회라면 그 사이에서 쉽게 어울릴 수 없었던 그는 더욱 외로움을 느껴야만 했다.

따라라라란… 딴따다다다단…….

연회장에는 최근 유행한다는 경음악이 흘러나오며 사람들의 흥을 돋우었고, 수많은 사람들이 파트너를 바꿔가며 춤을 추고 있었다. 매 계절, 또는 매달마다 유행하는 음악이 다르다는 소리를 많이 들어봤지만 난간에 기대어 술 한잔을 걸치고 있는 장영실에게는 모든 음악이 비슷비슷하게 들릴 뿐이었기에 별다른 흥을 느낄 수 없었다.

괜히 울적해지는 기분을 잊기 위해 오랜만에 술을 마시던 장영실은 얼굴이 더워짐을 느끼며 주머니에서 손수건을 찾기 시작했다.

겨울임에도 불구하고 연회장의 내부는 후끈한 열기가 감돌고 있었다. 작년 이맘때만 하더라도 실내를 난방하기 위해서 연회장 벽의 중간중간에 위치한 벽난로를 사용해야 됐지만, 장영실이 고안한 '열선벽지'로 실내의 벽을 도배한 이후부터는 훨씬 효율적이고 손쉬운 난방이 가능해졌던 것이다.

이 일에 쌍수를 들고 기뻐하는 사람들은 다름 아닌 귀족 여성들이었는데, 겨울에는 추위로 인해 입을 생각조차 할 수 없었던 노출도가 높은 연회복을 계절에 구속받지 않으며 입을 수 있게 되었다는 것이 그 이유였다. 물론 장영실로서는 그런 것은 전혀 염두에 있지 않은 일이었지만 결과는 전혀 의외의 상황으로 나타나고 있는 것이었다.

손수건으로 얼굴의 땀을 닦아내고 있던 장영실에게 말을 걸어오는 여인의 고혹적인 목소리가 있었다.

"어머… 실례지만 장영실 남작님 아니신가요?"

약간 희미해진 눈길로 자신에게 말을 건 여성을 바라본 장영실은 언젠가 한번 만난 적이 있다는 생각을 하며 대답했다.

"아, 존슈튼 양이셨군요. 제게 무슨 하실 말씀이라도?"

장영실이 자신의 이름을 정확히 말하자 그녀는 눈웃음을 치며 말했다.

"호홋! 저를 기억하고 계셨군요. 그나저나 회색의 괴인이라고 불리던 분이 이렇게 차려입으니 정말 몰라보겠군요. 혹시 괜찮으시다면 시간 좀 함께 보내주실래요? 동행했던 파트너가 어디론가 사라져 버려서 조금 외롭거든요."

누가 보더라도 노골적인 유혹의 말이라는 것을 쉽게 알 수 있었지만 장영실은 이런 일에 대해서라면 누구에게도 뒤지지 않는 둔감성을 자랑하고 있는 인물이었다. 그 진가를 발휘하기라도 하는 듯 자못 진지한 표정을 지은 장영실은 주변을 둘러보며 대답했다.

"흠, 파트너 분께서 화장실에 가신 것이 아닐까요? 그쪽을 찾아보시는 것이……."

지금껏 경험해 보지 못했던 상대의 반응에 순간적으로 얼굴이 딱딱하게 굳은 여인은 당황한 표정을 애써 감추려 했다.

"아, 아니… 호홋! 장영실 남작님께서는 농담도 잘하시는군요."

이런 장영실의 말을 농담쯤으로 치부하려던 그녀에게 있어서 오늘은 운이 그리 좋지 못한 날인 듯했는데, 등 뒤로부터 들려오는 노인의 목소리가 그녀의 일(?)을 방해하고 나섰기 때문이다.

"껄껄! 이게 누구야. 존슈튼 양이 아닌가? 황궁에서 둘째가라면 서러워할 요부를 이런 곳에서 만나다니 정말 영광이구먼!"

보통의 사람이라면 상상치도 못할 독설을 본인 앞에서 퍼붓고 있는 목소리의 주인공은 바로 루스티커였다. 그의 신랄하고 거침없는 말에 어쩔 줄 몰라 하며 얼굴을 붉힌 여인은 덥기라도 한 듯 급히 부채질을 하고 있었다.

"그, 그게 무슨 소리시죠, 루스티커님? 요부라니요?"

"정말 몰라서 묻는다면 내가 아는 대로 말해 주도록 하지. 음… 롤란드 남작 이야기부터 할까, 아니면 스콰이드 자작 이야기부터 할까?"

두 귀족의 이름이 나오자 이제 얼굴이 하얗게 변해 버린 그녀는 억지웃음을 띠며 손으로 머리를 짚었다.

"가, 갑자기 머리가 아프군요. 먼저 실례하겠어요."

그녀는 이야기가 더 진전되기 전에 이 자리를 빠져나가고 싶은지 장영실과 루스티커를 향해 가볍게 인사를 건네며 서둘러 발길을 옮겼다.

사람들 사이로 모습을 숨기는 그녀의 뒷모습을 보던 루스티커는 여전히 못마땅한 표정을 지으며 입을 열었다.

"이제 자네가 제법 잘 나가는 귀족이라고 소문이 나다 보니 별 이상한 파리들까지 날아드는군. 정말 저런 여자들은 처음 보는 것도 아니지만 볼 때마다 속이 뒤집히는 게 사실이야. 밥 먹고 얼마나 할 짓이 없으면 저럴까. 쯔쯧. 아무튼 마음에 드는 귀족들이라곤 눈을 씻고 찾아봐도 없군."

루스티커가 하는 양을 보고만 있던 장영실은 실소를 터뜨렸다.

"하핫! 루스티커님께서 그러시니 귀족들이 다들 꺼려하는 것 아닙니까? 매번 친우가 없다고 투덜거리시는데 그런 독설만 퍼부으시니 친우가 생길 리 있겠습니까?"

그의 말에 한쪽 눈을 얇게 뜬 루스티커는 기분이 나쁘다는 듯이 손을 내저었다.

"흥! 썩어 빠진 귀족이라면 얼마를 데려다 주더라도 친우로 사귈 생각이 없네! 그렇지 않아도 기분이 나쁜 판에 저런 것들이나 보고 있으려니 정말 참을 수가 없군. 에잉!"

평소에도 귀족들에 대해 이와 비슷한 태도의 루스티커였지만 오늘따라 유난히 심하다고 생각한 장영실은 의아한 표정을 지으며 물었다.

"기분 나쁘신 일이라니요? 무슨 일이 틀어지기라도 하셨습니까?"

"자네에게는 좋은 소식이겠구먼 그래! 얼마 전에 뮤스 군을 끌어들이기 위해 파견한 교섭대가 임무를 완수하지 못했다고 하더군! 하필이면 그 빌어먹을 영감탱이가 죽지도 않고 그런 곳에 있었다니……."

한동안 잠잠하다고 생각하던 루스티커의 괴팍한 성격을 되살아나게 만들고 있는 '영감탱이'와 뮤스의 일에 대해 궁금증을 느낀 장영실은 고개를 갸웃거렸다.

"대체 뮤스와 교섭대 사이에 무슨 일이 있었던 것입니까?"

"에잉… 어찌 된 일인지 설명해 줄 테니 따라 나오게. 이렇게 화기애애한 곳에서 말할 기분이 아니구먼."

"그렇게 하죠. 저도 이런 자리가 별로 마음에 들지 않았던 참이었는데."

"역시 나와 마음이 맞는 건 자네밖에 없다니까. 대신 포도주나 한

병 챙겨서 오도록 하게나. 오붓하게 한잔하도록 하지."

말을 마친 루스티커는 감정이라도 있는 듯 춤을 추고 있는 사람들의 사이를 거칠게 헤치며 가로질렀고, 왠지 어린아이의 투정 같은 그의 행동을 보며 쓴웃음을 지은 장영실은 그의 부탁대로 테이블 위에 놓여 있는 포도주 병을 챙겨 자리를 옮겼다.

루스티커와 장영실은 연회장을 빠져나온 즉시 도서관으로 자리를 옮겼다. 그들에게 있어서 도서관은 제2의 집이나 마찬가지였고 그들만의 사교장이었던 것이다. 게다가 황궁에서 책을 읽을 사람은 그들을 빼면 거의 없는 것이나 마찬가지였기에 더없이 조용하다는 것도 이곳을 즐겨 찾는 큰 이유 중에 하나였다.

야심한 시각이어서인지, 아니면 아무도 찾지 않을 도서관까지 난방할 필요가 없다는 이유에서인지 내부는 손끝이 시릴 정도로 싸늘했다. 양손을 주무르며 냉기를 쫓던 장영실은 창밖을 한번 내다보며 중얼거렸다.

"벌써 첫눈이 오는 것을 보니 이곳에 온 지 꽤나 오랜 시간이 흘렀군요. 정말 짧은 시간에 많은 일을 했다는 생각이 듭니다."

그런 장영실의 말에도 루스티커는 단단히 토라졌는지 아무런 대꾸도 없이 가져온 술병만을 기울이고 있었다. 포도주를 한 모금 넘긴 루스티커는 인상을 찌푸렸다 펴며 탄성을 질렀다.

"캬아, 역시 황궁에 있으면 고급 포도주를 얼마든지 마실 수 있다는 점이 정말 좋아. 자네도 그런 쓸데없는 감상은 그만두고 이쪽으로 와서 술이나 한잔하게나."

어쩔 수 없었던 장영실은 바람이 들어오지 않도록 창의 커튼을 치며 루스티커가 있는 책상의 앞쪽에 자리를 잡으며 말을 꺼냈다.

"그나저나 명신이의 이야기 좀 해주시겠습니까? 분명 아까 교섭이 실패로 돌아갔다고 말씀하셨는데……."

고개를 끄덕인 루스티커는 장영실의 잔에 포도주를 가득 채우며 입을 열었다.

"그랬지, 그랬어. 후훗. 그는 우리가 제시하는 모든 조건을 거절했다고 하더군. 이번 추방 기간이 끝나면 도이첸 제국으로 돌아가야 한다는 말과 함께 말이야."

그의 이야기에는 특무대가 뮤스의 목숨을 노렸던 이야기는 빠져 있었는데, 투르코스 재상의 독단적인 계획이었기에 루스티커 역시 그 사실을 모르고 있었다. 잔 속에 반쯤 남은 포도주를 입 안으로 털어 넣은 루스티커는 잔을 채우기 위해 술병을 들어 올리며 말했다.

"나는 도저히 이해할 수가 없네. 그렇게까지 타박을 주었던 국가가 뭐가 좋다고 돌아가려고 하는지 말이야. 에잉… 아무튼 똑똑한 사람들의 생각은 이해할 수 없다니까. 그 똑똑한 사람들에는 자네도 포함된다는 것을 잊지 말게."

애꿎은 자신에게 비난의 눈초리가 돌아오자 장영실은 웃으며 그의 눈길을 피했다.

"후훗, 저는 그 아이의 심정을 이해할 수 있을 것 같군요. 지금 명신에게 있어서 도이첸 제국은 고향이나 다름없는 곳일지도 모릅니다. 그 아이의 주변에는 이미 가족이나 다름없는 사람들이 있었다고 하니까요. 어쩌면 저희가 떠나온 곳보다 이곳에서 더욱 많은 사랑과 관심을 받았을지도 모르는 일이죠."

쓸쓸한 표정을 지으며 붉디붉은 포도주가 담긴 잔을 만지작거리던 장영실은 눈을 내리깔며 말했다.

"고향이란 그런 것 같습니다. 아무리 자신을 타박하고 버리더라도 언젠가는 꼭 되돌아가고 싶은 곳."

그의 말을 들으며 입가를 매만지던 루스티커 역시 그의 말이 이해가 되는지 고개를 끄덕이며 말을 받았다.

"흠… 그래서 자네도 듀들란 제국에 남는 것을 꺼리는 것인가? 유래 없는 파격적인 대우를 뿌리치고 조이센 대륙으로 돌아가겠다는 것이 그런 이유일 수도 있겠구먼."

"면목없군요."

"허헛! 아닐세. 나도 자네의 기분을 충분히 이해할 수 있겠구먼. 나도 가끔 이곳에서의 생활을 버리고 내가 태어난 곳으로 돌아가고 싶다는 생각을 하니까."

허공을 응시하며 회상에 빠지고 있는 루스티커를 바라보던 장영실 역시 포도주를 한잔 걸치며 옛 생각에 잠기고 있었다.

깊은 밤임에도 불구하고 드넓은 태사청에는 수많은 고위 대신들이 좌우로 양립해 있었는데, 이는 명나라로 파견했던 장영실이 돌아와 그간의 있었던 일을 듣기 위해서였다. 하지만 무슨 일인지 분위기는 흉흉하기 그지없었고 대신들은 저마다 고개를 숙인 채 상소를 올리고 있는 장영실을 향해 야멸찬 눈빛을 보내고 있는 중이었다.

양립해 있는 대신들의 시선을 집중시키며 단상을 향해 오체복지하고 있던 장영실은 격앙된 목소리로 간청하고 있었다.

"전하! 어찌하여 조선의 공학 기술을 아무런 대가 없이 명나라에 넘기라 하시옵니까? 저희 공학원의 공학자들은 오로지 조선의 발전을 위

해 연구에 정진하는 것이지, 결코 명나라를 위해서 연구를 하는 것이
아니옵니다!"

장영실의 말을 듣고 있던 대신 중 한 명이 그의 말을 반박하고 나섰
다.

"전하! 신이 한마디 올리겠사옵니다. 지금 대호군의 말에는 크게 잘
못된 점이 있사옵니다. 명은 태조 때부터 형의 나라로 모셔왔다는 것
은 전하께서도 잘 아시리라 믿습니다. 그러니 아우의 나라인 우리 조
선에서 형의 나라인 명을 위해 그깟 천한 기술을 조금 넘겨주는 것이
뭐가 그리 아까운 것이겠습니까? 오히려 작은 것을 버리고 명의 인정
을 받게 되니 얼마나 좋은 일입니까. 아무래도 신임 대호군이 초임이
기에 큰 뜻을 모르는 듯하옵니다."

장영실은 자신의 평생을 바쳐 온 공학에 대해 무시하는 언사를 내뱉
는 대신들에 대해 주먹을 불끈 쥐었지만 공학을 등한시하는 문관들을
하루 이틀 봐온 것도 아니었고, 그것이 조선의 현실이었기에 화를 낼
수는 없는 일이었다.

"공학은 절대 천한 기술이 아니옵니다. 만일 공학이 천한 것이라 평
가한다면 명나라가 이 조정에게 가하는 압력은 무슨 이유겠습니까? 과
연 아무 짝에도 쓸모없는 것을 얻기 위해서 그런 압력을 행사한다는
말씀이시옵니까?"

그의 날카로운 지적에 반박하던 대신은 움찔거리며 입을 다물 수밖
에 없었고, 장영실의 이야기는 계속되었다.

"그들은 이미 공학의 중요성을 알고 있는 것입니다. 그렇기에 자신
들보다 훨씬 뛰어난 공학 기술력을 가진 우리 조선에게 기술 이전을
요청하는 것이옵니다. 게다가 훗날 큰 위협이 될 조선을 미리 견제하

기 위해서 학문 이외의 것은 모두 잡기로 치부하는 쓸데없는 사상을 심어주는 데 전력을 다하고 있다는 것입니다!"

지금 그의 발언은 장안을 술렁이게 할 만큼의 커다란 파장을 일으키고 있었다. 이것은 현 조선의 사회 전반에 퍼져 있는 유교 사상 자체를 비난하는 발언이었는데, 그 유교 사상의 중심에 서 있다고 해도 과언이 아닌 문관 대신들의 앞에서 이런 말을 한다는 것은 자칫 잘못하면 목숨까지 내놓아야 할 일이었다. 그러나 장영실은 거기서 이야기를 끝맺을 생각은 없는 듯했다.

"감히 부탁드리건대, 대신들께서는 그렇게 본받기를 원하는 명에 대해서 한번 생각해 보십시오. 그들이 과연 지금의 조선과 같이 유교 사상을 정치 기반으로 채택하여 나라를 다스리고 있사옵니까? 지금까지 반평생 동안 유교 사상을 공부하신 문관나으리들께서는 제가 무슨 이야기를 하고 있는지 잘 알고 계실 것이라 사료되옵니다. 명나라는 유교의 사상을 하나의 학문과 생활 규범으로 받아들였을 뿐이지 절대 국가의 정책으로는 받아들이지 않고 있습니다. 이는 그들은 역시 앞뒤 꽉 막혀 변화에 유동적이지 못한 유교 사상의 한계를 이미 알고 있기 때문입니다!"

이 자리에 모인 대신들은 날카로운 비수 한 자루가 가슴에 꽂히는 느낌을 동시에 받고 있었다. 하지만 고작 대호군의 신분을 가진 인물이 노골적으로 자신들을 비난한다는 것에 대해 분노한 대신들은 임금의 앞이라는 것도 염두에 두지 않은 채 버럭 화를 내기 시작했다.

"대호군! 감히 이곳이 어디인 줄 알고 그런 망발을 하는 것이오!"

"자네는 정녕 이 자리에 모인 대신들뿐만 아니라 전하까지 능멸하는 발언을 하고 있는 것일세!"

"문물을 배워오라 명나라로 파견했더니 어디서 그런 쓸데없는 사이한 학문만 익혀온 것이오!"

장내가 비난의 목소리로 가득 차고 있을 때 탁상 두들기는 소리가 단상의 위쪽에서부터 흘러나오고 있었다.

탁탁탁!

그 소리에 이성을 잃고 흥분해 소리치던 대신들은 헛기침을 하며 고개를 돌렸고, 여전히 같은 자세로 오체복지하고 있던 장영실은 이미 자신의 발언에 대한 처벌을 각오하고 있었기에 담담한 표정을 지을 뿐이었다.

고개를 숙이고 있던 장영실은 임금의 표정을 전혀 알 길이 없었고 목소리만을 들을 수 있었다.

"대신들은 모두 진정하시오. 과인이 대호군과 직접 이야기를 하겠소."

"예, 전하……."

대신들이 길게 읍을 하며 대답하자 임금은 고개를 숙이고 있는 장영실을 향해 물었다.

"대호군은 과인의 물음에 자신의 생각을 그대로 대답해 주기 바라오. 과인은 지금까지 대호군의 이야기를 의미 깊게 들었고, 과인 또한 대호군의 주장에 많은 부분을 공감하고 있는 중이오."

임금이 장영실을 옹호하고 나서자 태사청에 모인 대신들은 서로의 얼굴을 바라보며 믿을 수 없다는 표정을 짓기 시작했다. 하지만 임금의 이야기는 끝난 상태가 아니었기에 답답한 심정을 억누를 수밖에 없었다. 임금의 이야기는 계속되었다.

"그렇다면 대호군은 조선의 공학 기술을 이용하여 명의 그늘에서 벗어날 수 있다고 생각하시오?"

임금의 물음에 장영실은 머리를 조아리며 자신의 생각을 말했다.

"지금 당장은 불가능하옵니다. 이미 명나라로 흘러 들어간 중요 공학 기술력들이 무시하지 못할 정도이고, 조선은 명에 비해 자원이 부족하여 공학 기술을 충분히 활용할 수 있는 조건을 갖추지 못하고 있사옵니다."

"흠… 그렇다면 대호군은 어찌했으면 좋겠다는 것이오?"

"먼저 말씀드렸다시피 지금 당장 조선의 힘으로 명나라의 그늘에서 벗어나는 것은 현실적으로 불가능하옵니다. 하지만 훗날의 후손들까지 명의 그늘 아래에서 농락당하도록 할 수는 없다는 생각이옵니다. 고로 신 장영실은 지금부터라도 현 조선의 공학 기술을 집대성하고 더욱 발전시켜 후대에게 넘겨줌으로써 조선의 발전 기반을 마련해야 할 때라고 생각하옵니다!"

일단 하고자 했던 말을 요약해 고하던 장영실은 임금의 반응을 기다리는 수밖에 없었는데, 주변의 대신들은 변함없이 그의 의견을 받아들일 수 없다는 입장이었다. 한동안 술렁임이 계속되고 있을 때 임금의 목소리가 다시금 흘러나오고 있었다.

"으음… 굉장히 극단적인 의견이군."

낮게 깔린 임금의 음성에 좋은 결과라고 생각할 수 없었던 장영실은 두 눈을 질끈 감았고, 대조적으로 대신들은 어차피 뻔한 결과라고 믿고 있었기에 코웃음 치며 장영실을 내려다보고 있었다. 그러나 이어지는 임금의 이야기는 대신들의 표정을 얼어붙게 만들었다.

"하나 극단적인만큼 대호군의 의견이 과인에게 있어 큰 기대감을 불러일으켰소. 그중 후대에게까지 좋지 못한 구습을 물려줄 수는 없다는 그대의 발언이 특히 마음에 와 닿는 부분이었소."

갑작스럽게 임금의 태도가 변하자 이대로 있어서는 안 되겠다 싶었던 대신들은 저마다 임금을 부르며 나섰다.

"전하! 어찌 저런 무도한 자의 경망스러운 말을 귀담아들으시옵니까!"

"학문을 깊이 배우지 못해 세상의 이치를 모르는 자에게 무엇을 얻으시려는지요!"

"전하! 명을 거스르는 일은 조선의 존망을 위협할 수도 있는 일이옵니다! 통촉하여 주시옵소서!"

그러나 대신들의 이러한 행동들은 오히려 임금의 역정을 끌어낼 뿐이었다.

"무엄하도다! 감히 과인의 이야기가 끝나지도 않았는데 어찌 말을 자르고 끼어드는 게요! 다들 조용히 하지 못하겠소!"

단상 아래로 굽어보며 외치는 임금의 목소리에는 근접할 수 없는 위엄이 그대로 묻어 나오고 있었고, 불똥 같은 호령에 놀란 대신들은 고개를 들지 못하며 입을 다물 수밖에 없었다.

"그렇지 않아도 과인은 매년 백성들이 피땀 흘리며 수확한 작물들을 명나라에 조공으로 받치는 일에 대해 마땅치 않게 생각하고 있었소. 뿐만 아니라 조선의 공학자들이 밤낮없이 고생하여 개발해 낸 공학 기술들을 손 하나 까딱하지 않은 채 취하려 하는 명나라의 사신들을 보며 목으로 피가 치미는 기분을 한두 번 느낀 것이 아니오. 그렇다면 대신들의 눈에 과인 역시 경망스러운 자이고 깊이 배우지 못한 자로 보인다는 말이오!"

"그, 그것은……"

　따끔한 질책에 차마 대답을 하지 못하며 얼굴을 붉히고 있는 대신들을 둘러본 임금은 혀를 차며 말했다.

　"쯧쯧, 대호군이 비록 지위가 낮다 해도 그를 업신여기지 마시오. 과인이 보기에는 이 자리에 모인 그 누구보다 충신이요, 조선을 위하는 사람이오."

　이렇게 장영실의 발언권에 대해 쐐기를 박은 임금은 그제야 속이 조금 풀리는지 평소의 목소리로 돌아오고 있었다.

　"대호군, 고개를 들게나. 이제 이 자리에서만큼은 자네의 발언을 두고 비난할 사람은 없네. 그러니 마음속에 가지고 있던 모든 생각을 이 자리에서 풀어놓아 보게나. 내 최대한 그대의 의견을 수렴하도록 하겠네."

　예상치 못한 쪽으로 상황이 흘러가게 되자 적지 않게 당황한 장영실은 고개를 크게 조아리며 대답했다.

　"화, 황공하옵니다, 전하!"

　그리고 나서야 고개를 들 수 있었던 장영실은 갑작스러운 상황에 어지럽기까지 했지만, 애써 떨리는 가슴을 진정시키며 말을 이었다.

　"미천한 일개 공학자에게 이런 기회를 주신 은혜, 평생을 가더라도 갚을 길이 없사옵니다. 비록 짧은 생각이나마 전하의 은혜에 보답하고자 성심을 다해 아뢰겠사옵니다. 현 조선은 무작정 명나라의 압력에 대항할 수 있는 입장이 아니라는 것은 전하께서도 익히 알고 계실 것이옵니다. 그렇기에 소신이 아뢰었던 극단적인 방법을 지금 당장 시행하기에는 큰 무리가 있다고 사료되옵니다. 이 점을 감안하여 한 가지의 복안을 준비해 놓은 것이 있사온데, 바로 두 개의 공학원을 공존시키는 것이옵니다."

"지금 두 개의 공학원이라고 하셨소?"

"그렇사옵니다, 전하! 그중 한곳은 대외적인 활동을 하는 공학원으로써 지금과 같이 백성들에게 유용한 물건들을 만들거나 명나라에 비교적 질이 떨어지는 공학 기술을 제공하는 역할을 맡게 되는 것이고, 또 다른 공학원은 비밀리에 조선 공학을 축적하여 후대로 전하거나 보다 수준 높은 공학 기술을 개발하는 곳으로 육성하는 것이옵니다. 이런 방법을 쓴다면 명나라의 이목을 속이는 동시에 조선의 공학을 지킬 수 있게 되는 것이옵니다!"

대략적인 설명을 듣고 있던 임금은 무릎을 치며 탄성을 질렀다.

"올커니! 과연 가능성이 있을 법한 의견이로군. 어디 한번 자세한 이야기를 계속해 보게나."

임금으로부터 긍정적인 반응을 이끌어낸 장영실은 자신감을 얻으면서 보다 상세한 내용에 대해 설명하기 시작했다. 여러 측면에서 분석한 자료를 토대로 한 그의 제안은 그 자리에 모인 이들로 하여금 더 이상 비난조차 할 수 없게 만들었고, 미래에 대한 가능성이라는 중요한 단어를 대신들에게 심어주는 계기가 되었다. 이것이 바로 현재 조선의 공학원이 경복궁의 지하에 위치하게 된 배경이었다.

물론 새로운 공학원이 설립되기까지 수많은 문관들이 이를 반대하고 나섰지만 현명한 임금은 그들의 의견을 수용하면서 공학원과의 합의점을 이끌어낼 수 있었고, 새롭게 등극한 좌의정과 우의정이 공학을 옹호하고 나서게 됨으로써 조선은 최고의 공학 전성기를 맞이하게 되었던 것이다.

회상에서 깨어난 장영실은 문득 자신의 앞에 놓여 있던 잔이 비워져 있다는 것을 알았다. 루스티커가 들고 있던 포도주 병도 이미 비워져 있었는데, 그새 루스티커가 가져온 술을 모두 마셔 버린 듯했다. 약간 풀린 눈으로 장영실을 바라보던 그는 고개를 갸웃거리며 물었다.

"허헛! 자네 술잔까지 탐해서 미안하구먼. 불러도 대답이 없길래 말이야. 무슨 생각을 했길래 그렇게 흐뭇하고 웃고 있었나?"

말을 하다 말고 고개를 치켜들며 진지하게 생각을 하던 루스티커는 장영실을 향해 게슴츠레한 눈을 뜨며 입을 열었다.

"혹시… 마음에 두고 있는 여인네라도 생각하고 있었던 것 아닌가?"

루스티커의 장난기 섞인 목소리에 장영실은 고개를 절레절레 내저었다.

"연세도 지긋하신 분이 아직도 그런 말씀을 하고 싶으십니까?"

"아니, 그 말이 어때서 그런가. 나이가 찰 만큼 차버린 사내가 여인 생각을 하는 것은 지극히 당연한 일인데. 그리고 내 나이는 왜 들먹거리나? 이 정도면 어디에 내놓더라도 쓸 만한 얼굴에 쓸 만한 몸이란 말일세."

"저는 여인에 대해서 아무런 생각도 하지 않았고, 루스티커님의 나이에 관한 문제라면 잘 닦인 거울을 들여다보시면 제가 한 말을 알 수 있으실 것입니다."

"글쎄… 매일 거울을 봐도 잘 모르겠던걸. 내가 그렇게 늙었나?"

술기운이 올라서 얼굴이 붉게 변한 루스티커의 노안을 보며 가볍게 웃던 장영실은 마침 떠오르는 것이 있는지 의자를 앞으로 끌며 물었다.

"그나저나 아까 말하신 그 영감탱이는 누구를 말씀하셨던 것입니까? 보아하니 루스티커님과 좋은 관계를 가진 사람은 아닌 듯한데……."

그러나 장영실의 물음이 적절하지 못했는지 루스티커의 붉어진 얼굴은 있는 대로 구겨지고 있었다.

"크으… 이제야 겨우 술기운으로 나쁜 기억을 지웠더니 자네가 다시 끌어내는군. 에잉, 몹쓸 친구 같으니."

"괜한 이야기를 꺼낸 것 같군요. 말씀하기 싫으면 하지 않으셔도 괜찮습니다."

나름대로 무서운 눈을 뜨며 장영실을 바라본 루스티커는 톡 쏘듯이 외쳤다.

"이제 와서 말하기 싫으면 하지 말라니, 자네 지금 누구 놀리는 건가?"

"말씀해 주신다면 경청하도록 하겠습니다."

장영실을 향해 눈을 한번 흘긴 루스티커는 빈 포도주 병을 아쉽다는 듯 흔들어보며 이야기를 꺼냈다.

"내가 그 영감탱이를 알게 되었을 때는 내가 젊었을 때이니 거의 100년 정도 지난 일이군. 그 녀석의 이름은 그라프 라듀아보, 당시 20대 초반의 나이에 도이첸 제국에서 머리 좀 쓴다는 사람들 중에 최고라는 찬사를 듣고 있었지. 산속에서 마법사 수행을 하던 내 귀에까지 그 녀석의 이름이 들리곤 했으니 얼마나 유명했는지 알 수 있을 게야."

잠시 그의 말을 정리해 보던 장영실은 손으로 턱을 쓸며 대답했다.

"음… 그러니까 당시에 루스티커님보다 훨씬 유명했었다는 이야기군요. 어쩌면 지금도 루스티커님보다 유명할지도 모르는 일이지만 말입니다."

별 생각 없이 던진 장영실의 말에 루스티커는 정곡이 찔렸는지 안면을 푸들푸들 떨기 시작했다. 아무래도 쌓인 것이 많았던 것 같은 그는 화를 참지 못하며 의자를 차고 일어섰다.

"누가 그라프보다 덜 유명하다는 것인가! 서로의 길이 다르니 비교할 수가 없는 것일세! 나는 마법사이고 그 녀석은 현자이니까!"

버럭 화를 내는 루스티커를 보며 머리를 긁적인 장영실은 어색한 미소를 지었다.

"저… 루스티커님 행동을 보아하니 은근히 그 그라프라는 분과 스스로를 비교하고 있는 것 같습니다만."

장영실의 말에 문득 조용히 입을 다문 루스티커는 자신의 주변을 둘러싼 채 끝도 없이 일렬로 늘어선 책장들을 바라보았고, 그 책장 속에 빼곡히 박혀 있는 책들을 하나씩 살펴보며 힘없는 목소리로 말했다.

"흠… 어쩌면 그럴지도 모르는 일이지. 자네, 혹시 이 도서관에 있는 책들을 모두 둘러본 적이 있나?"

"이 넓은 곳을 어떻게 다 둘러볼 수 있었겠습니까. 그저 이번 일에 필요한 관련 서적만 찾아서 참고할 뿐이죠."

그의 대답에 머리를 끄덕인 루스티커는 왠지 우울한 표정을 지으며 하던 이야기를 계속 이어 나갔다.

"하긴 워낙 책이 많으니 그럴 수도 있었겠지. 그렇다면 자네는 이 도서관에 소장되어 있는 책들 중 가장 중요도가 높은 100권의 책이 꽂혀 있는 곳은 둘러봤나?"

잠시 기억을 더듬어 보던 장영실은 도서관의 안쪽으로 고개를 돌리며 대답했다.

"물론이죠. 도서관의 가장 안쪽에 황금 책장으로 꾸며져 있는 곳 아닙니까? 저 역시 그곳에 있는 서적들로부터 많은 자료들을 얻곤 하는데, 반출이 불가능한 것이 아쉽더군요."

"잘 아는군. 만약 그 100권의 책들 중 반수 이상이 그라프 리듀아보가 저술한 책이라면 자네는 어떤 표정을 짓겠나?"

그의 질문에 대한 대답은 이미 장영실의 얼굴에 나타나 있었는데 어찌 보면 시시한 농담쯤으로 치부하고 있는 듯했다.

"하핫, 그 말씀이 사실이라면 지금쯤 놀라서 기절이라도 해 있겠죠."

"자네를 기절시키고 싶은 생각이 있는 것은 아니지만 내 말은 사실일세. 정 의심이 난다면 지금이라도 그 책장으로 가서 책표지에 적혀 있는 저자의 이름들을 확인해 보면 알 것이야."

루스티커의 표정으로 보아 그의 말이 사실이라는 것을 깨달은 장영실은 놀라다 못해 황당한 표정을 짓고 있었다.

"그럴 수가… 그렇다면 지금 하신 이야기가 사실이란 말씀이시군요. 제가 본 바로는 그곳에 있는 서적들은 이루 말할 수 없을 정도로 대단한 것이었습니다. 그중 한 권 분량의 자료를 수집하는 데만 해도 보통 사람이라면 한평생이 걸릴지도 모르는 일인데 한 명의 사람이 수십 권을 집필하다니…….."

"그 외에도 수백 권의 책들이 이 도서관 안에 소장되어 있다네."

"흠… 그런 분이 지금 명신이와 함께 있다는 것입니까?"

그의 물음에 다시금 특무대의 일을 떠올린 루스티커는 눈을 얇게 뜨며 혼잣말을 중얼거렸다.

"아무래도 그 영감탱이가 이번 일에 간섭을 한 것 같단 말이야. 지금까지 죽었는지 살았는지 소식도 없던 자가."

"한데 루스티커님께서는 무슨 일이 있으셨기에 그라프라는 분을 탐탁지 않게 여기십니까? 혹시 두 분 사이에서 좋지 않은 일이라도?"

장영실의 물음에 진지한 표정을 거두며 피식 웃은 루스티커는 재미있다는 듯이 웃으며 대답했다.

"허헛! 사실 나와 그라프는 서로 만나본 적도 없는 사이일세. 어쩌면 그는 나에 대해서 모를 수도 있다네. 그렇다면 내가 왜 그에게 집착을 하는 것일까?"

자문을 던진 루스티커는 잔에 남아 있는 몇 방울의 포도주를 아쉽다는 듯이 입으로 털어 넣으며 이야기를 이어 나갔다.

"그건 아마도 그라프가 내 인생의 목표였기 때문일 거야. 마법사가 사사로운 유명세를 중요시 여겨서는 안 되는 일이겠지만, 우습게도 마법사 특유의 괴팍함 때문에 나는 그의 유명세를 시기했었다네. 그래서 나는 더욱 마법에 심취할 수 있었고, 그보다 한층 높은 유명세를 얻길 갈망했었지. 어쩌면 그 덕에 지금 대마법사라는 칭호를 받으며 이 자리에 있을 수 있었는지도 모르는 일이지."

루스티커에 얽힌 비화를 듣고 있던 장영실은 전혀 예상 밖의 내용에 실소를 터뜨릴 수밖에 없었다.

"후훗, 루스티커님께서 대마법사가 된 이유가 그저 유명세 때문이라니……."

"자네가 비웃어도 좋네. 마법사에게 있어서 유명세란 물질적인 면과 직접적인 연관이 있는 것이니 풍족한 환경에서 자라지 못했던 내가 유명세에 집착한 것은 이상한 것이 아니니까. 정작 문제는 그 이후에 일어났다네. 시간이 지나자 나도 상당한 명예를 얻게 되고 마법사로서 거의 그라프에 비등할 정도의 유명세를 타게 되었지. 한데 하필이면 그럴 때 돌연 그가 세상을 등져 버리고 잠적해 버린 것일세. 세상 사람들은 수많은 명예와 부를 버리고 세상을 등진 그에게 엄지손가락을 치켜들어 주더군. 게다가 그라프는 자신의 저서를 통해 아직도 대륙의 사람들에게 영향력을 행사하지 않나? 에잉."

　아무리 생각해도 마음에 들지 않는 그라프를 떠올리며 불만의 목소리를 덧붙였다.

　"어찌 됐든 그리됨으로써 나는 결국 그라프의 유명세를 뛰어넘지 못하고 말았고, 그와 같이 멋지게 은퇴를 할 수도 없게 되어버렸네. 말이야 바른말이지, 현자들이야 은퇴를 하더라도 어디서든 생각하고 그것을 글로 옮기면 되겠지만 마법사야 어디 그럴 수가 있나? 당장 수석 마법사 자리를 내놓는다면 연구에 필요한 재료비도 충당할 수 없을 텐데 말일세. 그래서 결국 이도 저도 못하고 고약한 늙은이라 손가락질받으며 이러고 있는 것일세. 끌끌."

　문득 열변을 토하다 말고 허망한 웃음을 터뜨리고 있는 루스티커를 보며 딱하다는 생각이 들었던 장영실은 빈 술병을 들며 자리에서 일어났다.

　"아무래도 술이 조금 더 필요할 것 같군요. 이런 때에 술만큼 좋은 것이 없죠."

　장영실이 술을 가지러 가기 위해서 몸을 돌릴 때 루스티커가 소매를 잡아 걸음을 멈추게 했는데, 지금 그는 조금 전 우울한 표정과는 너무나도 대조적으로 밝게 미소를 짓고 있었다.

　"후훗, 고맙지만 그럴 필요는 없을 것 같군. 사실 지금 나는 아주 기분이 좋은 상태거든."

　"분명 방금 전까지만 해도……."

　"훗! 예전 같았다면 이렇게 얌전하게 앉아 자네와 대화를 하고 있지도 않았을 것일세. 그라프의 생각이 떠올랐다는 이유 하나만으로 여기저기에 마법을 난사하면서 난동을 부렸을 테지. 하지만 지금은 아닐세. 자네와 같이 제국 개발 사업을 해오면서 어쩌면 그라프 그 친구를 눌러줄 수 있을지도 모른다는 생각을 하게 되었거든. 그래서 이번 일에 더욱 열을 올리는 것이라네. 어쩌면 그를 앞질러 나갈 수 있는 마지막 방법일지도 모를 테니 말이야."

굳은 의지를 보이는 루스티커의 노안을 바라보던 장영실은 그의 손을 마주 잡으며 털털한 웃음을 터뜨렸다.

"그렇다면 더욱 술을 한잔해야겠군요. 원래 술은 기분 좋을 때 마시면 더 좋은 것 아니겠습니까?"

장영실의 말을 잠시 생각해 보던 루스티커는 그의 말에도 일리가 있다고 생각했는지 서둘러 몸을 일으켰다.

"그런 의미라면야 내 얼마든지 마셔줄 수 있지! 허헛, 분명 자네가 먼저 시작하자고 했으니 나중에 후회하지는 말게나."

"아무렴 여부가 있겠습니까!"

"그럼 어서 서두르세나. 자칫 늦는다면 연회장의 술이 다 떨어질지도 모르는 일이니까."

더 이상 생각할 것도 없었던 루스티커는 무릎을 덮고 있던 외투를 걷어치우며 자리에서 일어났고, 오히려 장영실보다 앞서 도서관의 문을 열고 나섰다. 그를 따라나서던 장영실은 명신의 소식을 다시 한 번 떠올리며 기분 좋은 미소를 짓고 있었다.

첫눈이 쌓이는 경우는 거의 드물다는 것은 누구나가 아는 사실이다. 그리고 올해의 첫눈 역시 그 범주를 넘지 않고 있었는데, 땅을 겨우 적실 정도로 내린 눈은 메말라 있던 땅을 차분하게 가라앉혀 주는 동시에 땅 위의 오물들을 이끌고 땅속으로 스며들고 있었다.

이러한 첫눈의 노고에도 불구하고 정원의 한 켠에서는 볼썽사납게 구토를 하는 사내가 있었다. 짤막한 키에 그리 많지 않은 머리숱을 가진 그는 아침까지 동료들과 술을 마시던 도중에 상관의 호출을 받고 가는 중이었는데, 거의 두 달 동안이나 호출이 없었기에 여유롭게 생활을 즐기던 그로서는 너무나 갑작스러운 일이 아닐 수 없었다.

"우웨엑!! 아이구, 죽겠다! 갑자기 장영실 남작님이 찾으실 줄이야. 아직 술도 덜 깼는데 이대로 남작님을 찾아뵈어도 될지 모르겠군."

대충 옷소매로 입가를 닦아낸 그는 넓게 퍼져 있는 구토물을 대충 발로 정리하고선 정원에서 빠져나왔다. 그때 날카로운 피리 소리와 함께 붉은 제복을 입은 건장한 청년이 뛰어오기 시작했는데, 그들을 발견한 사내는 황급히 달아나려 했다.

"이런 젠장! 황실 관리병들이군. 잡히면 범칙금이다!"

삐익! 삐익!

"거기 서랏! 감히 황궁의 정원에서 구토를 하다니!"

"제기랄, 범칙금이 한두 푼이냐! 나는 절대 잡힐 수 없다!"

그러나 그의 몸은 생각만큼 움직여 주지 않고 있었다. 짤막한 다리로 여러 번 움직여 봐야 뒤를 쫓고 있는 청년들의 추적에서 벗어날 수가 없었던 것이다.

결국 몇 분간의 추격전(?) 끝에 덜미를 잡히고 만 사내는 어정쩡한 미소로 황실 관리병들을 보며 말했다.

"저… 내 이름은 코르핀이라고 하네만. 지금 즉시 장영실 남작님의 호출로 가봐야만 한다네. 그러니 이번 한 번만 어떻게 해주면 안 되겠나? 너무 급해서 화장실을 찾을 시간이 없었단 말일세."

애절한 눈빛으로 용서를 구하고 있는 코르핀을 내려다보던 황실 관리병은 사무적인 목소리로 말했다.

"아무리 남작님의 부르심이라 하더라도 이곳이 황제 폐하께서 기거하시는 황궁인만큼 기본적인 규율은 지켜주셔야 합니다. 설령 남작님 본인이라 하더라도 예외일 수는 없습니다."

결국 아무 일 없이 빠져나가기는 틀렸다고 생각한 코르핀은 체념할 수밖에 없었다.

"에휴… 그래, 범칙금은 얼마인가?"

여전히 딱딱한 표정을 하고 있던 황실 관리병은 뒷주머니에 넣고 있던 종이 뭉치를 꺼내 들며 말했다.

"정원 침입 10폴트, 이물질 투척 20폴트, 합이 30폴트입니다. 벌금은 이번 주 내로 황실 관리국에 납부해……?"

문득 코르핀의 범칙금 내역에 대해 말해 주던 황실 관리병은 고개를 돌렸다. 그리고 의아한 표정을 지은 코르핀 역시 그를 따라 고개를 돌렸는데, 정원수의 뒤쪽에서 또 누군가의 현장감있는 구토 소리가 들려오는 것이었다.

"우웨엑! 우웩!"

"아무튼 연회 다음 날만 되면……."

짜증이 섞인 목소리를 흘리며 인상을 구긴 황실 관리병은 코르핀의 손목을 잡은 채 구토 소리가 들려오는 정원수 쪽으로 걸어갔는데, 정원수의 뒤로 돌아가 그 주인공들을 확인하게 된 황실 관리병과 코르핀은 제각각 다른 말을 내뱉으며 눈을 부릅떠야만 했다.

"이, 이런! 루스티커 수석 마법사님!"

"장영실 남작님! 어떻게 이런 곳에서!"

서로 어깨동무를 하며 다정하게(?) 구토를 하던 그들은 자신들을 부르는 소리에 고개를 돌렸는데, 채 닦아내지 못하여 입가 붙어 있던 걸쭉한 구토물들이 조금씩 흘러내리고 있었다. 그것을 본 황실 경비병은 생각지도 못한 장면에 할 말을 잃었는지 멍청한 표정을 지을 뿐이었다.

초췌한 얼굴로 집무실로 돌아온 장영실은 머리를 부여잡으며 푹신한 의자에 몸을 파묻었고, 그와 함께 들어온 코르핀 역시 장영실과 별반 다를 바 없는 모습이었다. 책상 위에 놓인 주전자를 입에 가져가 물을 들이킨 장영실은 한숨을 내쉬며 말했다.

"후우… 이제야 좀 살겠군. 아침까지 루스티커님과 술을 마시다가 자네를 호출한 기억이 나서 바삐 오던 길이었네만, 운이 나쁘게도 추한 꼴을 보여줬구먼."

고개를 내저은 코르핀은 오히려 기쁜 표정이었다.

"하핫! 하지만 장영실 남작님과 루스티커님 덕분이 범칙금을 물지 않아도 되어서 천만다행입니다."

그의 말대로 장영실과 코르핀은 범칙금을 물지 않아도 되었는데, 루스티커의 괴팍한 성격을 익히 알고 있었던 황실 관리병은 차마 그의 성격을 건들 엄두를 내지 못했고, 코르핀에게 보여줬던 당당함을 즉시 거두어들이며 줄행랑을 쳤던 것이다.

그 후 루스티커는 숙취를 해소하기 위해서 자신의 방으로 가버렸고 장영실과 코르핀은 집무실로 들어오는 길이었다.

"그나저나 남작님께서 오랜만에 저를 부르신 것을 보니 해야 할 일이 있는 것 같군요. 이번에도 뮤스 원장님에 관한 일입니까?"

코르핀의 물음을 듣던 장영실은 흰색의 종이 한 장을 책상 위에 펼치며 대답했다.

"그렇다네. 자네가 다시 한 번 도이첸 제국의 공학원으로 가줘야 할 것 같아서 이렇게 부른 것일세."

"이번에는 어떤 일입니까? 아직 뮤스 원장의 추방 기간이 끝나려면 한참이나 남아 있는 것으로 알고 있는데."

"간단한 일일세. 자네는 그저 내가 써주는 편지만 그 아이의 누이라는 여성에게 가져가 훗날 명신이 돌아오면 보여주라고 하면 되는 것이지. 잠깐만 기다리고 있게나. 혹시 갈증이 난다면 아무거나 꺼내 마시게나."

"천천히 하셔도 상관없습니다, 남작님."

말을 마친 장영실은 깃펜을 들어 편지를 써 내려가기 시작했다. 깃펜으로 한자를 적어 내려간다는 것이 조금 어색했고, 한자 특유의 유려한 모습도 나타낼 수 없었지만 그런 것쯤은 아무래도 좋았다. 그저 명신이 자신의 편지를 알아보기만 하면 그것만으로 충분했기에.

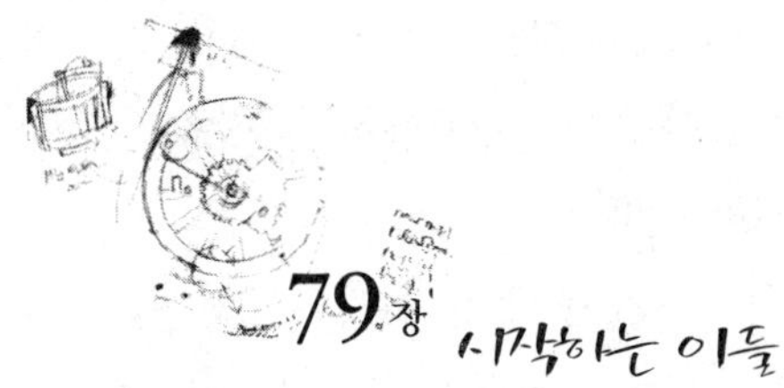

79장 시작하는 이들

올해 처음으로 사람들의 눈앞에 선보이는 작은 눈송이 하나는 이리 저리 부드러운 바람에 몸을 맡기며 세상을 내려다보고 있었다. 백조의 깃털만큼이나 가벼워 보이는 눈송이들은 긴 여행을 끝마치며 차가운 땅에 맺히며 사라졌다. 눈송이가 하나씩 하나씩 녹아 들어가고 있을 시간, 라이델베르크 공학원 저택의 고풍스러운 지붕 아래로 젊은 남녀들이 모여들고 있었다.

그들의 손에는 알록달록하게 포장되어 있는 선물 상자가 하나씩 들려 있었고, 저마다 첫눈이 내려오고 있는 하늘을 한 번씩 올려다보며 미소 지었다. 저택의 문 앞에 모여든 젊은이들은 경쾌하게 손잡이를 두들겼다.

똑똑똑!

그와 동시에 저택의 문이 열리며 누군가가 그들을 맞이하기 위해 나오고 있었다. 아래위로 검은색의 정장을 깔끔하게 차려입은 공학원 저택의 집사 바이멀이었다. 온화한 미소를 지은 그는 문밖에 서 있는 젊은이들의 이름을 한 명씩 부르며 맞아주었는데, 그들은 크라이츠의 저녁 식사에 초대받은 뮤스의 친구들이었다.

"허헛! 벌써 오셨군요. 카타리나 아가씨, 폴린 아가씨, 세이즈 아가씨, 히안 도련님. 그런데 가장 뒤의 아가씨는 처음 뵙는 분이시군요."

바이멀의 말과 함께 일행들의 시선이 한곳으로 모아졌다. 그곳에는 일행들보다 조금 어리게 보이는 여학생 한 명이 서 있었는데, 장난스런 미소를 지은 그녀는 허리를 재빨리 숙이며 인사를 건넸다.

"안녕하세요! 저는 뮤스 선배의 후배인 헤밀턴이라고 합니다. 뭐, 뮤스 선배를 직접 본 적은 없었지만 그래도 후배는 후배인걸요. 들어가도 괜찮겠죠?"

그녀의 행동에 지끈거리는 머리를 짚은 폴린은 고개를 내저으며 바이멀에게 말했다.

"죄송해요, 바이멀 아저씨. 이 녀석이 어찌나 따라오고 싶어하던지… 아무튼 못 말릴 녀석이야."

폴린의 말을 듣고 있던 히안은 딴청을 피우며 말했다.

"그 못 말릴 녀석도 누구만은 못하지, 아마."

"히안! 오랜만에 나의 성질을 돋우는구나! 요즘 남자 친구라고 봐줬더니 슬슬 기어오르는군."

으름장을 놓은 폴린이 히안의 옆구리를 꼬집으려 들자 히안은 몸을 크게 틀며 소리쳤다.

"흐엑! 나는 폴린이라고 말한 적이 없는데 왜 그래!"

히안과 폴린이 말다툼 태세에 돌입하려 하자 급히 손을 내저은 바이멀은 눈웃음을 지으며 말했다.

"두 분 다 진정하시죠. 어차피 뮤스 도련님의 후배시라면 크라이츠님도 반가워하실 겁니다. 날씨가 꽤 쌀쌀하니 어서 들어오십시오."

그제야 폴린과 히안은 입을 다물었고, 자신과는 아무런 상관이 없다는 듯이 천진난만하게 웃은 헤밀턴은 친절하게 맞아주는 바이멀을 향해 한 번 더 감사의 인사를 건넸다.

"감사합니다, 아저씨! 좋은 연말 보내세요!"

"허헛! 정말 힘이 넘치는 아가씨군요. 감사는 나중에 크라이츠님께 하시면 됩니다."

손님들이 모두 저택으로 들어오자 문을 닫은 바이멀은 그들을 응접실로 안내하며 입을 열었다.

"아직 크라이츠님과 드워프님들께서는 준비 중이시니 금방 내려오실 것입니다. 벌쿤 도련님은 지금 주방에서 음식 장만을 하고 계시고요. 여기서 잠시만 기다려 주시죠."

바이멀이 응접실에서 나가자 보는 것만으로도 편안해 보이는 안락의자에 몸을 던진 폴린이 세이즈를 향해 입을 열었다.

"세이즈는 좋겠구나. 나중에 결혼하면 요리사 따로 구할 일이 없을 테니까 말야. 벌쿤을 나중에 우리 식당으로 스카웃해 올까나?"

그녀의 말에 조용히 웃던 세이즈는 어깨를 으쓱이며 대답했다.

"그러지 말고 히안을 지금부터 교육시키는 건 어때? 히안 정도면 머리도 좋겠다, 금세 요리도 잘 배울 수 있을 것 같은데."

세이즈의 칭찬을 들은 히안의 어깨에 힘이 들어가려 할 때 폴린은 코웃음을 쳤다.

"호홋! 요리는 예술이란 말이야. 히안이 머리는 좋지만 그런 감각은 빵점이거든. 차라리 지금처럼 공부해서 공학원으로 들어오는 편이 훨씬 좋을걸?"

그들이 대화를 나누고 있을 때 응접실의 문이 벌컥 열리며 건장한 청년인 벌쿤이 모습을 드러냈다. 그는 음식 준비를 하다 말고 달려왔는지 밀가루가 여기저기 묻은 앞치마를 두르고 있었고, 손에는 기이하게 생긴 금속제 기구를 들고 있었다.

"하하핫! 다들 왔군! 세이즈도 왔고, 카타리나 누나, 폴린 누나, 히안 형! 어라? 헤밀턴도 함께 왔네?"

반갑게 맞아주는 벌쿤의 아래위를 살펴보며 인상을 찌푸린 폴린은 뭔가 마음에 안 드는 듯 고개를 저으며 말했다.

"벌쿤, 우리한테 가까이 올 생각은 하지 마. 애써 손질해 둔 옷에 밀가루 칠을 하기는 죽기보다 싫으니까."

"훗! 솔직히 나도 폴린 누나 옆으로는 가기 싫은걸. 우리 세이즈라면 몰라도. 그렇지, 세이즈?"

벌쿤은 당연하다는 듯이 세이즈의 곁으로 다가갔는데, 온몸에 밀가루를 칠하고 있는 벌쿤이 다가와도 세이즈는 싫은 기색 없이 미소만 짓고 있었다.

"쯔쯧, 그때가 좋을 때다. 우리 세이즈… 우리 세이즈… 지금 실컷 해봐. 조금만 지나면 그것도 없어질 테니까."

벌쿤의 흉내를 내며 투덜거리는 폴린의 모습에 응접실에 있던 모든 사람들은 웃을 수밖에 없었다. 뭔가 허전한 모습에 사람들을 둘러보던 벌쿤은 고개를 갸웃거리며 물었다.

"그런데 가이엔 누나랑 바르키엘 형은 안 보이네? 오늘 못 온대?"

그의 물음에 웃음을 거두던 카타리나가 대답했다.

"응, 걔들은 지금 부모님들과 함께 여행 중이거든. 얼마 전에 편지로 소식을 받았는데 참석 못한다고 아쉬워하던걸."

"아쉽지만 어쩔 수 없지 뭐. 아마 내가 준비한 만찬에 참석하지 못한 걸 땅을 치면서 후회할 거야."

허리에 손을 얹으며 장담하는 벌쿤을 보며 가볍게 웃은 카타리나는 그의 손에 들려 있는 금속제 기구를 가리키며 물었다.

"그런데 손에 들고 있는 건 뭐니? 공학원 제품은 아닌 것 같은데."

"아! 이건 특별한 이름은 없지만 밀가루 반죽을 해주는 기계야. 혼자 기계 공학 쪽을 공부하면서 만들어본 건데, 꽤나 쓸 만하길래 자주 사용하고 있지."

말을 마친 벌쿤이 자랑이라도 하려는 듯 손잡이에 있는 스위치를 올리자 반죽기가 작동하기 시작했는데, 거의 소리도 없이 기이한 모양으로 돌아가고 있었다. 정상적으로 작동하는 것을 본 벌쿤은 흐뭇한 표정을 지으며 어깨를 우쭐거렸다.

"어때? 이걸 대량으로 생산해서 빵집에 판매하면 엄청난 인기를 얻을 거야. 원래 빵을 만들 때는 반죽이 가장 힘들거든."

그러나 벌쿤의 말에 동의를 해주는 사람은 세이즈밖에 없었다.

"정말 괜찮은 생각 같다. 나도 어머니를 도와서 빵을 만들어봤는데 정말 힘들었어. 벌쿤이 이걸 만들었다니 정말 대단한걸."

남들이야 어쨌든 세이즈의 칭찬을 받았다는 것에 만족한 벌쿤은 반죽기의 작동을 멈추며 말했다.

"그럼 나는 마무리를 하러 가야 하니까 여기서 잠깐만 기다리고 있어. 오늘 만찬을 기대하고 있으라고! 세이즈도 잠시 후에 봐!"

주먹을 불끈 쥐어 보이며 응접실 밖으로 나가는 벌쿤을 바라보던 히안은 그의 행동이 도무지 이해가 안 가는 듯했다.

"아무리 이상한 환경에서 살아왔다고 해도 그렇지… 정말 저 덩치가 아깝다."

히안의 말을 귀담아듣고 있던 폴린은 팔짱을 끼며 날카로운 눈으로 그를 바라봤다.

"아무튼 세상 남자들은 다 벌쿤을 본받아야 한다니까. 저런 괜찮은 녀석을 덥석 물다니 세이즈는 운도 좋지."

"또 나랑 사귀게 된 게 억울하냐!"

"아이고… 속 좁긴. 농담 좀 한 것 가지고 화내는 것 좀 봐."

더 이상 폴린과 말다툼해 봐야 제 무덤을 파는 행위라는 것을 알게 된 히안은 입을 다물 수밖에 없었다.

그들을 지켜보던 헤밀턴은 팔짱을 낀 채로 혀를 차며 말했다.

"쯔쯧, 두 분 모두 너무하시네요. 지금 카타리나 선배는 뮤스 선배를 먼 객지로 보내고 가슴 아파하시는데 두 분은 볼 때마다 사랑싸움이라니… 철 좀 드세요!"

헤밀턴의 말에 자신도 모르게 식은땀을 흘린 폴린은 그녀의 어깨에 팔을 올리며 으름장을 놨다.

"이, 이봐, 헤밀턴. 네게만은 철들라는 소리를 듣고 싶지 않은데? 그리고 카타리나만큼은 아닐지 몰라도 뮤스 녀석의 어벙한 면상을 보고 싶은 건 우리도 마찬가지라고! 왜 괜히 쓸데없는 이야기를 꺼내서 좋은 분위기를 망치는 거야!"

결국 헤밀턴은 폴린 식 공포의 목조르기를 당해야만 했고, 뮤스 이야기로 인해 분위기는 점차 가라앉고 있었다.

때마침 응접실의 문이 열리는 소리와 함께 폴린만큼이나 톤이 높은 여성의 목소리가 들려왔다.

"호홋! 모두들 일찍 와 있었군요. 그런데 모두들 안색이 좋지 않아 보이는데 무슨 일이라도 있었나요?"

분위기를 깨는 목소리에 시선을 응접실 입구 쪽으로 옮긴 뮤스의 친구들은 몸의 곡선을 따라 흐르는 백색의 드레스를 입은 크라이츠의 모습을 발견했고, 뮤스의 친구들은 애써 어둡던 안색을 숨기며 인사를 건넸다.

"안녕하세요. 오랜만에 뵙겠습니다."

하지만 그들의 분위기를 보며 아무런 눈치도 못 챌 크라이츠가 아니었다.

"이런, 분위기를 보니 아무래도 뮤스의 이야기를 하고 있었던 것 같군요. 카타리나 양, 제 말이 맞죠?"

눈부신 미소를 지으며 물어오자 카타리나는 고개를 끄덕일 수밖에 없었다.

"네, 크라이츠님."

고개를 푹 숙이며 금세라도 눈물을 흘릴 듯한 카타리나에게 다가가 머리를 쓰다듬어 준 크라이츠는 따뜻한 목소리로 말을 건넸다.

"이런, 뮤스 녀석이 카타리나 양을 크게 걱정시키고 있군요. 돌아오면 내가 꼭 크게 혼쭐을 내주도록 하죠."

"뮤스는… 뮤스는 괜찮을까요? 아버님으로부터 미개척지는 굉장히 무서운 곳이라고 들었어요. 수많은 마물들이 날뛰고 있는 곳이라고."

걱정스러움이 가득 찬 눈빛을 하고 있는 카타리나에게 확신을 심어 주기 위해 크라이츠는 그녀의 어깨를 굳게 잡았다.

"괜찮을 거예요. 그 녀석은 드베인 숲에서도 멀쩡하게 살아 돌아왔잖아요? 이번에도 꼭 무사히 돌아올 거예요.”

카타리나는 크라이츠의 위로에 보답이라도 하려는 듯이 잠시 후 밝은 표정을 되찾고 있었다.

“네, 저도 크라이츠님과 같은 생각이에요. 이렇게 만찬에 초대까지 해주셨는데 괜히 제가 주책을 부렸나 봐요.”

“별말을 다 하네요. 그럼 괜찮아진 듯하니 벌쿤이 준비한 만찬을 즐기러 가볼까요?”

그녀의 말을 들은 헤밀턴은 목을 조르고 있는 폴린의 팔을 풀어내며 기뻐했다.

“좋아요! 그렇지 않아도 오늘 아침부터 굶고 있었는데, 드디어 만찬이 시작되다니!”

헤밀턴과 안면이 없던 크라이츠는 해답이라도 구하려는 듯 의아한 표정으로 일행들의 얼굴을 바라보았다. 그러자 폴린이 다시 헤밀턴의 목을 부여잡으며 어색하게 웃었다.

“하… 하… 이번에 저희 학부에 새로 들어온 후배 녀석인데, 만찬 초대 소식을 듣고 꼭 공학원에 와보고 싶다고 해서요. 괜찮을까요?”

폴린과 헤밀턴의 우스꽝스러운 모습을 바라본 크라이츠는 손으로 입을 가리며 웃었다.

“호홋! 어차피 음식은 벌쿤이 충분히 준비해 놨을 테니 상관없답니다. 그럼 이제 식당으로 가도록 하죠.”

크라이츠가 몸을 돌리며 먼저 발걸음을 옮기자 나직한 한숨을 내쉰 폴린은 헤밀턴의 머리에 꿀밤을 한 방 먹였고, 그래도 기분이 좋았던 헤밀턴은 혀를 빼물며 기뻐하고 있었다.

　따뜻한 느낌의 조명들이 빛을 발하는 식당 내부, 약 50석에 달하는 기다란 식탁 위에는 빈자리를 찾아볼 수 없을 정도로 엄청난 양의 음식들이 아름다운 식기에 올려져 줄을 지어 있었다. 그 사이사이에는 장식을 위한 촛대가 여러 개 놓여 있었고, 겨울이었음에도 어디서 구했는지 모를 싱그러운 꽃바구니들 역시 고급스러운 접시들과 함께 놓여 아름다움을 발산하고 있었다. 하지만 이런 분위기에 아랑곳하지 않고 작은 소란이 식당의 구석진 곳에서 일어나고 있었는데, 켈트와 벌쿤이 서로의 손을 마주 잡고서 힘겨루기를 하고 있는 것이었다. 다른 드워프 형제들은 당연히 켈트를 응원하고 있었다.

　“형님! 벌쿤에게 진다면 알아서 하슈! 힘내슈!”

　“으허헛! 형님의 손에 우리의 행복이 달렸다우!”

　“벌쿤 따위의 헛근육에게 지면 드워프 족의 수치요!”

　드워프들의 응원을 듣고 있던 벌쿤은 이마에 핏대를 세우며 소리쳤다.

　“조금만 기다렸다가 같이 먹는 게 뭐가 그렇게 힘들다는 거예요! 또 크라이츠 누님이 오시기 전에 음식에 손댔다가 혼나시려고 그래요?”

　벌쿤의 말에 함께 힘겨루기를 하고 있던 켈트는 의미심장하게 말했다.

　“이런 음식을 놔두고 기다리라고? 나중에 가서 혼나더라도 지금은 먹고 봐야겠다! 이 많은 음식들을 조금 먹는다고 티가 나는 것도 아니잖아? 그러니 이만 포기하시지, 벌쿤!”

　“아무튼 아저씨들은 뇌까지 위로 되어 있을 거예요!”

　드워프들은 음식에 손을 대기 위해, 벌쿤은 그들을 저지하기 위해 아웅다웅하고 있을 때 식당의 문이 양쪽으로 열리면서 크라이츠가 나

타났다. 기이한 분위기가 흐르고 있다는 낌새를 눈치 챈 그녀는 허리
에 손을 얹으며 입을 열었다.

"지금 뭐 하고 있는 거죠, 켈트 씨, 그리고 형제 분들?"

크라이츠의 등장에 켈트와 마주 잡은 손을 뿌리친 벌쿤은 일의 진상
을 밝히려 했다. 하지만 뭔가가 그의 입을 틀어막았기에 뜻을 이룰 수
는 없었다. 짤막한 몸으로 벌쿤의 등에 매달려 그의 입을 막은 켈트는
손을 흔들며 크라이츠의 물음에 대답했다.

"허헛! 아닙니다. 요즘 벌쿤이 운동을 안 하는 것 같아서 잠시 힘겨
루기를 했을 뿐이죠. 그렇지 않나, 아우들?"

켈트의 말에 너나 할 것 없이 고개를 끄덕인 드워프들은 먼 산을 바
라보며 한마디씩 던졌다.

"흠, 그리고 보니 벌쿤의 힘이 예전만 못해졌어."

"요즘 공학 공부에만 너무 매달려서 그래. 늦바람이 무섭다더니 과
연 옛말이 맞는 것 같군."

"켈트 형님과 비슷한 힘이라니… 이곳에 올 때만 해도 훨씬 나았는
데."

넉살 좋게 이야기를 대충 꾸며댄 드워프들은 급히 흩어지며 식탁으
로 달려가 자리를 차지하며 앉았고, 대충 어찌 돌아가던 내용이었는지
알고 있었던 크라이츠 역시 손님들 앞에서 껄끄러운 모습을 보이기 싫
었기에 그냥 넘어가기로 했다.

"자, 다들 자리에 앉도록 하세요. 벌쿤이 어제부터 준비해 놓은 것이
랍니다."

그녀를 따라 들어오고 있던 뮤스의 친구들은 식탁 위에 차려진 음식
들을 보고선 입이 함지박만하게 벌어지고 있었다. 뮤스가 있을 때도

몇 번 식사에 초대받은 적이 있었지만 지금과는 비교도 할 수 없는 규모였던 것이었다. 그들 중 가장 기뻐하고 있는 것은 헤밀턴이었는데, 30멜리는 족히 됨 직한 식탁의 끝에서 끝까지 돌아다니며 차려진 음식들을 하나씩 살피며 입맛을 다시고 있었다.

"우와! 저 태어나서 이런 만찬은 처음이에요! 저희 학부 사람들이 다 와서 먹어도 모자랄 것 같은걸요?"

예상대로 정신을 차리지 못하고 있는 헤밀턴을 지켜보던 일행들은 두통을 느끼는지 고개를 내저었고, 그녀를 처음 보는 드워프들은 왠지 모를 동질감을 느끼고 있었다.

"허헛! 저 아가씨 마음에 드는구먼! 맛있는 음식 앞에서 점잔 빼고 있는 인간들과는 전혀 다른걸?"

켈트의 칭찬에 기분 좋아진 헤밀턴은 급히 허리를 숙이며 인사했다.

"안녕하세요! 저는 헤밀턴이라고 합니다. 칭찬해 주셔서 감사해요!"

그녀의 뒤에 서 있던 폴린은 귓속말을 전했다.

"헤밀턴, 드워프 아저씨들의 말씀을 칭찬이라고 말해도 될지는 모르겠지만… 좀 나쁘게 말하자면 '인간이 갖추어야 할 만큼의 교양이 없다' 라는 뜻이란다."

폴린의 말에 아무런 동요도 없이 호기심 어린 눈을 한 헤밀턴은 드워프들에게 급히 뛰어가 말했다.

"와! 아저씨들이 드워프라니! 저 드워프 족은 처음 봤어요!"

그리곤 켈트와 브라이덴의 팔을 들었다 놨다 하면서 관찰을 하기 시작했다.

"이야! 책에서 보던 것보다 더 짧네요! 키도 나보다 훨씬 작고, 배도

뽈록 나온 게 너무 귀여워!”

이쯤 되면서 사색으로 변해 버린 폴린은 급히 헤밀턴을 끌어내며 드워프들에게 사과를 했다.

“이, 이 녀석이 워낙에 철이 없어서 그러는 거니 용서해 주세요. 아저씨들, 정말 죄송합니다.”

하지만 너무나 어이없는 일을 겪어서인지 드워프들은 현재의 상황조차 파악 못하고 있는 듯했다.

“허허… 방금 전에 무슨 일이었지?”

“글쎄, 저 아가씨가 우리를 보고 뭐라고 그런 듯한데.”

“허헛! 당사자 앞에서 어찌 그런 말을 할 수 있겠나. 우리가 아무래도 배가 고파서 헛것을 들었던 모양이야.”

일이야 어째 되었든 아무런 탈 없이 넘어가자 폴린을 비롯한 친구들은 안도의 한숨을 내쉬었고, 헤밀턴을 데리고 온 것에 대해 뼈저린 후회를 하고 있었다.

크라이츠를 중심으로 식탁의 양쪽으로 나누어 앉은 일행들은 다시 한 번 음식들에 대해 감탄하고 있었다. 그때 손뼉을 한 번 쳐서 주위의 이목을 모은 크라이츠는 이곳에 모인 사람들의 얼굴을 한 번씩 둘러보며 이야기를 꺼냈다.

“이렇게 모인 것이 연말 만찬을 함께하기 위해서이니 먼저 식사부터 하는 것이 좋겠죠? 여러분들도 알다시피 이 음식들을 모두 벌쿤이 준비한 것이랍니다. 벌쿤에게 감사하는 마음으로 들도록 하죠.”

크라이츠의 말에 머쓱함을 느낀 벌쿤은 머리를 긁적였고, 벌쿤의 옆에 앉은 세이즈는 미소를 한 번 지어줌으로써 그의 노고를 풀어주고 있었다.

식사를 시작하고 얼마의 시간이 지나지 않아 길게 늘어서 있는 식탁의 왼쪽 편과 오른쪽 편은 서로 상반된 모습을 보이고 있었다. 식사를 시작할 때만 하더라도 왼쪽 편에는 드워프들뿐이었다. 하지만 어느새 헤밀턴도 그 사이에 끼어들어 드워프들 못지않은 모습으로 게걸스럽게 음식을 먹어치우고 있었으며, 식탁의 오른편에서 식사를 하고 있던 뮤스의 친구들은 맞은편을 바라보며 식욕을 떨구고 있었다.

오크나무의 연기에 훈제를 한 닭다리를 손에 들고서 입으로 한번 뜯은 헤밀턴은 입에 있는 음식물을 그대로 보인 채 켈트를 향해 엄지손가락을 치켜들었다.

"호홋! 켈트 아저씨, 이것도 좀 드서보세요! 다리가 하나밖에 안 남았어요. 선배들 따라오길 정말 잘했지!"

그녀의 말을 들은 켈트는 먹고 있던 양고기를 다 먹기도 전에 다시 닭다리를 하나 뜯어왔다.

"껄껄! 고맙군, 헤밀턴 양. 이렇게 신나게 먹어보는 게 얼마 만인지 모르겠어."

이 단편적인 모습만 보더라도 드워프들과 헤밀턴이 상당히 친해졌다는 것을 알 수 있었는데, 헤밀턴의 성격은 오히려 드워프들로부터 큰 호감을 얻었던 것이다.

이마를 찌푸리며 그들을 외면한 크라이츠는 냅킨으로 입가를 닦아내며 말을 꺼냈다.

"일단 대충 식사를 끝낸 듯하군요. 벌쿤, 후식 좀 준비해 줄래?"

그녀의 말에 의자를 밀고 일어난 벌쿤은 요리실로 걸어 들어갔고, 드워프들과 헤밀턴을 제외한 다른 친구들 역시 식사를 끝냈다는 신호

로 무릎에 얹고 있던 냅킨을 접시 위에 올려놓았다. 벌쿤이 후식을 준
비해 오는 동안 크라이츠는 할 말이 있는지 뮤스의 친구들의 얼굴을
둘러보며 말했다.

"오늘 여러분들을 이렇게 만찬에 초대한 것에는 또 다른 이유가 하
나 있답니다."

크라이츠의 말에 일행들의 시선은 모두 그녀를 향해 모아졌고, 하나
같이 의아한 표정을 짓고 있었다. 여전히 미소를 짓고 있던 크라이츠
는 손을 모으며 말을 이었다.

"그런 표정 지을 필요는 없어요. 다만 여러분들께 하나의 제안을 하
고자 하는 것이니까요."

잠시 말을 멈춘 크라이츠는 가장 가까이에 앉아 있는 카타리나를 향
해 물었다.

"카타리나 양은 대학을 졸업한 이후에 어떻게 할 거죠? 계속해서 공
부를 할 예정인가요?"

그녀가 의도하는 바를 확실히 알 수는 없었지만 잠시 생각을 해보던
카타리나는 물을 한 모금 마시며 대답했다.

"지금 생각으로는 졸업하고도 계속해서 연금술에 대한 공부를 할 생
각이에요. 이쪽이 굉장히 흥미롭거든요."

"역시 생각대로군요. 그리고 다른 친구 분들 역시 비슷한 생각을 가
지고 있나요?"

크라이츠와 시선을 마주친 일행들은 대부분 고개를 끄덕였고 폴린
만이 두리번거리면서 친구들의 행동을 살피며 대답했다.

"저… 저도 연금술이 재미있기는 한데 학교에서 공부하는 내용이
너무 딱딱해서 적성에 맞지가 않아요. 그래서 공부를 해야 할지 말아

야 할지 고민하고 있거든요."

폴린의 솔직한 말에 가벼운 미소를 지은 크라이츠는 아무 상관 없다는 듯 말을 이었다.

"어쨌든 계속해서 같은 길로 나가고 싶은 마음은 있는 거로군요. 그래서 이 자리에서 여러분들께 제안하는데, 졸업과 동시에 공학원으로 들어와 일해주셨으면 해요. 보수나 대우는 충분히 해드리도록 하죠."

이 자리에 있는 그 누구보다 크라이츠의 제안에 놀라워하는 것은 히안이었다.

"그, 그게 정말이신가요? 그렇지 않아도 졸업 후에 뮤스에게 부탁해서 공학원에서 일하고 싶었는데 이렇게 말씀해 주시다니! 정말 감사합니다!"

"그렇다면 히안 군은 저의 제안을 받아들이겠다는 것이군요. 그럼 다른 친구들은 어떻죠?"

하지만 히안을 제외한 친구들은 모두들 자신없는 표정이었다. 그들은 한 가지 생각을 공통적으로 가지고 있었는데, 세이즈가 모두를 대변하듯이 차분한 목소리로 말했다.

"크라이츠님의 말씀은 감사하지만, 히안을 제외한 저희들은 그리 성적이 우수한 편이 아니랍니다. 그러니 저희가 공학원에 들어온다고 하더라도 일을 잘해낼 수 있을지 모르겠는걸요."

세이즈의 말에 대답을 한 것은 켈트였다. 그는 살을 발라낸 뼈다귀 하나를 입에서 꺼내는 중이었는데, 아직도 식사를 계속하는 중이었다.

"짭짭… 그런 걱정은 안 해도 될 게야. 어차피 대학에서 가르치는 것을 모두 머리에 넣어서 공학원에 들어온다고 하더라도 화공학에 대한 기본 지식 외에는 별 도움이 되지 않을 테니까 말이야. 대신 공학원에 들어온 이후에 얼마나 열심히 실력을 발전시키고 연구를 하느냐가 중요한 것일세.”

오랜만에 바른말을 하는 켈트의 뒤를 이어 크라이츠가 말을 덧붙였다.

“켈트 씨의 말대로 우리 공학원은 지금까지 쌓은 지식보다는 일에 대한 열정이 필요하답니다. 지금 공학원은 인재들이 크게 부족한 상태죠. 얼마 전 세이즈 양의 언니인 아로인 양이 그 동료들과 함께 공학원으로 들어와 연구에 열을 올리고 있지만, 아직도 그 수가 많이 부족한 상태거든요. 특히 얼마 전 듀들란 제국에서도 우리 공학원에 대응하기 위해서 전뇌거 개발에 뛰어드는 등 국가적인 사업을 벌이고 있다는 소식을 전해 듣게 되었어요. 그렇게 된다면 얼마 지나지 않아 듀들란 제국과의 경쟁은 피할 수 없게 될 것이고, 뮤스가 돌아오기 전까지는 그에 대비할 충분한 기반을 닦아놔야 한다고 생각했답니다. 그래서 여러분들의 힘이 더욱 필요한 것이고요. 여러분들 외에도 도이첸 제국의 전역에 공고를 하여 새로운 인재들을 모집할 예정이에요.”

진지한 표정을 하고 있는 카타리나와 그녀의 친구들을 바라며 이야기를 하고 있던 크라이츠는 그들이 마음의 결정을 내리기 위해선 시간이 필요하다는 것을 알고 있었기에 재촉하지는 않았다.

드워프들이 식사하는 소리만이 조금씩 들리고 있을 때 후식 준비를 끝낸 벌쿤이 주방에서 일을 하는 하녀들과 함께 후식을 옮겨 들어오고 있었다.

그는 이마에 흐르는 땀을 닦아내며 잠잠해진 식당의 분위기를 살피고 있었는데, 오늘 연회의 목적을 이미 알고 있었던 그였기에 크라이츠의 제안에 고민하고 있는 친구들을 충분히 이해할 수 있었다. 하지만 그들이 결국 크라이츠의 제안에 동의할 것을 굳게 믿고 있던 벌쿤은 파이 접시 하나를 크라이츠의 앞에 내려놓으며 친구들을 향해 입을 열었다.

"이런! 다들 후식이나 먹고서 고민하라고! 그렇지 않으면 벌쿤 특제의 퀴쉐파이가 다 식어버린단 말이야."

우렁찬 목소리로 친구들의 시선을 집중시킨 벌쿤은 손에 든 파이를 이리저리 돌려 보이며 자랑스럽게 말했다.

"이런 파이는 아무 데서나 맛볼 수 있는 게 아니야. 늦었다가는 하나도 못 먹을지 모른다고."

그제야 한껏 진지해져 엉켜 있는 표정을 풀어낼 수 있었던 친구들은 벌쿤을 향해 손을 내밀었고, 그에게 파이를 한 조각씩 건네받은 친구들은 별 대수롭지 않게 그것을 한입 베어 먹었다.

그중 아무런 생각 없이 벌쿤의 파이를 받아 먹던 히안은 눈을 끔뻑거리며 자신이 먹고 있는 파이를 내려다보고서 감탄사를 내뱉었다.

"이야! 다른 음식도 맛있었지만 이건 정말 맛있잖아! 도대체 이 열매는 뭐야?"

이런 반응은 다른 친구들에게도 똑같이 나오고 있었는데, 벌쿤의 여자 친구인 세이즈 역시 이 파이는 처음 먹어보는 듯했다.

"어머! 벌쿤, 지금까지 이런 걸 숨기고 있었던 거니? 이 빨간 열매는 뭐야?"

그들의 반응을 흐뭇하게 바라보고 있던 벌쿤은 어깨를 우쭐거리며 입을 열었다.

"하핫! 뭐긴 뭐야! 바로 벌쿤 특제 파이라니까. 그 열매는 퀴쉐라는 열매인데 덥고 습한 곳에서 자라나지. 그래서 건조한 라이델베르크에서는 구하기가 정말 힘들었는데, 얼마 전에 잘 아는 과일 가게 아저씨께 부탁해서 겨우 구할 수 있었어. 상큼한 퀴쉐 열매의 맛이 느끼한 파이의 뒷맛을 깨끗이 없애주거든. 워낙 열매 양이 얼마 되지 않아서 많이 못 만들었으니까 빨리 먹는 게 좋을 거야.”

그의 말에 가장 빨리 반응한 것은 드워프들이었다.

“뭐야! 모자란다고?”

자칫 늦으면 맛도 보지 못한다는 말에 위기감을 느낀 드워프들은 먹고 있던 접시들을 뒤로한 채 벌쿤에게 달려와 파이를 낚아채려 했다. 하지만 벌쿤과 50셀리 이상의 신장 차이가 났던 드워프들은 허공에 헛손질을 할 수밖에 없었다.

“이게 무슨 짓이에요, 아저씨들!”

최대한 높이 파이 접시를 들어 올린 벌쿤은 자신의 어깨 아래에서 폴짝폴짝 뛰고 있는 드워프들을 향해 말했다.

“드시던 것들이나 먼저 드시고 오세요! 안 그러면 퀴쉐 파이의 진정한 맛을 못 느낀다니까요! 제 요리를 무시하는 행위를 하도록 놔둘 수는 없어요!”

도움닫기와 함께 다시 한 번 손으로 허공을 휘저은 켈트는 불만스러운 얼굴을 하며 말했다.

“그런 게 어디 있어! 그냥 대충 맛만 보고 배만 채우면 되는 것이지! 그러니까 그만 장난치고 좀 주기나 하라고!”

“아, 글쎄 안 된다니까요!”

또다시 아웅다웅거리고 있는 드워프들과 벌쿤을 바라보고 있던 친구들은 그 모습이 너무나 웃긴 나머지 입에 있는 음식물을 튀길 정도로 크게 웃기 시작했다.

그렇게 친구들과 함께 배를 잡고 눈물이 날 정도로 웃고 있던 카타리나는 문득 무슨 생각이 들었는지 눈물을 닦아내며 크라이츠를 불렀다.

"저… 크라이츠님."

함께 웃고 있던 크라이츠는 카타리나의 부름에 웃음을 참으며 대답했다.

"네, 카타리나 양. 하고 싶은 말이 있으면 해보세요."

"만약 훗날 공학이 발달해 누구나 전뇌거를 가질 수 있게 되고 제국의 어디든지 갈 수 있다면 저런 희귀하고 맛있는 열매들을 도이첸 제국의 서민들도 손쉽게 먹을 수 있게 되겠죠?'

"물론이죠. 열매나 과일 같은 물건들은 운송 기간이 큰 문제이기 때문에 산지가 아니라면 가격이 크게 높아지는 것이니까요. 그뿐만 아니라 공학이 지금보다 훨씬 폭 넓은 방향으로 발전해 나간다면 좁게는 도이첸 제국의 모든 국민들, 나아가서는 대륙의 모든 국민들의 생활에 도움을 줄 것이 틀림없어요."

잠시 자신이 하는 말에 귀를 기울이고 있던 친구들을 둘러본 카타리나는 굳은 결심을 하며 말했다.

"그렇다면 저는 크라이츠님이 제안하신 대로 공학원에 들어와 일을 하고 싶어요. 비록 능력이 부족하고, 아는 것도 많지 않지만 열심히 배워서 이 세상에 도움이 되는 일을 하고 싶었거든요. 그리고 뮤스의 옆에서 작은 것이라도 하나 돕고 싶으니까요."

카타리나의 생각을 듣고 있던 세이즈 역시 그녀와 같은 생각인지 벌쿤과 눈짓을 하며 입을 열었다.

"저도 카타리나와 같은 생각이에요. 모르는 것이 많더라도 아로인 언니를 따라다니면서 열심히 배우면 늘겠죠. 폴린, 너는 어때?"

폴린은 아직도 생각이 교차하는지 고심하는 모습이었다. 결국 한숨을 내쉰 폴린은 두 손을 들며 대답했다.

"저는 카타리나나 세이즈처럼 뭔가에 열중해서 익히는 체질이 아니에요. 하지만 친구들이 다 공학원에 들어온다는데 혼자 떨어질 수는 없죠. 혹시 연구 직 말고 다른 자리는 없나요? 회계나 금전 관리 같은 것은 자신있거든요. 어려서부터 집에서 해오던 것이다 보니……."

그녀의 물음에 어깨를 으쓱거린 크라이츠는 마침 잘되었다는 투로 대답했다.

"그렇지 않아도 혼자 공학원을 꾸려 나가는 것이 조금 버거웠는데 폴린 양이 저를 좀 도와주시면 되겠군요. 성격도 활달하니까 제 비서 일을 해주면 딱 어울릴 것 같은걸요?"

"호홋! 멋져요! 공학원의 비서라… 왠지 폼이 나는걸요? 그런데 바르키엘은 어떻게 하죠? 여행 중이라 오늘 참석하지 못했는데… 인정하기는 싫지만 바르키엘도 꽤나 똑똑한 녀석이죠."

그녀의 물음에 빙그레 웃어 보인 크라이츠는 그런 사실을 이미 알고 있었는지 고개를 끄덕였다.

"바르키엘 군에게는 이미 동의를 받아냈답니다. 하지만 가이엔 양은 인문학 계열이라 조금 거리가 있더군요. 그럼 이 자리에 모인 사람들은 다 동의한 것으로 알고 있도록 하죠."

"자까안요!"

이야기를 끝내려 할 때 불현듯 식탁의 가장 끝자리로부터 어정쩡한 목소리가 들려왔다. 크라이츠가 말을 하다 말고 고개를 돌려보니 아직도 입에 한가득 음식물을 물고 있는 헤밀턴이 손을 번쩍 들고 있었는데, 가슴을 두들기며 겨우 물고 있던 음식물을 삼킨 그녀는 힘겹게 말했다.

"헤헥… 저도 공학원에 들어오고 싶어요! 저도 이곳에서 일하면 안 될까요? 선배들이랑 떨어지기 싫거든요."

또다시 분위기 파악 못하고 끼어들고 있는 그녀를 폴린이 나서며 말리려 했다.

"헤밀턴, 그건 말도 안 돼! 연구는 전혀 네 성격과 맞지 않는다고! 내 입으로 이런 말 하는 건 마음에 들지 않지만 우리처럼 덤벙대는 성격으로는 불가능한 일이야."

폴린의 말을 듣고 눈을 크게 뜬 헤밀턴은 엄지손가락으로 자신을 가리키며 말했다.

"그건 선배가 몰라서 하는 말이에요! 저 이래 봬도 햄브리겐 대학교 올해 최우수 입학생이에요! 게다가 연금술 과목은 실기까지 합해서 만점을 받았다고요! 이런 인재를 그냥 놔두면 안 되죠!"

믿을 수 없는 사실을 듣고서 모두들 놀라운 표정을 지을 때 비교적 담담하던 세이즈가 조용히 입을 열었다.

"음, 믿기지 않을 테지만 헤밀턴의 말은 모두 사실이야. 얘가 올해 전 학부를 통틀어 수석으로 입학했어. 내가 입학식 때 똑똑히 봤으니까 틀림없는 사실이지."

"호호홋! 역시 세이즈 선배는 다르군요! 어때요? 이래도 제가 공학원에 들어올 자격이 없다는 건가요?"

기고만장해진 헤밀턴의 태도에 폴린을 포함한 친구들은 어찌할 바를 모르고 있었는데, 때마침 식사를 마친 켈트는 손가락에 묻은 양념을 빨며 말했다.

"제 생각으로는 헤밀턴 양을 받아들여도 괜찮을 것 같군요. 연금술 실기 과목에 만점이라면 손재주도 상당한 것 같고 성격도 마음에 드니 저희들이 맡아서 가르치도록 하죠."

"호홋! 고마워요, 드워프 아저씨!"

어쨌든 헤밀턴의 일이 해결된 듯하자 만족한 표정을 지은 크라이츠는 새롭게 맞아들일 식구들을 보며 입을 열었다.

"카타리나 양, 폴린 양, 세이즈 양, 히안 군, 마지막으로 헤밀턴 양, 여러분들이 저희 공학원의 식구가 된 것을 진심으로 축하드려요. 앞으로 시간이 날 때마다 공학원에 와서 드워프 분들과 아로인 양을 도우며 열심히 실력들을 쌓으시길 부탁드릴게요. 공학원에서는 여러분들에 대해 최대한의 지원을 아끼지 않겠어요."

지금까지 자신들과는 동떨어져 있는 세상이라고 여기던 공학원의 새 식구가 된 현실이 믿어지지는 않았지만 무엇인가를 새롭게 시작한다는 기쁨과 알지 못하던 세상에 뛰어든다는 설레임으로 인해 왠지 기분이 좋아지는 그들이었다.

이튿날부터 도이첸 제국에 존재하는 전 대학교와 사설 연구 단체의 게시판에는 공학원의 이름으로 모집 공고가 붙기 시작했고, 이는 대상 지역뿐만 아니라 사회 전반적으로부터 큰 관심을 끄는 사건이 되었다.

끼익.

방문을 닫은 카타리나는 멍하니 허공을 응시하며 문 앞에 기대어섰다. 왠지 무거워 보이는 그녀의 어깨가 아래로 처지면서 어깨에 걸려 있던 작은 가방은 힘없이 땅으로 떨어졌다. 조그마한 한숨이 새어 나오는 그녀의 붉은 입술은 조금씩 움직이고 있었다.

"후… 어째서… 어째서… 이곳에 없는 거니."

조금의 시간이 흐를 동안 그렇게 서 있던 카타리나는 힘없이 발걸음을 옮겨 침대로 걸어갔다. 대충 외투를 벗어 침대의 한쪽에 놓아둔 그녀는 머리맡으로 손을 뻗어 무엇인가를 찾으려 했다. 까칠한 종이의 질감을 손끝으로 느낀 그녀는 천천히 그것을 끌어 눈앞으로 가져왔다. 그녀의 눈에 비친 것은 질이 그리 좋지 못한 한 장의 종이였고, 수도 없이 손을 탄 듯 모서리 부분은 조금씩 해져 있었다. 카타리나는 여느 때와 마찬가지로 오늘도 빠지지 않고 그 종이를 펼쳐 읽어 내려갔다.

카타리나에게.

네가 이 글을 읽을 때쯤이면 누님을 통해서 나의 소식을 들은 후겠구나. 그리고 그때쯤이면 나는 알지 못할 어딘가에서 혼자 남아 있겠지? 하지만 난 나에게 내려진 형벌이 억울하지는 않단다. 어디까지나 나로 인해 일어난 일들이었고, 그에 대한 합당한 책임을 져야 한다고 생각하니까. 오히려 나의 잘못에 대해 뉘우칠 수 있는 시간이 주어진 것에 대해 감사해야 할 지경이지.

요즘 눈을 감으면 여러 가지 생각이 난다. 내가 없는 동안에 너는 어떻게 지낼지, 걱정이나 하지 않을지, 공학원은 어떻게 되어가는지, 내 소식을 들은 친구들은 어떤 표정을 지을지… 라이델베르크로 뒤따라간다는 약속을 지키지 못해서 네게 너무나 미안할 뿐이야. 부디 나를 용서해 주길 바래. 꼭 건강한 모습으로 돌아갈 테니 다시 만날 날까지 잘 지내길.

뮤스의 짤막한 편지를 다 읽은 카타리나는 아직도 아쉬움이 남는지 편지에서 눈을 떼지 못하고 있었다.

"당연히 몸 건강하게 잘 지내겠지?"

옆에 없는 뮤스에게 질문을 던지던 그녀의 눈가에는 맑은 눈물이 맺히고 있었다. 하지만 입술을 질끈 깨문 카타리나는 고개를 도리질 치며 급히 손등으로 눈물을 닦아냈다.

"아냐! 내가 울고 있으면 뮤스도 좋아하지 않을 거야."

뮤스가 미개척지로 추방당했다는 소식을 접한 후로 수십 번도 넘게 해왔던 혼자만의 각오였지만 그의 생각이 날 때면 언제나 눈물이 맺히는 것은 어쩔 수 없는 일이었다.

그녀는 다시 품에서 사진 한 장을 꺼내 들었다. 비록 헤밀턴에 의해서 찢어져 뮤스와의 사이가 갈라졌던 사진이었지만, 지금은 정성스럽게 이어 붙여 처음과 같이 다정스러운 모습이었다. 사진 속에서 웃고 있는 뮤스의 얼굴을 보며 코끝이 아리는 것을 느낀 그녀는 코를 한번 훌쩍이며 미소 지었다.

"풋… 이제는 울지 않고 잘 기다리고 있을게. 아참, 나와 친구들도 이제 공학원에서 공부하면서 일을 돕기로 했어. 다음에 네가 돌아와 다시 공학원 일을 할 때 많이 도와줄 수 있도록 노력할게. 그때는 꼭 같이 지내는 거야. 알겠지?"

하루의 일과를 아쉬운 대로 사진 속의 뮤스에게 말해 준 그녀는 편안한 표정을 지으며 사진에 가볍게 입을 맞추고 있었다.

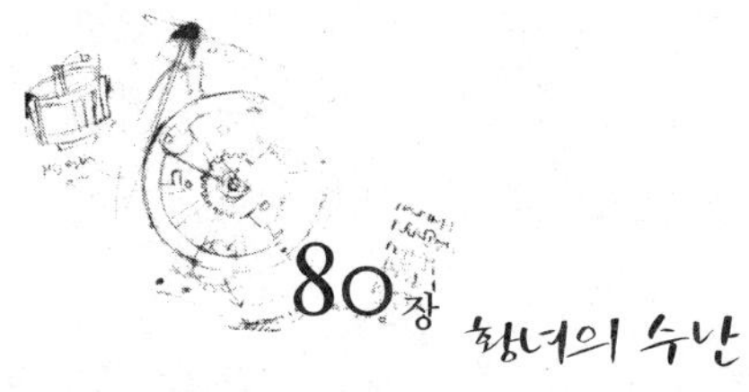

80장 황녀의 수난

첫눈이 내리던 설레임도 오래가지 못했고, 보는 이의 가슴까지 시리도록 만드는 겨울비가 세상을 잠식해 들어가고 있었다. 어느새 바닥에 깔려 있던 회색의 포장석들은 차가운 빗물에 질린 듯 진회색으로 변해 있었다.

세 명의 시녀들과 고급스러운 드레스를 입은 한 여성이 길을 덮고 있는 포장석을 조심스럽게 밟으며 어디론가를 향해 움직이는 중이었다. 시녀들은 그녀들의 주인으로 보이는 여인에게 물방울이 튀지 않도록 조심하는 모습이었지만, 왠지 힘이 없어 보이는 시녀들의 주인은 빗방울이 튀는 것쯤은 안중에도 없는 듯했다.

가장 앞쪽에서 레이스로 치장된 우산을 받치고 있던 젊은 시녀가 다소곳한 목소리로 입을 열었다.

"케티에론 황녀님, 조금만 더 가면 사교장입니다. 바닥에 포장석이 깔리지 않아 땅이 좋지 않을 테니 드레스를 조심하십시오."

드레스의 여인은 케티에론 황녀였다. 그녀는 큰 근심이라도 있는 듯 안색이 좋지 않았는데, 오늘 사교 모임도 나가고 싶은 마음이 별로 없었으나 이미 한 약속을 취소할 수는 없었기에 그곳으로 걸음하고 있는 중이었다.

조심하라는 시녀의 말에도 불구하고 케티에론 황녀는 흙바닥을 아무렇지도 않게 밟았다. 평소엔 아끼는 드레스에 물 한 방울 튀는 것을 참지 못하고서 신경질적으로 소리 지르던 그녀의 성격을 잘 알고 있던 시녀들은 진흙이 잔뜩 묻은 신발과 바닥에 끌린 드레스를 보며 기겁을 했다.

"화, 황녀님! 드레스와 신발에 온통 흙이 묻었습니다! 이 일을 어찌하면 좋죠?!"

너무나 당황한 말까지 더듬거리는 시녀들에게 시선을 준 케티에론 황녀는 오히려 그녀들의 반응이 이상하다는 듯이 말했다.

"겨우 흙이 조금 묻은 것 가지고 왜 그렇게 호들갑이지? 어차피 나중에 닦으면 되는 것 아니니. 약속 시간에 늦기 전에 어서 가자꾸나."

예상치 못한 케티에론 황녀의 반응에 얼떨떨해진 시녀들은 서로의 얼굴을 보며 이상하다는 표정을 짓고 있었다. 케티에론 황녀가 비를 맞으며 시녀들보다 앞서 걸음을 옮기기 시작하자 그제야 정신을 차린 시녀들은 급히 우산을 받치며 그녀를 따르기 시작했다.

걸음을 옮길 때마다 움푹움푹 파고드는 자신의 신발을 보며 걷던 케티에론 황녀는 지난봄을 회상하고 있었다.

봄비가 내리는 날이었다. 풍성한 여름을 준비하기 위해 필요했던 단비가 때맞춰 뿌려지고 있었다. 일 년 중 가장 싱그러운 모습을 하고 있던 초목들은 봄비로 인해 더욱 활기 차 보였다. 하지만 이런 아름다운 세상을 보면서도 탐탁지 않게 생각하는 사람도 있기 마련이었고, 케티에론 황녀도 그런 부류들 중 한 명이었다.

그녀는 아침부터 뭐가 그렇게 불만인지 노란색을 띠고 있는 커튼을 열었다 닫았다 하며 짜증을 부리고 있었다.

"왜 이렇게 되는 일이 없지! 안 그래도 그 장영실인가 하는 작자 때문에 기분도 망쳤는데 비까지 내리고 말이야! 이래 가지고선 사교장에 나가는 것도 마땅치 않겠어. 머리도 망가질 테고 드레스도 젖을 테니까."

케티에론 황녀의 성격 때문에 진땀깨나 빼던 시녀는 그녀가 벗어 던진 드레스들을 한아름 안고서 말했다.

"그렇다면 약속을 취소하도록 할까요?"

"아냐! 아냐! 듀들란 제국의 황녀인 내가 고작 비 때문에 약속을 취소할 수는 없지! 그건 나의 고아한 품격에 흠집을 내는 행동일 테니까."

언제나 자아도취에 빠져 있는 케티에론 황녀의 태도가 새로울 것도 없었던 시녀는 드레스를 하나씩 정리하며 말했다.

"잘 생각하셨습니다. 머리가 조금 흐트러지더라도, 옷이 조금 더러워지더라도 케티에론 황녀님의 타고난 미모를 가릴 수는 없는 일이죠."

"호호홋! 그건 바른말인 것 같구나. 그래도 머리카락 끝이 젖어서 축축한 것은 질색이니까 머리는 말아 올리도록 하고, 드레스는 최대한 밝은 색으로 해줘. 진한 색은 비에 젖으면 금방 눈에 띄거든. 오늘도 나의 미모를 유감없이 발산해야겠군!"

몇 마디의 아부로 이미 비에 대한 불만을 잊어버린 케티에론 황녀는 콧노래를 부르며 거울 앞에서 머리를 다듬는 중이었고, 시녀는 그녀의 취향을 맞추기 위해 드레스들을 이리저리 살펴보기 시작했다.

그로부터 1시간여가 지난 후에야 단장을 끝마칠 수 있었던 케티에론 황녀와 시녀는 거처에서 빠져나와 사교장을 향하고 있었다.

핑크 빛의 우산을 산뜻하게 든 케티에론 황녀의 발걸음은 물이라도 튀길까 조심스러웠고, 그녀의 뒤를 따르던 시녀는 드레스를 땅에 끌리지 않도록 살짝 치켜들고 있었다. 그렇게 사교장으로 이동하는 중, 케티에론 황녀가 갑자기 걸음을 멈추자 드레스에만 신경을 빼앗기고 있던 시녀도 급하게 멈춰 서곤 의아한 눈빛으로 그녀의 표정을 살폈다.

케티에론 황녀의 시선은 먼발치에 고정되어 있었는데, 그녀의 시선이 닿아 있는 곳에서는 생전 처음 보는 기이한 광경이 펼쳐지고 있는 중이었다.

머리를 풀어헤친 한 사내가 비를 맞으며 맨발로 진흙 밭의 중심에 서 있었다. 그리고 그것뿐만 아니라 기이한 형태로 손과 발을 움직이고 있었는데, 그 모습이 너무나 진지해 보이는 것이었다.

빗속을 가로지른 그의 손은 매끈한 곡선을 그려 나가가며 마치 물속을 유영하는 한 마리의 물고기를 연상시키고 있었다. 또 그의 발은 제비가 물 위를 스치며 지나가듯 가볍게 땅을 차고 있었는데, 놀랍게도 그의 단순한 발차기로 인해 생긴 바람은 고여 있는 물을 날카롭게 갈라내는 것이었다.

조금 안목이 있는 사람들이 사내의 모습을 보았다면 그 우아하고도 신비한 몸짓에 감탄을 했음이 틀림없었겠지만 오늘은 그의 운이 썩 좋지 않았는지 안 듣느니만 못한 평가를 받고 있었다.

"저, 저 작자 장영실이잖아! 오늘은 또 빗속에서 무슨 미친 짓이람!"

그녀의 신경질이 섞인 목소리는 꽤나 컸기에 장영실의 귀에까지 들어가는 데 큰 모자람이 없었고, 자연스럽게 케티에론 황녀가 서 있는 곳으로 몸을 돌린 장영실은 떨떠름한 표정을 지으며 얼굴을 가리고 있던 머리카락을 쓸어 넘겼다.

"흠… 미친 짓으로 보일지는 모르겠지만, 황녀님처럼 옷을 사람보다 귀중하게 모시고 있는 것보다는 이러는 편이 더욱 편하지요. 황녀님도 몸으로 자연을 한번 느껴보시죠. 그리고 이 향기를 맡아보시면 제가 왜 이 미친 짓을 하는지 아실 겁니다."

도무지 이해를 할 수 없는 장영실을 보며 안타깝다는 표정으로 혀를 찬 케티에론 황녀는 눈살을 찌푸리며 말했다.

"쯔쯧, 내가 저런 미친 작자의 행동에 일일이 화를 내고 있었다니. 어찌 보면 참으로 딱한 사람이군! 흥!"

목에 다시 힘을 주며 콧방귀를 뀐 케티에론 황녀는 보란 듯이 몸을 돌리며 걸음을 옮기려 했다. 한데 그녀의 첫발이 닿는 곳에는 얄밉게도 포장석의 모서리가 하나 튀어나와 있는 것이었다. 풍성한 드레스에 가려 미처 그것을 보지 못했던 케티에론 황녀는 발목에 찌릿한 통증을 느끼며 앞으로 쓰러질 수밖에 없었는데, 시녀도 장영실의 기이한 몰골에 정신을 팔고 있었기에 그녀를 구해줄 수는 없었다.

철퍽!

예상치 못한 불길한 소리에 급히 고개를 돌린 시녀는 빗물이 고인 웅덩이에 쓰러진 채 망연자실 앉아 있는 케티에론 황녀를 발견하고선 안색이 새하얗게 변하고 있었다.

"화, 황녀님! 괜찮으신가요! 주, 죽을죄를 지었습니다!"

눈앞이 깜깜해진 시녀가 어쩔 줄 몰라 하며 케티에론 황녀를 부축하려 할 때 장영실이 제법 진지한 목소리로 말하며 다가왔다.

"황녀님께선 말은 거칠게 하셨어도 제 행동을 부럽게 여기셨던 게로군요. 하지만 저를 따라 하시기에는 옷이 너무 비싸 보인다는 생각이 드는 것이 사실입니다. 제가 부축해 드릴 테니 일어나시죠."

장영실은 케티에론 황녀의 팔을 부축하며 그녀를 일으켰고, 동시에 시녀의 어깨를 두드려 주며 말했다.

"자네도 그렇게 당황할 것 없네. 어차피 황녀님께서 원하던 일이셨으니 자네가 잘못했다고 말할 수는 없지. 게다가 설령 자네가 잘못했다 하더라도 황녀님께선 이런 일에 화를 낼 옹졸한 분이 아니시지 않나? 그렇지 않습니까, 황녀님?"

사실 시녀를 향해 화풀이할 생각으로 온갖 험한 말을 준비하고 있던 케티에론 황녀는 청산유수로 흘러나오는 장영실의 말에 입을 다물 수밖에 없었다. 장영실이 그런 식으로 말한 이상 시녀에게 화를 내봤자 자신의 모습만 더 웃기게 될 뿐이었고, 자존심 강한 그녀로서는 최소한 장영실 앞에서만큼은 그런 모습을 보이기가 죽기보다 싫었던 것이다.

"당연한 것 아닌가요? 이런 작은 실수 때문에 아랫것들에게 직접 화를 낼 만큼 옹졸하지는 않죠. 그러니 너도 그렇게 떨고 있을 것 없단다!"

그제야 아무 일 없이 넘어갈 수 있게 되었다고 생각한 시녀는 나직한 한숨을 내쉬었고, 자신을 감싸준 장영실에 대해 큰 고마움을 느끼고 있었다.

문득 자신의 팔을 부축하고 있는 장영실을 본 케티에론 황녀는 팔을 거칠게 빼면서 소리를 질렀다.

"그건 그렇고, 감히 황녀의 몸에 손을 대다니 이게 무슨 짓이죠!"

또다시 자신을 못 잡아먹어서 안달인 케티에론 황녀의 사나운 목소리를 듣던 장영실은 어깨를 으쓱거리며 대답했다.

"죄송합니다, 황녀님. 하지만 저 흙탕물 속에서 앉아 계신 모습을 그냥 보고만 있을 수는 없지 않습니까?"

"흥! 나도 혼자 일어날 수 있다고요!"

"그럼 제가 괜한 참견을 한 것이군요. 다시 한 번 사과드리도록 하지요."

결국 장영실의 사과를 받아내며 말을 마친 케티에론 황녀는 자신의 옷을 내려다보았다. 거처에서 나올 때만 하더라도 주홍빛의 화사한 드레스였지만 지금 그녀가 걸치고 있는 것은 차마 드레스라고 하기에도 무리가 있어 보였다.

작은 주먹을 꼬옥 쥐며 화를 참아낸 케티에론 황녀는 장영실을 올려다보며 특유의 도도한 목소리로 말했다.

"일이야 어찌 되었든 저는 드레스가 망가져서 사교 모임에 가지 못했고, 이는 장영실 경이 제 앞에서 해괴한 행동을 했기 때문에 일어난 일인만큼 이 드레스에 대한 배상을 해줬으면 해요! 제 말에 틀린 점이 있나요?"

이번에도 역시 그냥 넘어가지 못한 케티에론 황녀가 억지를 부리기 시작하자 실소를 금치 못한 장영실은 말을 끌어봐야 골치만 아파진다고 생각하며 고개를 끄덕였다.

"허… 그렇게 따지신다면 제 잘못이 틀림없군요. 빠른 시일 내에 새로운 옷을 보내 드리도록 하겠습니다. 이제는 다 된 것입니까?"

의외로 장영실이 쉽게 수긍을 하자 케티에론 황녀는 장영실에게 이
겼다고 생각하는 듯 턱을 치켜들며 만족한 표정을 짓고 있었다. 그녀
의 옆에서 대기하고 있던 시녀가 조심스럽게 물었다.

"저… 황녀님, 그렇다면 사교 모임에는 출석하지 못하신다고 전할까
요?"

그녀의 물음에 눈을 치켜뜬 케티에론 황녀는 냉랭한 목소리로 대답
하고 있었는데, 장영실 때문에 어쩔 수 없이 용서한다고는 말을 했지만
아직도 시녀에게 감정이 남아 있는 것이었다.

"그럼, 이 모양을 하고서 사교 모임에 참석하라는 것이냐? 당장 사
교장으로 가서 오늘 일이 생겨 참석하지 못한다고 전하거라!"

"네, 황녀님!"

짤막하게 대답한 시녀는 서둘러 길을 재촉했고, 그녀가 사라지는 뒷
모습을 보며 케티에론 황녀는 여전히 못마땅한 듯한 표정이었다.

우산을 다시 들어 올린 케티에론 황녀는 헛기침을 몇 번 하면서 호
기심 어린 목소리로 물었다.

"흠… 흠… 그나저나 아까 당신이 하고 있었던 그 이상한 행동은 뭐
죠? 춤을 추는 것이라고 보기에도 이상하던데."

그녀의 물음에 손을 가볍게 들어 올린 장영실은 아까와 동일한 형태
로 손을 움직여 보이며 설명했다.

"이건 뇌동체술법이라고 하는 것입니다. 일종의 체조라고 생각하시
면 이해가 쉽게 될 것 같군요. 다만 몸속에 흐르고 있는 신비한 힘을
사용해서 그 위력을 증가시킬 수도 있지만, 지금은 그저 몸을 좀 풀어
보고 있었던 것이죠."

장영실의 설명을 듣고 있던 케티에론 황녀는 옷과 머리가 이미 다

젖어 있었기에 우산을 쓸 필요도 없어 보였지만 꿋꿋하게 우산을 든 채로 그의 설명을 머리에 되새겼다.

"신비한 힘이라는 것이 혹시 마나라는 것인가요? 저도 루스티커님께 들은 기억이 있죠. 어때요? 제 말이 맞죠?"

"마나와 비슷하긴 하지만 조금 다른 면도 있죠. 루스티커님의 설명에 따르면 마나는 마법 시동어가 있어야 사용할 수 있다고 하니까요. 하지만 제가 말하는 그 신비한 힘은 뇌공력이라고 불리는 것인데, 마법 시동어가 없더라도 마음먹기에 따라 언제든지 사용할 수 있답니다."

자신의 말이 정답이 아니라는 대답에 기분이 언짢아진 케티에론 황녀는 입을 삐쭉 내밀었다.

"흥! 저는 뇌공력이라는 이름은 처음 들어봤어요! 혹시 저를 속이는 것이 아닌가요? 아니라면 그 힘을 한번 보여줘요!"

또다시 억지를 부리고 나서는 케티에론 황녀를 보며 골치가 지끈거림을 느낀 장영실은 고개를 설레설레 저으며 말했다.

"좋습니다. 대신 황녀님께서는 꼭 포장석 위에 올라가 계셔야 합니다. 자칫 잘못하면 또다시 저 때문에 기절하실지도 모르는 일이니까요."

"이… 이… 그때 생각만 하면 정말!"

더 이상 케티에론 황녀의 불만을 듣고 싶지 않았기에 몸을 돌린 장영실은 그녀로부터 조금 떨어진 곳으로 걸어갔다. 그리고 주변을 한번 살펴본 그는 아무도 없다는 것을 확인하며 단전으로부터 뇌공력을 끌어올리기 시작했다.

"몇 가지만 보여 드리도록 하죠."

비록 뮤스와 같이 전신에서 금빛이 일렁일 정도는 아니었다. 하지만 보이지 않는 힘이 그의 몸으로부터 방출되기 시작했다는 것은 케티에론 황녀도 느낄 정도였는데, 신기한 것을 보는 아이마냥 똘망똘망한 눈빛을 하고 있었다.

"차앗!"

짤막한 기합성을 내지른 장영실은 힘있게 다리를 구르며 팔을 앞으로 내뻗었다. 그러자 그의 발이 닿은 땅의 진흙은 사방으로 비산하며 커다란 웅덩이를 만들었고, 손에서 뻗어 나온 권풍은 떨어지고 있는 빗방울을 날려 버릴 정도였다.

잠시 그 자세를 유지하고 있던 장영실은 어느 순간이 되자 먼저 케티에론 황녀가 봤던 것과는 비교도 할 수 없는 빠르기로 움직이기 시작했는데, 그가 지나가는 곳의 빗방울들은 마치 태풍이라도 만난 듯 거칠게 흔들렸다.

부웅!

공기를 가르는 소리와 함께 주먹이 한 번씩 휘둘러질 때마다 권풍이 몰아쳤고, 다리를 한 번씩 구를 때마다 땅이 진동했다. 이렇듯 유연하면서 재빠른 몸놀림에도 불구하고 상상치 못할 힘이 그의 몸을 통해 뿜어지고 있었는데, 뇌동체술법의 진면목이 그의 몸을 통해 발현되고 있는 것이었다.

장영실의 움직임이 멈추자 세상은 고요 그 자체가 되었다. 그러나 그가 서 있는 주변의 땅은 처참이라고 할 만큼 어지럽혀져 있었는데, 그의 발이 닿았던 곳마다 진흙이 사방으로 뿌려져 있었고 큼직한 웅덩이가 깊이 패어 있었던 것이다.

숨을 고르며 뇌공력의 흐름을 살피던 장영실은 상당한 양의 뇌공력을 사용했음을 느끼며 한숨을 내쉬었고, 케티에론 황녀가 놀란 표정으로 자신을 바라보고 있을 것이라 생각하며 그녀가 있는 곳으로 시선을 돌렸다. 하지만 오히려 놀란 것은 장영실이었는데, 근 몇 달간 이렇게 놀라기는 처음인 듯했다.

당연히 케티에론 황녀가 서 있어야 할 곳에는 지금 한 무더기의 진흙이 쌓여 있었던 것이다. 진흙 무더기 위로 빼꼼 나온 얼굴을 보고서야 그것이 케티에론 황녀임을 알 수 있었던 장영실은 미안한 표정을 지으며 말했다.

"이, 이런! 괜찮으십니까, 황녀님!"

자신을 향해 뛰어오는 장영실을 바라보며 거의 울상을 지은 케티에론 황녀는 입술에 묻은 진흙을 뱉어내며 외쳤다.

"이, 이거 일부러 그런 거죠! 나한테 감정이 있어서 그러신 거죠?!"

그녀답지 않게 울먹거리는 목소리로 힘없이 외치고 있는 모습을 내려다본 장영실은 순간 측은하다고 생각하며 그녀를 번쩍 안아 들었다.

"정말이지 제 고의가 아니었습니다, 황녀님. 제가 거처까지 모셔다 드리도록 하죠."

"거짓말! 다 고의로 그런 거예요! 내가 모를 줄 알아요?!"

케티에론 황녀의 입은 아직도 그를 탓하고 있었지만 너무 큰 충격을 받은 그녀는 장영실의 손을 뿌리칠 힘도 없었기에 그저 하는 대로 따를 수밖에 없었다.

"케티에론 황녀님? 무슨 일이라도 있으신가요?"

한참 옛일을 생각하던 케티에론 황녀는 시녀의 부름에 정신을 차릴 수 있었다. 주변을 잠깐 둘러본 후에야 자신이 길을 가다 말고 멍하니 서 있었다는 것을 깨달은 그녀는 입을 가리고 가볍게 웃으며 대답했다.

“아무것도 아니다. 가자꾸나.”

“네, 황녀님.”

다시 발걸음을 재촉한 그녀들은 얼마 가지 않아 사교장에 도착할 수 있었다. 이미 많은 수의 귀족들이 그곳에 모여 있었으며, 무슨 이야기를 하는지 즐겁게 떠들며 웃고 있었다. 오늘따라 유난히 사교장이 시끄럽다고 느낀 그녀는 미간을 살짝 찌푸리며 안쪽으로 들어갔다.

케티에론 황녀가 들어오는 것을 본 귀족들은 자리에서 몸을 일으켰고, 허리를 가볍게 숙이며 그녀에게 예를 표하기 시작했는데, 상류층의 귀족들이 모여 있는 자리였기에 과다한 아부는 하지 않고 있었다. 그들의 인사에 살짝 고개를 숙이며 답을 한 케티에론 황녀는 사교장의 방을 가르는 두꺼운 커튼을 지나 안쪽으로 들어갔다.

그녀가 발걸음을 멈춘 곳에는 온화한 표정을 하고 있는 중년인이 푹신한 의자에 앉아 입구를 바라보고 있었다. 그녀는 케티에론 황녀의 숙모인 동시에 투르코스 재상의 부인이었고, 케티에론 황녀와 약속이 되어 있었던 상대였다.

그녀가 들어오는 것을 본 재상 부인은 몸을 일으켜 언제나처럼 따뜻한 미소를 지어 보였다. 그리곤 황녀의 손을 마주 잡으며 말을 꺼냈다.

“황녀님, 제가 오늘 이곳에 청한 이유를 모르고 계셨죠?”

곁에 걸치고 있던 외투를 벗어 시녀에게 넘겨준 케티에론 황녀는 잠시 쉴 여유도 없이 질문을 던져 오는 재상 부인을 향해 의아한 표정을 지으며 되물었다.

“그저 숙모님께서 저를 보고 싶어하시는 줄 알았는걸요.”

“호홋! 실은 황녀님을 청한 이유는 다른 것이 아니라, 좋은 자리를 마련하기 위해서랍니다.”

"좋은 자리라니요?"

"바로 그분과 조용하게 이야기할 수 있는 자리죠. 아마 지금쯤 이쪽으로 오고 있을 거예요."

재상 부인의 말을 들은 케티에론 황녀는 놀라며 두 눈을 크게 떴다.

"그분이라면 혹시 장영실 경을 말씀하시는 것인가요?"

"그럼 제가 황녀님 앞에서 다른 사람 이야기를 하겠어요? 네, 바로 장영실 경을 말씀드리는 것이랍니다."

"하지만 저는 아직 아무런……."

잔뜩 긴장하며 얼굴을 붉히는 그녀의 손을 포근하게 감싸준 재상 부인은 조용한 목소리로 말했다.

"아무 준비가 되어 있지 않다고 말씀하시려는 것이죠? 하지만 제 말을 좀 들어보세요. 케티에론 황녀님에게는 이런 경험이 처음이랍니다. 그렇다 보면 그 익숙지 않은 경험의 당황스러움 때문에 큰 고민에 빠지게 되고, 결국에는 고민만 하다가 아무런 행동도 취하지 못하고 시간만 흘러갈 뿐이죠. 시간이 흐른다고 해서 황녀님께서 장영실 경에게 직접 자신의 감정을 말할 용기가 생길까요?"

재상 부인의 말에 케티에론 황녀는 아무 대답도 하지 못하고 있었다.

"황녀님은 사람들 앞에서 언제나 허영과 교만을 보이고 계시지만 누구보다 순수하다는 사실을 저는 알고 있답니다. 오히려 너무나 순수하기 때문에 사람들에게 쉽게 마음을 열지 못하신다는 것도요. 하지만 황녀님께서는 지금 마음을 열고자 하는 분을 찾으셨어요. 제가 보더라도 장영실 경은 참으로 훌륭한 분이시죠. 생각도 깊으신 데다 예의도 바르고 능력도 있고. 그렇기에 저는 황녀님의 보호자 입장에서 그냥 지나칠 수 없어 이렇게 자리를 마련한 것이랍니다. 이대로 시간이 흐른다면 그분을 영원히 놓칠지도 모르는 일이니까요."

케티에론 황녀는 세상 누구보다도 자신의 마음을 잘 알아주는 재상 부인의 배려에 고마운 생각이 들었지만 여전히 용기가 안 나는 것은 사실이었다.

"그분을 만난다고 해도 뭘 어떻게 말해야 할지, 어떤 얼굴을 하고 있어야 할지 모르겠어요."

긴장해서 굳어 있는 그녀의 어깨를 토닥인 재상 부인은 사교장 한쪽에 마련되어 있는 소파로 이끌었다. 자리에 앉은 재상 부인은 케티에론 황녀의 눈을 마주 보며 말했다.

"어려울 것이 없답니다. 그저 황녀님의 마음속에 담고 있던 그분에 대한 감정을 솔직하게만 말하면 되는 것이니까요. 황녀님은 그분의 어떤 점이 마음에 들었죠?"

잠시 그녀의 물음에 대해 생각해 보던 케티에론 황녀는 조용히 입을 열었다.

"글쎄요. 뭐라고 딱 꼬집어 말할 수가 없을 것 같아요. 처음 그분과 만났을 때 알지 못할 당당함을 느꼈어요. 저뿐만 아니라 그 어떤 존재 앞에서도 결코 굴하지 않을 당당함을. 그리고 두 번째 만났을 때는 그분의 자상함을 느꼈죠. 말도 안 되는 부탁이라도 거절하지 못하는 자상함을요. 또 세 번째 만났을 때는 자신의 일에 최선을 다하는 열정을 느꼈답니다. 불가능해 보이기만 하는 일들을 하나씩 가능으로 만들어 가는 그 열정을. 지금 생각해 보니 그분의 모든 면을 좋아하게 되었는지도 모르겠어요."

"이제 조금 있으면 황녀님께서 모든 면을 좋아하고 계시는 그분께서 오실 것이랍니다. 지금 느끼는 그대로를 전하시면 되는 것이죠. 그분은 황녀님의 진실된 마음을 외면하지 못하실 거예요.”

“정말 그럴까요?”

재상 부인은 말 대신 고개를 끄덕이며 확신을 심어주었고, 케티에론 황녀는 처음으로 장영실에 대한 편견을 버렸을 때를 떠올리고 있었다.

장영실에게 진흙세례를 받은 다음날부터 케티에론 황녀는 며칠간이나 자신의 숙소에서 두문불출이었다. 평소 같았다면 황궁 어디선가 그녀의 짜증이 담긴 목소리가 여러 번 들리고 있었을 오전 시간에도 그녀의 모습은 보이지 않고 있었다.

언제나 봐도 지겹지 않은 봄의 햇살이 들어오는 창을 통해 어디론가 급히 가고 있는 장영실의 모습이 보였다. 오늘은 무슨 바람이 불었는지 항상 즐겨 입던 회색의 정장을 벗어 던지고서 남색으로 아래위를 통일한 깔끔한 정장을 차려입은 상태였고, 손에는 굉장히 고급스럽게 포장된 상자가 들려 있었다. 걷는 도중에도 여러 번 손에 들린 상자를 내려다보던 장영실은 그때마다 어색한 표정을 지으며 자신의 신세에 대해 한탄했다.

“전생에 내가 무슨 잘못을 했기에 이런 일까지 해야 하는지 원. 쩝, 그래도 내 실수로 큰 충격을 받으신 모양이니 어쩔 수 없지 않나. 설마 몸도 좋지 않은 분이 또 말도 안 되는 억지를 부리지는 않겠지.”

걱정스러운 마음을 뒤로하기 위해 스스로에게 위로의 말을 한마디 건네보았지만 장영실은 그래도 뭔가 불안한 모습이었다.

장영실의 발이 멈춘 곳은 황궁 전체에서도 사람들이 가장 꺼린다는 케티에론 황녀의 거처 앞이었다. 걱정이 앞서는 마음을 진정시킨 장영실은 노크를 하기 위해 손을 들어 올렸다.

끼이익!

그의 손이 문에 닿기도 전에 누군가가 문을 열고 나왔는데, 얼마 전 케티에론 황녀와 함께 있던 시녀임을 알 수 있었다.

장영실을 발견한 시녀는 고개를 깊숙이 숙였고, 잠시 뒤를 돌아 살피며 조심스러운 목소리로 말했다.

"지난번에는 정말 감사했습니다, 장영실 남작님."

"뭐, 감사까지야… 신경 쓸 거 없네. 그나저나 황녀님께서는 안에 계신가?"

"어제도 밤새 잠을 못 이루시다가 지금에야 막 잠자리에 드셨습니다. 그러니 지금은 뵙지 못할 듯합니다만……."

손으로 턱을 매만지던 장영실은 어쩔 수 없다는 듯이 손에 든 상자를 시녀에게 전해주며 입을 열었다.

"흠… 그럼 나중에 다시 찾아뵙도록 하지. 이것을 황녀님께 전해주겠나?"

상자를 얼떨결에 받아 든 시녀는 고개를 갸웃거리며 되물었다.

"이것이 무엇인지 물어도 될까요?"

"별것 아닐세. 예전에 내가 망쳐 놓았다고 우기시던 드레스를 대신해서 사과라도 할 겸 마련한 것이니까."

그의 말을 듣고 있던 시녀는 그것을 다시 건네주었다.

"이것은 남작님께서 직접 전해주시는 것이 좋을 듯한걸요. 아무래도 사과의 의미인만큼 직접 전해주지 않으면 아무런 의미가 없겠죠."

시녀의 말을 들어보니 그녀의 말도 틀린 바가 없었기에 어색하게 머리를 긁적였다.

“허헛, 내가 그런 것까지는 생각하지 못했군. 그럼 내가 직접 만나뵙고서 전해주도록 하겠네.”

“저는 이만 물러가 보도록 하겠습니다.”

“아무튼 고마웠네.”

어수룩한 장영실을 보며 미소 지은 시녀는 인사를 건네며 자리를 떠났다.

그렇게 케티에론 황녀의 거처 앞에 혼자 남게 된 장영실은 이제 어떻게 해야 할지에 대해 잠시 생각해 본 뒤 무슨 생각에서인지 방문 앞에 자리를 털고 앉았다.

“다시 시간을 내서 오는 것도 힘들 테니 기다리는 수밖에.”

결국 기다리는 방법을 택한 장영실은 들고 있던 상자를 한쪽에 내려놓았다. 그리고 무료한 시간을 보내기 위해 품에 가지고 있던 작은 책을 꺼내 들며 조금씩 읽어 내려가기 시작했다. 책의 제목은 ‘아름다운 드레스 100선’ 이었다.

흰색의 보드라운 면으로 이루어졌기에 보는 것만으로도 포근하게 느껴지는 침구들이 넓은 침대 위에 잘 정리되어 있었다. 그리고 침대 위에는 이불을 목까지 덮은 케티에론 황녀가 잠에 들어 있었는데, 그녀는 악몽을 꾸기라도 하는 듯 연신 신음성을 흘리고 있었고 붉은 머리카락은 식은땀으로 흠뻑 젖어 있었다.

“아, 안 돼… 나쁜 사람… 꺄악!”

비명을 지르며 깨어난 그녀는 반쯤 뜬 눈으로 주변을 둘러보았다. 이곳이 어두운 자신의 방 안임을 확인하고 나서야 꿈꿨다는 것을 깨달은 그녀는 다시 베개에 머리를 뉘이며 중얼거렸다.

"벌써 사흘째 같은 꿈이라니… 그자 때문에… 후우."

누군가를 원망하는 목소리를 허공을 향해 던지던 케티에론 황녀는 손등으로 이마의 식은땀을 닦아내며 늘 그래 왔던 것처럼 시녀의 이름을 신경질적으로 불렀다.

"제니아! 제니아! 물 좀 가져다 줘!"

그리고 그녀가 부르는 소리를 기다리기라도 한 듯 방문이 열리며 발걸음 소리가 들렸고, 이어 테이블 쪽에서 물을 따르는 소리가 들렸다.

또로록―

누운 자세로 헝클어진 머리카락을 귀 뒤로 넘긴 케티에론 황녀는 허공으로 손을 뻗었다. 곧 그녀의 손에는 시녀가 건네줬을 물잔이 들려 있었는데, 베개에 등을 받치며 일어난 케티에론 황녀는 미지근한 물을 목으로 넘겨 갈증을 해소할 수 있었다. 팔을 뻗어 빈 잔을 다시 시녀에게 넘겨준 그녀는 다시 이불 속으로 들어가며 입을 열었다.

"오늘도 그 작자 꿈을 꿨어. 역시나 진흙을 내 얼굴에 뿌리더군. 이제는 화를 낼 기력도 없는 것 같아. 내가 어떤 심술을 부려도 그 작자는 내 머리 위에 있는 것 같은걸. 승산도 없는 일에 화를 내고 있는 내가 너무 한심해 보이기까지 해……."

그녀의 말이 끝나자 실내는 조용해졌다. 보통 때 같으면 마음에 없는 말이라도 한마디 해줬을 시녀가 오늘따라 아무 말도 해주지 않는 것이었다. 다시 짜증이 치민 케티에론 황녀는 눈썹 사이를 좁히며 말했다.

"왜 오늘은 아무 말도 하지 않는 거야? 너까지 나를 우습게 보는 거니?"

그러나 그녀의 말에 돌아오는 목소리는 시녀의 목소리가 아닌 굵직한 남성의 목소리였다.

"흠흠… 아무래도 제가 그날 황녀님께 너무나 큰 실수를 했었던 것 같군요. 고의적인 것은 결코 아니었습니다."

"까아아악!"

갑작스러운 남성의 목소리에 혼백이 빠지도록 놀란 황녀는 이불을 가슴 쪽으로 끌어당기며 급히 몸을 일으켰고, 전뇌등의 스위치를 눌러 방을 밝혔다. 그러자 케티에론 황녀의 눈앞에는 장영실이 놀란 표정을 지으며 멀뚱히 물잔을 들고 서 있는 것이었다.

"하도 시달리다 보니 이제 헛것이 보이는 건가? 다, 당신이 왜 여기에 있는 거예요! 제니아는 어디 있죠?!"

"아, 시녀는 황녀님을 재우고 일을 하러 갔습니다. 저는 황녀님을 찾아왔다가 주무신다는 말을 듣고 일어나시기를 기다리고 있었습니다. 그러다가 시녀를 부르시는 목소리를 듣고 들어오게 되었던 것이죠."

아직도 놀란 가슴을 진정시키지 못한 케티에론 황녀는 아직도 정신이 없는 모습으로 할 말을 찾고 있었다.

"그런데 저는 무슨 일로 찾아오신 거죠? 또 이번에는 어떤 수모를 주시려고요!"

그녀가 오해를 하는 듯하자 장영실은 고개를 내저으며 말했다.

"다른 것이 아니라 황녀님께 사과를 드리기 위해서 찾아왔습니다. 그때 워낙 정신이 없어 제대로 사과를 못했던 것 같아서 말입니다."

그때의 일로 아직도 화가 풀리지 않았는지 장영실의 말을 듣는 둥 마는 둥 한 케티에론 황녀는 팔짱을 낀 채 그를 아래위로 흘겨보고 있었다. 그러던 중 그의 손에서 눈이 멈춘 케티에론 황녀는 여전히 도끼눈을 하며 물었다.

"그건 그렇고, 그 손에 들고 있던 것은 뭐죠?"

그제야 자신이 들고 있던 상자를 기억해 낸 장영실은 어수룩한 자세로 그것을 건네주며 입을 열었다.

"아… 이것은 예전에 망가진 황녀님의 드레스를 대신하기 위해 가지고 온 것입니다."

"그럼 이리 줘봐요!"

상자를 빼앗듯이 건네받은 케티에론 황녀는 여전히 싸늘한 표정으로 그것을 열어봤는데, 그 안쪽에는 속지로 잘 덮여 있는 검은색의 드레스가 들어 있는 것이었다. 뜻하지 않은 선물을 보며 기쁜 마음에 표정 관리를 잘 못한 케티에론 황녀는 입을 벌리며 웃고 말았고, 장영실은 그녀의 표정을 보며 한시름 놓았다.

"그래도 마음에 드시는 듯하니 다행입니다."

그의 말을 듣고서야 아차 싶었던 황녀는 다시 원래의 냉랭한 표정을 되찾으며 말했다.

"흥! 마음에 썩 드는 것은 아니에요. 원래 드레스는 입어보기 전에는 모르는 것이니까요."

잠시 말을 멈춘 황녀는 상자 안에 들어 있는 드레스의 원단을 만져보았는데, 천의 감촉이 조금 독특하다는 생각을 하며 물었다.

"그런데 이건 실크도 아닌 것 같고 면은 더 더욱 아닌 것 같군요. 이런 원단은 처음 보는데, 대체 뭐죠?"

그녀의 말에 눈동자를 이리저리 움직이며 생각해 보던 장영실은 나직한 한숨을 내쉬며 대답했다.

"글쎄요. 제가 직접 만든 원단이라 특별한 이름은 아직 없습니다. 황녀님께 유용할 듯해서 만들어보았죠."

"제게 유용할 것 같다니, 그것은 무슨 말씀이시죠?"

"말보다는 직접 보여 드리는 것이 이해하기 좋으실 것 같군요. 잠시 드레스 상자를 좀 건네주시겠습니까?"

케티에론 황녀는 뜻밖에도 아무 소리도 하지 않은 채 호기심 어린 표정으로 상자를 장영실에게 건네주었다. 그것을 받은 장영실은 케티에론 황녀를 보고 의미심장한 미소를 지어 보이며 갑자기 손에 들고 있던 물잔을 기울여 남은 물을 드레스 위로 부어버리는 것이었다. 그의 행동을 본 케티에론 황녀는 기겁하며 소리를 질렀다.

"당신 또 무슨 짓을 하는 것이죠! 기껏 선물이라고 가지고 오더니 또 나를 놀리는 것인가요!"

그녀의 고함 소리에 인상을 잠깐 찌푸렸던 장영실은 상자를 다시 내밀며 말했다.

"그렇게 소리치시기 전에 내용물을 먼저 확인해 보시죠. 다시 한 번 말씀드리지만 저는 황녀님께 아무런 감정도 없습니다."

씩씩거리며 거친 숨을 내몰아쉰 케티에론 황녀는 상자를 돌려받아 그것을 내려다봤는데, 놀랍게도 드레스에 부어진 물이 스며들지 않고서 그대로 맺혀 있는 것이었다. 이에 눈썹을 상큼하게 치켜뜬 케티에론 황녀는 탄성을 터뜨렸다.

"어머! 어찌 된 것이죠? 물이 스며들지 않다니?"

"보아하니 케티에론 황녀님께서 극히 깨끗한 것을 좋아하시는 듯하길래 특수 원단을 직접 제작했습니다. 보다시피 외부에서는 안쪽으로 이물질이 침투하지 못하기 때문에 음식물이 묻거나 하더라도 수건으로 닦아내면 쉽게 얼룩을 제거할 수 있습니다. 또 내부 면은 땀을 흡수하여 밖으로 배출하는 기능이 있기 때문에 언제나 좋은 감촉을 얻을 수

있습니다. 게다가 구김 방지 처리를 해놨기 때문에 마음대로 활동하시
더라도 드레스에 구김이 가지 않는 기능도 가지고 있습니다. 물론 통
풍은 기본이겠죠."

장영실의 긴 설명을 들은 황녀는 눈으로 확인이라도 해보려는 듯이
드레스 위에 맺혀 있는 방울들을 침대 밖으로 털어내 보았는데, 그의
설명대로 드레스에 남은 물기는 전혀 없었다.

"이런, 정말 신기하군요. 정말 물이 스며들지 않네."

처음으로 그녀에게 험한 소리를 듣지 않은 장영실은 흡족한 얼굴을
하고 있었다. 이리저리 드레스의 천을 만져 보며 신기해하던 케티에론
황녀는 이제 드레스의 모양을 보기 위해 드레스를 활짝 펼쳐 보았다.

촤락!

그리고 그것을 살펴보기 위해 드레스의 구석구석으로 시선을 돌리
고 있었는데 뭐가 잘못되었는지 나직한 목소리로 장영실에게 물었다.

"그런데 원단은 그렇다 치고, 이 드레스는 누가 만든 거죠?"

"뭔가 마음에 안 드는 점이라도 있으십니까? 사실 드레스를 어디에
서 구하는지 몰라서 도서관에 있는 책을 보고 직접 만들어본 것입니
다."

눈을 크게 뜬 케티에론 황녀는 황당하다는 듯이 장영실과 드레스를
번갈아가며 말했다.

"네? 그럼 이것을 직접 만드셨다는 거예요? 예전부터 느꼈지만 정말
정상은 아니군요. 나중에 그 책을 다시 볼 기회가 있다면 가장 뒷페이
지에서 출판 연도를 한번 살펴보길 바래요."

그녀의 말에 고개를 갸웃거린 장영실은 품속으로 손을 넣어 책을 꺼
냈다. 그리곤 재빨리 가장 뒷페이지를 넘겨 읽었다.

“듀들란 제국력 1253년? … 이라고 적혀 있습니다만.”

“그럼 올해는 몇 년이죠?”

“1312년이라고 알고 있습니다.”

장영실에게 질문을 던지며 대답을 듣고 있던 케티에론 황녀는 갑작스럽게 깔깔거리며 웃기 시작했는데, 아직도 그녀가 말하는 바를 이해하지 못했던 장영실은 턱을 쓸며 그녀가 웃고 있는 이유에 대해서 생각하고 있었다. 그러나 역시 장영실의 감각으로 그 이유를 알아내기란 불가능했기에 직접 물어볼 수밖에 없었다.

“대체 왜 그렇게 웃으시는 것입니까?”

“풋! 아이, 배 아파. 쉽게 말해서 지금 장영실 경께서 만들어온 드레스의 모양은 60년 전의 것이란 말이죠. 이런 것은 아주 나이 많은 노인들이나 입는다는 말이에요! 호호홋!”

그제야 케티에론 황녀가 웃는 이유를 알아챈 장영실은 자신의 손에 들려 있는 책을 보며 씁쓰름하게 입을 열었다.

“어쩐지… 종이가 너무 낡았다 했습니다. 그럼 이건 저희 집에서 일하고 있는 아주머니나 드려야겠군요. 그분께서는 좋아하시겠죠?”

웃느라 정신 못 차리고 있던 케티에론 황녀는 장영실의 말에 호흡을 가다듬어 보며 손을 내저었다.

“아니에요. 그래도 선물이라고 가지고 오신 것이니 받아놓도록 하죠. 풋!”

비록 자신이 실수를 하긴 했지만 케티에론 황녀가 진심으로 웃고 있는 것을 보며 장영실은 나름대로 성공이라 생각하고 있었다.

“그럼 제 사과를 받아주시는 것입니까? 그때의 일은 정말 죄송했습니다.”

　겨우 웃음을 멈출 수 있었던 케티에론 황녀는 너무나 웃어서 아픈 배를 부여잡으며 힘겹게 대답했다.

　"후우… 좋아요, 장영실 경의 사과를 받아들이도록 하죠. 대신 다음에도 저를 무시하는 언사를 할 경우가 생긴다면 그때는 정말 참지 않을 거예요."

　인위적으로 냉랭한 표정을 지으며 말하고 있는 케티에론 황녀를 보며 미소 지은 장영실은 고개를 끄덕이며 대답했다.

　"그동안 황녀님께 결례가 많았습니다. 앞으로는 조심하도록 노력하지요."

　처음으로 장영실의 깍듯한 태도를 보게 된 케테에론 황녀는 어쩌면 지금까지 그에 대해 큰 편견을 가지고 있었을지도 모른다고 생각했고, 순진하게 웃고 있는 케티에론 황녀의 모습을 본 장영실 역시 그녀가 생각만큼 나쁜 성격을 가진 것은 아니라고 생각하는 중이었다.

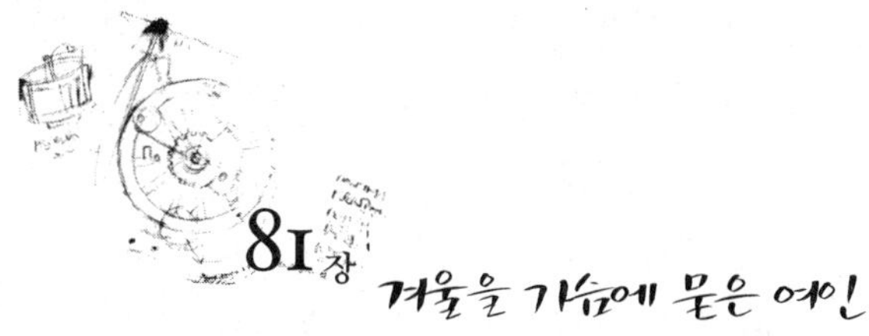

81장 겨울을 가슴에 묻은 여인

　바닥에는 란젤론 국에서 들여왔다는 자주색의 두터운 카펫이 깔려 있었고, 벽에는 그저 값만 비쌀 뿐 사람들의 시선을 전혀 끌지 못하고 있는 그림이 곳곳에 걸려 있었다. 벽의 주변에 놓여 있는 흔하디흔한 의자 하나도 장인의 손을 거쳤다는 명목으로 수백 폴트에 육박하는 가격이었다.

　품위 유지라는 미명 하에 온갖 사치를 합리화하는 귀족들이 이 자리에 모여 있었다. 온갖 장신구를 몸에 주렁주렁 달고 있는 그들 사이에서 오가는 이야기는 언제나 돈, 연애, 출세였다.

　붉은빛이 발하는 루비 반지를 끼고 있던 한 귀족 여성이 금으로 도금이 된 잔을 들어 올리며 대화를 이끌고 있었고, 주변의 귀족 여성들은 거만한 자세로 소파에 기대어 그녀의 말을 듣고 있었다.

　"요즘 황녀님께서 놀랍게 변하셨더군요. 혹시 아까 들어오실 때 모습 보셨나요? 매번 행차하실 때마다 값비싼 장신구들을 들고 나타나 우리들에게 뽐내시더니 오늘은 정말 평범한 모습으로 나타나셔서 내실로 들어가시더라고요. 그런데 오히려 이상하게도 아무런 치장을 하지 않은 모습이 더욱 아름다우시더군요. 역시 젊으신 분이라서 그런가……."

맞은편에 앉아서 차를 한 모금 마시던 한 귀족 여성 역시 찻잔을 내려놓으며 말을 받았다.

"저도 요즘 황녀님께서 이상해지셨다고 느꼈어요. 그렇게 도도하시던 황녀님께서 요즘은 완전 다른 사람처럼 상냥해지셨다는 소문이 황궁에 돌고 있더군요."

"그건 상당히 오래된 이야기죠. 아마도 황녀님이 진흙을 잔뜩 뒤집어쓰는 사건이 난 이후부터였으니까요. 뭐, 어찌 되었든 황녀님의 성격이 변하셨으니 아랫사람들이 편해지겠군요."

화려한 장신구로 머리를 한껏 틀어 올린 부인의 이야기였다.

딸랑.

대화를 나누고 있던 귀족 여성들은 누군가가 들어오는 것을 알리는 종소리에 입구 쪽으로 시선을 돌렸고, 다른 자리에서 대화를 나누던 귀족들 역시 같은 모습이었다.

입구에서는 두꺼운 책을 한 권 팔 사이에 끼고 검은 정장을 차려 입은 장영실이 들어서고 있었다. 실내로 들기 전에 신발에 묻은 흙을 바닥에 털어낸 장영실은 눈에 보이는 귀족들에게 가벼운 목례를 하며 내실로 걸음을 옮겼다. 그의 모습이 사라지자 귀족 여성들은 다시 화제를 옮겨 장영실에 대한 이야기를 꺼내기 시작했다.

"저 남자가 황녀님께 매번 무례를 저질렀다는 장영실 남작이 맞죠?

어떻게 그런 짓을 하고도 아직 그 자리에 머물러 있을 수 있는지 이해할 수가 없군요."

그녀의 옆에 있는 여성이 어떠한 비밀이라도 말을 하려는 듯 목소리를 낮추며 입을 열었다.

"왜냐하면 장영실 남작이 황제 폐하와 재상 각하를 등에 업고 있기 때문이죠. 그렇지 않아도 몇 번인가 황녀님께서 그의 작위를 박탈해 달라며 폐하께 간청한 적이 있었지만 그것이 받아들여지지 않았다고 하더군요."

"어머머! 장영실 남작이 그렇게 중요한 사람이란 말인가요?"

"부인께서는 요즘 듀들란 제국의 분위기를 잘 모르셨나 보군요. 요즘 귀족들 중에서 장영실 남작만큼 폐하의 인정을 받는 인물도 없다니까요. 심지어는 후작의 작위를 가지신 분도 그의 아래에서 일을 한다더군요."

"그런 일이 있었군요!"

한동안 그녀들의 대화는 장영실 이야기를 중심으로 이어지고 있었는데, 얼마 지나지 않아 또 다른 주제로 대화의 중심이 옮겨지고 있었다. 결국 자신의 일이 아니라면 큰 관심을 가질 필요가 없었던 것이다.

폭신한 카펫을 밟으며 내실로 걸어 들어간 장영실은 그곳에서 뜻밖의 인물을 봐서인지 긴장한 표정을 하고 있었다.

그는 애초 재상 부인으로부터 함께 차나 한잔하자는 제의를 받고서 일을 하는 도중 옷을 갈아입고 이렇게 사교장으로 오게 된 것이었는데, 미리 귀띔조차 없었던 케티에론 황녀의 등장을 보고서 또 어떠한 트집이나 잡지 않을지에 대해 약간의 걱정이 되는 것이었다. 하지만 그러한 속내를 드러내는 것도 마땅치 않았기에 평소와 같은 태도로 인사를 건넸다.

"오랜만에 뵙겠습니다, 황녀님, 그리고 재상 부인."

인사를 건네고 있는 장영실을 바라본 재상 부인은 몸을 일으켰고 장영실의 팔을 잡으며 인도했다.

"마침 잘 왔군요, 장영실 경. 혹시라도 황녀님께서 이 자리에 계신다고 해서 불편한 것은 아니겠죠?"

"저는 괜찮습니다, 재상 부인. 오히려 황녀님께서 저 때문에 불편해하시는 것이 아닐지 걱정이군요."

아직까지도 케티에론 황녀의 마음을 전혀 눈치 채지 못하고 있던 장영실은 그녀가 자신을 그리 좋게 보지는 않는다고 여겼던 것이지만, 장영실을 말을 듣고 있던 케티에론 황녀는 가벼운 미소로 대답했다.

"저 역시 괜찮답니다, 장영실 경. 자리에 앉으시죠."

오히려 그녀가 너무 부드럽게 나오자 더욱 이상해진 장영실은 자신의 귀를 의심하고 있었다.

"네. 감사합니다, 황녀님. 함께 자리에 앉으시죠, 재상 부인."

그녀의 태도야 어찌 되었든 서 있을 수만은 없었던 장영실은 재상 부인에게 권하며 자리에 앉았다.

잠시 후, 사교장의 잡일을 맡아서 하는 시녀가 차를 준비해 들어왔고, 재상 부인은 조심스럽게 그것을 돕고 있었다. 이렇게 해서 차가 준비되자 재상 부인은 손수 각자의 잔에 일정량의 차를 따라주었고, 그동시에 진한 차의 향기가 그들의 후각을 사로잡고 있었다.

"차 맛이 어떨지는 모르겠군요."

재상 부인의 말에 보일 듯 말 듯한 미소를 지은 장영실은 김이 차분히 피어오르고 있는 찻잔을 들며 대답했다.

“재상 부인께서는 별말씀을 다 하시는군요. 제가 이곳에 와서 셀 수 없을 만큼 차를 마셔봤지만 부인께서 준비해 주신 차가 가장 향기롭더군요. 그 향이 너무나 그리워서 이렇게 하던 일을 접고서 달려온 것입니다.”

“그렇게 말씀해 주시니 빈말이라도 기분이 좋군요.”

이번에는 케티에론 황녀가 웃으며 입을 열었다.

“숙모님, 장영실 경의 말씀은 빈말이 아니에요. 저도 역시 숙모님이 준비해 주시는 차가 가장 좋답니다.”

그들의 차 시간은 이렇게 가벼운 웃음과 함께 시작되고 있었고, 찻잔을 들고서 그 따뜻함을 느끼던 재상 부인은 장영실과 케티에론 황녀의 표정을 살피며 어떻게 분위기를 이끌어가야 할지에 대해 생각 중이었다.

차를 마시는 시간이 가지는 의미는 사람마다 다양해지만 크게 나누자면 두 부류였다. 하나는 바쁜 일상 중에서 짧은 시간이나마 여유를 가질 수 있다는 것이고, 또 다른 하나는 함께 차를 마시는 사람과 시간을 공유하면서 대화를 나누는 데 있었다. 하지만 이 자리에 있는 세 사람은 그 양쪽 어느 것에도 속하지 않은 분위기를 만들고 있었는데, 잔뜩 긴장한 표정이 여유롭게 보이지도 않았고, 그들 사이에 어떠한 대화가 오가는 것도 아니었던 것이다.

따각.

먼저 차를 다 마신 재상 부인은 잔을 내려놓았다. 그리고 그녀의 양편에서 아무런 말 없이 차를 마시는 것 이외에는 아무런 행동도 하지 않는 두 남녀를 보며 먼저 입을 열었다.

“그러고 보니 두 분 이런 자리를 가지신 것이 처음인 것 같은데 아닌가요? 사교장에서 두 분을 봐도 서로 다른 곳에서 계시던 것 같아서 말이죠.”

그녀의 말에 차를 모두 마신 장영실은 차분한 목소리로 대답했다.

“네, 이런 자리는 처음입니다. 사실 사교장에도 그리 자주 오는 편이 아닌지라 황녀님을 만나뵐 수 있는 날도 얼마 없었죠.”

“그러니 이렇게 서먹한 것이군요. 두 분 모두 제가 좋아하는 분들인데 서로에 대해 너무 신경을 써드리지 못한 것이 죄송스럽네요. 심지어는 황녀님과 장영실 경의 사이가 아주 좋지 않다는 소문이 황궁에 파다하게 돌고 있으니까요.”

뻔히 속 내용을 알고 있는 재상 부인이었지만 어색한 분위기로부터 대화를 이끌어 나가기 위해서 지난 일들을 꺼내고 있는 것이었다. 그녀의 말을 듣고 있던 케티에론 황녀는 지난 일들을 떠올리며 얼굴을 붉혔다.

“그, 그때는 너무나 화가 나서 저도 모르게…….”

당황하고 있는 케티에론 황녀의 모습을 본 장영실은 재상 부인이 그녀와 연관되었던 사건들에 대해 이야기하는 것임을 깨달으며 손을 내저었다.

“지난 일들은 오히려 제 잘못이 컸었으니 화를 내시는 것이 당연한 일이었습니다. 그때는 황녀님께서 왜 화를 내시는지 잘 모르고 의아했지만 지금 생각해 보니 큰 실수를 저지른 것이더군요. 제가 살던 곳에서 해오던 것처럼 행동을 하다 보니…….”

장영실의 이야기를 듣고 있던 재상 부인은 문득 눈에 이채를 띠며 물었다.

"그러고 보니 장영실 경의 고향에 대해서 한 번도 이야기를 들은 적이 없군요. 대충 재상님께 들은 바로는 조이센 대륙 출신이라고 하셨는데요."

"왜 이곳 사람들이 조이센 대륙이라고 부르는지는 모르겠지만 제대로 말하자면 조선이라는 곳이 제가 온 곳입니다."

조선이라는 말을 들은 재상 부인과 케티에론 황녀는 나직한 목소리로 한번 따라해 보았다. 하지만 그녀들은 조이센과 조선이라는 말의 차이를 못 느끼는 듯했다.

"조이센… 조이센… 서로 다른 점이 있나요?"

"저도 별다른 것을 못 느끼겠군요. 조이센……."

그녀들의 행동을 보며 발음상의 문제라는 것을 알 수 있었던 장영실은 자신이 루스티커의 이름을 제대로 발음하지 못했던 기억을 떠올리며 실소를 터뜨렸다.

"훗… 아무래도 듀들란 어를 쓰시는 분들에게는 발음하기가 힘든 모양이군요. 그럼 그냥 조이센이라고 하죠."

아직도 모르겠다는 듯이 고개를 갸웃거리며 조선을 발음해 보려고 노력하던 재상 부인은 얼마 안 있어 포기할 수밖에 없었다. 그러던 재상 부인은 문득 창밖으로 시선을 돌려 시간을 가늠해 봤고, 뭔가 생각이라도 난 듯 장영실과 케티에론 황녀를 향해 말했다.

"그러고 보니 저는 이제 재상님을 만나러 가봐야 할 것 같군요."

재상 부인의 말에 차를 마시고 있던 케티에론 황녀는 화들짝 놀라며 당황한 얼굴로 물었다.

"버, 벌써 가시려고요? 이야기라도 더……."

그녀의 말에 눈웃음을 지은 재상 부인은 그녀의 손을 잡아주며 고개를 내저었다.

"그렇지 않아도 두 분만 만나뵙고 바로 일어나려던 참이었어요. 이곳에서 재상님의 집무실까지는 상당히 멀어서 약속 시간에 맞추려면 지금 일어나야 한답니다."

"하지만……."

케티에론 황녀는 재상 부인이 둘만의 시간을 가지게 하려고 자리를 피한다는 것을 알고 있었지만, 아직도 마음의 준비를 하지 못한 그녀는 재상 부인을 말리고 싶은 심정이었다. 그러나 재상 부인은 그녀의 마음을 아는지 모르는지 이미 자리에서 일어나는 중이었다.

"그럼 황녀님과 장영실 경은 남아서 이야기들 나누도록 하세요."

장영실 역시 케티에론 황녀와 단둘이 남는다는 사실에 대해서 껄끄러워하고 있었지만, 마땅히 재상 부인을 만류할 만한 방법도 없었기에 그녀를 보낼 수밖에 없었다.

"오늘 차는 정말 감사했습니다, 부인."

"별말씀을요. 그럼 다음에 또 뵙도록 하고 저는 이만 가보겠습니다. 황녀님도 다음에 제가 찾아뵙도록 하지요."

작별 인사를 마친 재상 부인은 조금이라도 빨리 자리를 비켜줘야 한다고 생각했는지 금세 내실의 입구를 통해 밖으로 나가 버렸고, 어정쩡한 자세로 그녀를 배웅하던 장영실과 케티에론 황녀는 서로의 얼굴을 살피며 다시 자리에 앉았다.

재상 부인이 떠난 자리에는 냉기만 떠돌고 있었다. 부지간에 멀뚱히 남은 장영실과 케티에론 황녀는 이미 차갑게 식어버린 찻잔만 바라보고 있었는데, 서로 무슨 이야기부터 꺼내야 할지에 대해 고민하는 것이었다. 그러던 중 케티에론 황녀가 용기를 가졌는지 입술을 질끈 깨물며 먼저 입을 열었다.

"저… 괜찮으시다면 그 조이센 대륙에 대해서 이야기해 주시겠어요? 오이랍 대륙 말고도 또 다른 대륙이 있다는 것이 신기하군요."

케티에론 황녀가 먼저 이야기를 꺼내자 의외라는 얼굴을 한 장영실은 이런 불편한 분위기보다는 그런 이야기라도 하는 것이 좋겠다 싶었기에 그녀의 제안을 받아들였다.

"별 특별할 것은 없는 이야기입니다. 어차피 사람들이 사는 곳은 어디든 비슷비슷한 것이니까요. 어디 보자… 어디서부터 이야기를 하면 좋을지 모르겠군요. 워낙 말주변이 없는 터라…….."

"음… 그저 사람 사는 이야기나 풍경… 뭐 그런 것을 이야기해 주시면 된답니다."

예전에 비해 상당히 부드러워진 그녀의 말투가 조금 어색하긴 했지만, 자신에게 나쁠 것은 없다고 생각한 장영실은 고개를 끄덕이며 이야기를 시작했다.

"조선이라는 곳은 아주 아름다운 곳입니다. 이곳과 같이 드넓은 초원이나 숲은 없지만 수려한 산과 계곡을 가지고 있고, 화려한 건물들은 없지만 소박하면서도 정감 넘치는 건물들이 모여 있죠. 또한 사람들은 주로 화려한 색보다는 생활하기에 편한 단색의 옷을 즐겨 입는데, 저도 역시 그러한 버릇 때문에 지금도 단색의 옷을 주로 입습니다. 또, 검소한 백성들은 주로 농사를 지으며 자신의 일에 만족할 줄 알고, 인심 또한 따뜻해 넉넉하지 못한 살림이라도 지나가는 객에게 식사 한 끼를 대접하는 사람들이 많습니다."

장영실의 이야기를 듣고 있던 케티에론 황녀는 나름대로의 상상을 해보고 있었다. 아름다운 경치, 소박한 건물들, 착한 사람들… 생각만 해도 입가에 미소가 지어지는 이야기들이었다.

"정말 그곳에 사는 사람들은 모두 행복하겠군요?"

하지만 장영실은 씁쓸한 목소리로 대답했다.

"꼭 그런 것만은 아닙니다. 순진한 백성들은 부패한 관료들의 횡포에 심한 고통을 겪기도 하니까요."

"아… 그곳에도 그런 일이 있군요. 이곳 듀들란 제국도 불과 100년 전만 해도 그런 일이 많았지만 황권이 강화되고 계급 제도가 이름만 남은 뒤로부터는 그런 일이 거의 사라졌답니다."

이런저런 이야기를 하다 보니 어느새 둘 사이의 분위기는 한층 부드러워져 있었다. 이제야 잔뜩 긴장하고 있던 얼굴에 생기가 돌기 시작하는 케티에론 황녀는 이제 궁금한 것들이 하나씩 생기는지 질문을 던지기 시작했다.

"그렇다면 장영실 경은 그곳에서 어떤 위치에 있으셨죠? 그 뛰어난 능력으로 봐서는 당연히 귀족 작위를 받으셨을 것 같고, 상당한 지위에 있으셨을 것 같은데……."

신분 이야기가 나오자 장영실의 안색이 조금 어두워지고 있었다. 그러나 그 점을 눈치 채지 못한 케티에론 황녀는 기대에 찬 표정으로 장영실의 대답을 기다리고 있었다.

"저는 관료이긴 했지만 귀족은 아니었습니다. 조선에서 귀족이 되기 위해서는 오로지 귀족의 혈통을 타고나야만 가능한 것이었으니까요. 또, 관료 직에 있었다 해도 이곳의 남작보다 훨씬 못한 위치에 있었죠. 그곳에서는 저와 같이 기술직에 종사하는 사람이 별 인정을 받지 못하는 사회였답니다."

잠시 그의 말을 정리해 보던 케티에론 황녀는 고개를 갸웃거리며 물었다.

"저는 도무지 이해할 수 없군요. 그렇다면 어떤 것이 중요한 일이라는 것이죠?"

"글을 잘 읽고 잘 쓰는 일이 조선에서는 최고의 대우를 받는 일이었습니다. 그 이외의 일들은 사회 통념적으로 부수적인 일쯤으로 치부해 버렸죠. 제가 이렇게 말씀을 드려도 황녀님께서는 잘 이해하시지 못할 것입니다. 조선과 듀들란 제국은 사람들의 관념 자체가 다른 곳이니까요."

"그렇다면 그런 이유로 조이센을 떠나오신 것인가요? 그런 박대가 싫어서?"

아직 자신의 일에 대해 알지 못하는 케티에론 황녀의 물음에 피식 웃은 장영실은 조금 아쉬움이 남는 찻잔을 매만지며 대답했다.

"훗… 아닙니다. 저는 조선으로부터 파견되어 왔다가 중간에 일이 생겨 듀들란 제국에 잠시 몸을 의탁하고 있는 것입니다. 그리고 그 기간이 끝나면 다시 조선으로 돌아가야 하죠."

지금까지의 좋은 분위기에 밝은 표정을 하고 있던 그녀는 장영실의 말이 충격이었는지 안색이 급변하고 있었다.

"네? 그럼 황궁에 계속 머물지 않으실 것이라는 이야기인가요?"

"아직 모르고 계셨나 보군요. 제국 개발 사업이 끝나면 저는 듀들란 제국과의 계약이 끝나게 되고 그 후엔 다시 조선으로 돌아갈 예정입니다."

"그건 안 돼요!"

갑작스럽게 소리를 지르며 몸을 일으킨 케티에론 황녀의 행동에 놀란 장영실은 그녀의 얼굴을 올려다보았고, 사교장의 외실에 있던 귀족들 역시 그녀의 목소리를 들은 듯 내실의 입구 너머로 안쪽을 바라보고 있었다. 그들이 수군거리기 시작하자 케티에론 황녀는 원래의 성격을 드러내며 소리를 뺙 질렀다.

"뭘 보는 것이죠! 남의 일에 신경 쓰시지 말고 다른 사람 험담이나 계속하세요!"

그녀의 외침에 움찔거린 귀족들은 다들 내실의 입구로부터 멀어지며 모습을 숨겼다.

귀족들의 모습이 보이지 않는 것을 확인하고 나서야 케티에론 황녀는 다시 자리에 앉으며 말했다.

"장영실 경은 꼭 조이센으로 돌아가야 하는 건가요? 듀들란 제국에 남는다면 얼마든지 인정을 받을 수 있고, 부와 명예를 누릴 수 있을 텐데요."

"루스티커님이나 다른 주변 분들께도 그런 이야기를 많이 들었습니다만 저는 꼭 돌아가야 합니다."

"왜죠? 그 이유라도 말씀해 주실 수 있나요?"

다급한 표정을 지으며 캐묻는 케티에론 황녀의 얼굴을 보며 잠시 의아한 생각을 하던 장영실은 고개를 갸웃거리며 되물었다.

"죄송하지만, 그보다 황녀님께서 무슨 이유로 제 일에 대해 그렇게 신경을 쓰시는지 알 수가 없군요. 혹시 루스티커님께서 저의 마음을 돌리라는 부탁을 황녀님께 하신 것입니까? 아니면 투르코스 재상님께서?"

케티에론 황녀는 자신의 마음을 전혀 몰라주는 장영실이 야박하다고 느끼고 있었지만 그렇다고 해서 그에게 직접적으로 자신의 감정을 고백할 용기도 나지 않았기에 잠시 흥분해 있던 목소리를 진정시키며 대답했다.

"그, 그런 것은 아니에요. 다만 장영실 경께서 떠나신다면 듀들란 제국은 인재 한 분을 잃는 것과 같으니 크게 아쉬웠던 것이에요. 그리고… 장영실 경의 주변에서 장영실 경을 아껴주시고 정을 주신 분들이 슬퍼하실 것 같아서요."

잠시 그녀의 말을 들으며 침묵을 지키고 있던 장영실은 눈앞으로 자신의 주변에 머물며 많은 도움을 줬던 사람들의 얼굴을 하나씩 떠올려 보는 중이었다.

"황녀님께서 그런 것까지 신경 써주신 점 진정으로 감사드립니다. 저 역시 얼마의 시간이 지나면 이곳에서 인연을 맺게 된 분들과 헤어져야 한다는 사실이 크게 아쉽습니다. 하지만… 제가 앞으로 해야 할 일에 조선 전체의 앞날이 달려 있다고 해도 과언이 아닙니다. 그만큼 중요한 일이고, 제 개인적인 감정에 비할 수도 없이 고귀한 일이지요."

잠시 말을 끊은 장영실은 고개를 들어 케티에론 황녀를 응시했고, 더 이상 이런 이야기를 해봤자 기분만 우울해진다고 생각한 그는 자리에서 몸을 천천히 일으키며 말을 이었다.

"인생사에는 만남이 있으면 헤어짐이 있는 것입니다. 그때가 빨리 돌아왔다고 생각하며 스스로 위안 삼아야겠죠. 후… 아무래도 제가 분위기를 다 망친 것 같아서 죄송합니다. 그럼 끝마쳐야 할 일이 있어서 먼저 일어나 보도록 하겠습니다."

짧은 사과의 말을 건네며 몸을 돌리는 장영실의 뒷모습을 바라보던 케티에론 황녀는 그의 등을 향해 떨리는 입술로 물었다.

"그렇다면… 그렇다면… 누군가가 장영실 경을 사모하게 되었다고 말하더라도 지금의 그 마음은 변함없을 거라는 말씀이신가요? 그 누군가가 장영실 경 때문에 아무 일도 하지 못한다고 하더라도 그 마음은 변함이 없을 것이라는 말씀이신가요?"

애절함이 흐르고 있는 그녀의 목소리를 듣고서 옮기던 발걸음을 잠시 멈춘 장영실은 아무런 머뭇거림 없이 고개를 끄덕이며 대답했다.

"저는 조선의 공학자가 되면서부터 조선과 공학에 제 모든 것을 바쳤으니, 애정에 할애할 여력은 가지고 있지 않습니다. 혹시라도 그런 분이 있으시다면 그분께는 미안한 말이지만 일찌감치 마음을 접는 편이 좋을 것이라고 전해 드리고 싶군요. 그럼 이만……."

은연중에 단호함이 실려 있는 그의 말을 들은 케티에론 황녀는 온몸에서 힘이 빠져나감을 느끼며 소파에 몸을 기대 누웠고, 장영실은 성큼걸음으로 사교장을 빠져나가고 있었다.

"그는… 처음부터 나와 함께할 수 있는 사람이 아니었던 거야."

케티에론 황녀의 눈에는 천장의 벽지에 그려져 있는 어지러운 문양이 보이고 있었다. 시간이 갈수록 그 벽지의 문양들은 어지럽게 춤을 추며 뿌옇게 변해가더니 결국은 한 방울의 눈물이 되어 볼을 타고 흐르고 있었다.

슥슥… 슥슥…….

매끄럽게 가공된 질 좋은 종이 위에서 흑연이 움직이며 기묘한 마찰음을 내고 있었다. 흑연을 쥔 손은 거침없이 종이 위를 누볐으며, 어떠한 흔들림도 없었다. 한참을 그렇게 무엇인가를 나타내기 위해 움직이던 흑연은 어느 순간 점을 찍으며 멈추었다.

탈칵…….

책상 한쪽으로 들고 있던 흑연을 던져 놓은 장영실은 흑연 가루가 잔뜩 묻은 손을 털지도 않은 채 거의 완성된 도면 위를 짚었다. 위에서 자세히 내려다본 도면은 한 치의 착오도 없이 완벽해 보였지만, 이상하게도 뿌듯하거나 만족의 기분은 느껴지지 않고 있었다. 이런 찜찜한 기분이 케티에론 황녀와 헤어지고 난 후부터 시작되었다고 생각한 장영실은 뭔가 잘못됐음을 느끼고 있었다. 하지만 그것이 무엇인지 생각해 봐도 마땅히 짚이는 것이 없었기에 더욱 답답할 노릇이었다.

그때 집무실의 문을 거칠게 열고 루스티커가 들이닥쳤다. 그는 몹시 기분이 나빠 보였는데, 이마의 주름이 미미하게 떨릴 정도였다.

"자네! 대체 케티에론 황녀에게 무슨 소리를 했기에 사람을 저렇게 만들어놨단 말인가!"

들어오자마자 버럭 화부터 내는 루스티커의 행동을 이해할 수 없었던 장영실은 고개를 갸웃거렸다.

"그것이 무슨 말씀이신지… 황녀님과는 그저 짧은 대화를 나눴을 뿐입니다. 한데 황녀님이 어떻게 되기라도 하셨다는 말씀이십니까?"

"이런 답답한 친구를 봤나! 잔말 말고 이쪽으로 와서 앉아보게."

손짓을 하며 장영실을 부른 루스티커는 집무실에 마련된 소파에 앉았고, 장영실은 대충 책상 위를 정리한 후에 루스티커에게 다가갔다. 소파에 대충 자리 잡고 앉은 장영실은 아직도 의아한 얼굴이었다.

"차근차근히 말씀해 주시겠습니까? 전혀 감이 잡히지가 않는군요."

소파 탁자에 놓여 있는 물로 목을 축인 루스티커가 말했다.

"내 단도진입적으로 말하겠네. 케티에론 황녀에 대해서 어떻게 생각하나?"

"어떻게 생각하다니요?"

"그녀를 여자로서 어떻게 생각하냐는 말일세! 아무런 매력도 느끼지 못하겠다는 것인가?"

잠시 턱을 매만지며 생각해 보던 장영실은 쑥스러운 표정을 지으며 대답했다.

"글쎄요. 저는 황녀님을 여자로 본 적이 없었기 때문에 잘 모르겠습니다. 그런데 그것은 갑자기 왜 물으시는 것입니까?"

"자네, 정말 몰라서 그러는 것인가! 황녀가 지난 반년간 자네에게 정을 품고 있었단 말일세! 자네와 대화를 나누고 온 이후부터 방문을 걸어 잠근 채 나오지를 않는다네! 대체 무슨 말을 그녀에게 한 것인가!"

"황녀님께서 제게 정을 품으셨단 말씀입니까?"

되묻고 있는 장영실은 루스티커의 말이 믿기지가 않는 얼굴이었다. 하지만 루스티커의 얼굴로 봐서 농담을 하는 것도 아니었기에 웃을 수는 없었다.

"저는 다만… 일이 끝나는 대로 조선으로 돌아가겠노라고 말씀드린 적이 있습니다. 아! 그러고 보니 저를 사모하는 사람이 말리더라도 가야겠냐고 물으시기에 그렇다고 말씀드렸을 뿐입니다."

아무렇지도 않게 대답하고 있는 장영실을 보며 어지러움을 느낀 루스티커는 머리를 짚으며 고개를 저었다.

"자네를 사모한다는 사람이 바로 케티에론 황녀란 말일세. 한데 본인 앞에서 그런 말을 했으니 황녀가 충격을 받을 수밖에……."

그제야 일이 어찌 흘러가고 있는지를 깨달은 장영실은 사뭇 놀라는 표정을 지었다.

"그래서 황녀님께서 그런 말씀을 꺼내신 것이로군요. 나 이것 참……."

고개를 저으며 사교장에서 있었던 일을 떠올리고 있는 장영실을 향해 루스티커가 입을 열었다.

"자네는 정녕 케티에론 황녀의 마음을 받아들이지 않겠다는 말인가? 이런 말을 하는 것이 어떻게 들릴지는 모르겠지만 그녀는 일국의 황녀란 말일세. 만약 그녀와 혼인이라도 하는 날이면 자네는 그날로 부마가 되는 것인데 그런 기회를 버린다는 말인가! 남들이라면 평생 눈을 부릅뜨고 기다리는 행운이라는 말일세!"

루스티커의 말을 듣고 있던 장영실은 오히려 차분한 목소리로 대답했다.

"남들은 그럴지 모르지만 저는 그들과는 전혀 다른 처지입니다. 게다가 케티에론 황녀님이 제게 정을 주고 계신다 하더라도 그녀가 일국의 황녀이기 때문에 저는 더 더욱 받아들일 수 없습니다. 만약 이 나라의 부마가 된다면 저는 결국 듀들란 제국에 발이 묶일 수밖에 없을 테니까요."

"결국은 황녀의 마음을 받아들일 수는 없다는 말이군……."

"죄송합니다, 루스티커님……."

루스티커는 무거운 한숨을 내쉬며 말했다.

"아무래도 케티에론 황녀가 자네에게 정을 준 것은 운이 나빴던 것 같군… 나는 황녀의 보호자 역할을 하는 사람으로서 그녀가 항상 행복하기를 바랐는데, 결국은 이렇게 상처를 받게 되는군……."

"면목없습니다."

"허헛! 아닐세. 그저 두 사람이 인연이 아니었던 것뿐이지 자네가 잘못했다고 말할 수는 없는 일일세. 그저 앞으로 황녀가 힘들어하는 모습을 옆에서 보는 것이 걱정이구먼."

어두운 안색으로 말을 끝마친 루스티커는 자리에서 일어났다.

"이 늙은이가 주책맞게 찾아온 것을 이해하게나. 그녀는 내 친손녀나 마찬가지인 아이라서 그렇다네. 작업하는 것을 방해해서 미안하군. 그럼 또 보세."

어깨에 힘이 없어 보이는 루스티커는 천천히 집무실 밖으로 걸어나갔고, 장영실은 그의 뒤를 보면서 안타까운 표정을 지었다. 씁쓸한 마음에 창밖을 바라보니 아슬아슬한 모습으로 가지에 걸려 있는 나뭇잎 하나가 시린 겨울 바람 사이에서 외롭게 떨고 있었다.

라이델베르크 공학원의 사람들은 요즘 들어 눈코 뜰 새 없이 바쁜 나날을 보내고 있었다. 크라이츠와 드워프들이 벨링에 있는 동안에 공학원은 가동을 멈춘 상태였고, 그사이 엄청난 양의 주문서가 날아들었기 때문이다. 그런 연유로 공학원의 모든 설비들은 납기일을 맞추기 위해 밤낮없이 돌아가고 있었고, 공학원에 고용된 사람들은 보통의 두 배나 되는 야간 수당을 받으며 바삐 손을 움직이고 있었다.

밤임에도 불구하고 낮처럼 훤히 불을 밝히고 있는 공학원의 내부를 들여다보고 있는 사내가 있었다. 그는 평균에 훨씬 못 미치는 작은 키를 가지고 있었고, 공학원으로부터 나오는 불빛이 그의 머리에 반사되고 있는 것으로 보아 머리 숱도 많은 편이 아님을 알 수 있었다.

그는 누군가를 찾는 듯 바삐 눈을 이리저리 옮기고 있었지만 그것이 여의치 않은 듯 불만이 가득 담긴 목소리로 말했다.

"다들 이렇게 모여서 열심히 일을 하고 있는데, 왜 그 크라이츠라는 여자는 코빼기도 안 보이는 거지? 꼭 직접 전하라고 하셨는데……."

그가 혼잣말을 하고 있을 때 누군가가 그의 어깨를 두드리며 물었다.

"이보게, 자네는 여기서 누구를 찾고 있는 건가?"

일도 풀리지 않는 상황에서 누군가가 귀찮게 말을 걸어오자 공학원 안을 들여다보고 있던 사내는 뒤도 돌아보지 않고서 짜증을 냈다.

"상관 마슈! 나는 지금 아주 중요한 임무를 띠고 이곳에 왔으니까."

하지만 말을 시키던 자도 물러날 생각이 없는지 계속해서 그의 어깨를 두드리며 물었다.

"그 중요한 임무가 대체 뭐길래 그러나? 자네, 공학원 찾아온 것 아닌가?"

상대가 자신의 말을 알아듣지 못하는 듯하자 화가 치민 사내는 계속해서 말을 걸어오는 방해꾼을 바라보며 신경질적으로 말했다.

"아, 글쎄 당신은 가던 길이나 가라니까 그러네! …요."

말끝을 살짝 바꾸는 재치로 전체적인 말을 경어로 바꾼 사내는 자신의 눈앞의 인물을 보며 어색한 미소를 지었고, 최대한 반가운 척을 하기 위해 상대의 손을 덥석 잡으며 말했다.

"하하핫! 누구신가 했더니 켈트님이셨군요? 그동안 안녕하셨습니까?"

자신의 이름을 부르며 인사를 하는 눈앞의 사내를 아래위로 훑어본 켈트는 머리를 긁적이며 말했다.

"자네는 누군가? 내가 늙어서 그런지 자네를 알고 지낸 기억은 없는데……."

"하핫! 저는 코르핀이라고 합니다. 당연히 기억에 없으시겠죠. 저는 그저 먼발치에서 켈트님을 봤을 뿐인걸요. 지금은 저희 남작님의 심부름으로 크라이츠님을 만나뵈러 온 것입니다."

"남작이라니?"

눈썹을 꿈틀거리며 되묻고 있는 켈트의 눈은 적의를 담고 있었는데, 이번 뮤스의 일로 귀족들에 대한 감정이 나빠졌기 때문이다. 갑작스럽게 퉁명스러운 목소리로 바꾼 켈트는 팔짱을 끼며 물었다.

"그래, 이곳에는 또 무슨 일로 왔나? 이번에는 뮤스 하나로 모자라서 공학원 기둥까지 뽑아내려는 겐가?!"

돌연 켈트의 목소리가 거칠어지자 두려움을 느낀 코르핀은 침을 꼴깍 삼키며 진지한 표정으로 말했다.

"저, 저는 기둥은커녕 문짝 하나도 뜯어낼 힘이 없습니다만……."

"나참… 지금 그것을 농담이라고 하는 겐가? 뮤스 녀석보다 더한 농담 실력을 가지고 있군."

말하는 모양새나 그의 행동으로 봐서 그리 똑똑한 자는 아니라고 결론을 내린 켈트는 별 위험이 되지는 않겠다 싶었기에 경계의 눈초리를 풀고 있었다.

"크라이츠님을 만나러 왔다고 했나?"

"네. 그렇습니다, 켈트님."

"그럼 나를 따라오게나."

코르핀을 향해 손가락을 몇 번 까딱거린 켈트는 그가 따라오든지 말든지 신경도 안 쓰는 듯 앞만 보며 먼저 발걸음을 옮기기 시작했다.

벌쿤의 책상에는 수십 권의 책들이 쌓여 있었다. 그는 동시에 세네 권의 책을 펴놓고서 뭔가를 하고 있는 중이었는데, 어느새 글 읽는 것에 상당히 익숙해진 듯했다. 책을 들여다보며 펜 끝을 입으로 문 벌쿤은 하는 일이 막혔는지 얼굴을 찌푸리고 있었다.

"이런… 어쩐지 동력기의 성능에 비해서 힘이 형편없다 했더니, 기어의 배치가 잘못된 것이었네. 아무튼 아직 배울 것이 너무 많은 것 같아. 우선 각 속도비를 계산해 보면……."

머리를 두들기며 자신의 실수를 자책하던 벌쿤은 다시 입에서 펜을 빼내며 빈 종이에 뭔가를 적어가기 시작했다.

철컥… 장…….

자동문 열리는 소리가 들려왔다. 공학원에 존재하는 대부분의 문은 자동문으로 제작했는데, 무거운 재료를 들고 다니다 보면 손이 모자라는 경우가 허다했기에 그런 불편함을 해소하기 위해서 자동문으로 교체한 것이었다. 문 열리는 소리에 펜을 놀리던 손을 잠시 멈춘 벌쿤은 고개를 들어 보았다. 그곳에는 켈트와 함께 처음 보는 코르핀이 함께 들어오고 있었고, 그들을 발견한 벌쿤은 사뭇 놀라는 표정을 지었다.

"여! 벌쿤, 오늘도 열심히 하고 있구나. 그나저나 안에 크라이츠님 계시냐?"

하지만 벌쿤은 켈트의 말에는 대답도 하지 않고서 그의 뒤에 있는 코르핀을 바라보며 반가운 듯이 말했다.

"안녕하세요! 반갑습니다."

벌쿤의 인사에 멀뚱한 표정을 지은 켈트는 뒤를 따르고 있던 코르핀의 얼굴로 시선을 돌리며 말했다.

"뭐야… 벌쿤, 너는 이자가 누군지 이미 알고 있었던 것이냐?"

"하핫! 당연하죠. 딱 보면 누구라도 쉽게 알겠는데요 뭐. 그런데 이분은 어느 드워프 부족에서 오신 분이시죠? 역시 멜산에서 오신 분이신가요?"

벌쿤의 말을 들은 켈트는 돌연 코르핀의 옆으로 다가가 눈대중으로 키를 맞춰보았고, 그의 팔을 잡아당겨 팔의 길이도 맞춰보았다. 그리고 허리의 높이를 재어보더니 코르핀을 끌어안으며 반가운 목소리로 외쳤다.

"이런! 내가 드워프 족을 못 알아봤구먼, 동족이여! 드워프 냄새가 나지 않아서 자네를 몰라봤구먼. 향수라도 뿌리고 다니는 겐가? 하긴 인간 세상에서 살다 보면 인간의 습관을 닮아가긴 하는 것이니까."

순간에 드워프라는 오해를 받은 코르핀은 똥 씹은 표정을 지었다.

"저는 인간입니다! 제가 키가 작은 데 보태준 것 있습니까!"

그들의 대화를 듣고 있던 코르핀이 버럭 소리를 지르며 자신이 인간이라 외쳤지만, 벌쿤과 켈트는 여전히 미심쩍은 눈으로 보고 있었다.

"에이… 아무리 봐도 켈트 아저씨와 다른 것이 없는데요. 농담은 그만 하시죠."

"인간의 밑에서 일하는 수치스러운 기분은 알지만, 그렇다고 해서 종족을 부정하는 것은 너무한 것 아닌가?"

말이 통하지 않는 그들과의 대화에 미치고 팔짝 뛸 정도로 답답해진 코르핀은 자신의 턱을 내밀었다.

"자, 보십시오. 턱에 수염이 난 자국이 있나! 저는 수염이 나지 않는 체질이라서 이렇게 수염도 없을 뿐더러 면도를 한 자국도 없습니다. 드워프라면 당연히 수염이 있어야 하는 것 아닙니까!"

그의 말을 듣고 있던 벌쿤은 켈트의 얼굴과 비교를 해보았다.

"켈트 아저씨도 수염이 없긴 하지만, 면도 자국은 있군요. 그럼 아저씨도 인간이란 말이에요?"

켈트도 수염 이야기가 나온 후에야 그런 사실을 인정하는 듯했지만, 드워프와 닮은꼴인 그의 모습에 대한 놀라움은 여전했다.

"흠… 수염이 없는 것 보니 드워프는 확실히 아닌 것 같군. 아무리 그래도 그렇지, 이렇게 우리 드워프 족과 닮을 수 있단 말인가."

그가 탄성을 지르며 코르핀의 얼굴을 살피고 있을 때, 안쪽의 문이 열리는 소리가 들리며 톤이 높은 여성의 목소리가 들려왔다.

"대체 무슨 일인데 바쁜 시간에 이렇게 어수선한 것이죠?"

자리에서 대화를 나누고 이들은 그것이 크라이츠의 목소리임을 알고서 그녀가 나오고 있는 곳으로 고개를 돌렸고 코르핀은 허리를 숙이며 그녀에게 인사를 건넸다.

"안녕하십니까, 크라이츠님. 저는 코르핀이라고 합니다."

인사를 받은 크라이츠는 처음 보는 코르핀의 얼굴을 뜯어보더니 켈트를 향해 말을 던졌다.

"켈트 씨, 새로운 드워프가 올 것이라는 소리는 못 들은 것 같은데요? 뭐, 일손이 모자라니 오히려 잘된 일이긴 하지만요."

결국 크라이츠에게까지 드워프 취급을 받은 코르핀은 피가 거꾸로 솟아오르는 듯했지만, 자신은 그저 심부름을 온 사람일 뿐이었기에 참고 있을 수밖에 없었다. 속으로나마 욕을 한 바가지 해댄 코르핀은 자신의 품에서 봉투 하나를 꺼내며 말했다.

"저는 듀들란 제국의 장영실 남작님의 심부름으로 찾아온 '사람' 입니다. 이 편지를 크라이츠님께 전하라는 분부가 있으셨죠. 훗날 뮤스 원장님께서 돌아오시면 보여주라는 말과 함께요."

코르핀은 은연중에 자신이 드워프가 아닌 인간임을 강조하고 있었다. 또, 그의 입에서 흘러나온 장영실이라는 이름을 들은 켈트는 상당히 놀라는 표정을 지었는데, 장영실이라는 자는 뮤스가 지금껏 찾고 있던 인물이라는 사실을 알고 있었기 때문이다. 코르핀으로부터 편지를 건네받고 있는 크라이츠를 향해 켈트가 입을 열었다.

"장영실이라면 뮤스가 기다리고 있던 사내가 아닙니까? 그런데 그 자가 듀들란 제국의 남작이라니……."

켈트의 표정과는 다르게 크라이츠는 이미 그 사실을 알고 있기라도 했는 듯 담담한 표정이었다.

"결국은 그가 이렇게 편지를 보내왔군요."

"크라이츠님께서는 이미 알고 계셨다는 말씀이신가요?"

켈트의 물음에 가볍게 웃은 크라이츠는 편지를 품속에 넣으며 대답했다.

"듀들란 제국에서 제국 개발 사업을 시작했다는 이야기를 들었을 때부터 대충 감을 잡고 있었죠. 이 대륙 내에서는 전뇌거를 만들 능력을 가진 사람이 없으니까요."

말을 잠시 멈추며 코르핀에게 고개를 돌린 크라이츠는 품에서 작은 금 조각 하나를 꺼내 주며 말했다.

"이 편지는 나중에 뮤스에게 전해주도록 하겠어요. 먼 듀들란 제국에서 이곳까지 오느라 수고하셨으니, 이것으로 작게나마 성의 표시를 하고 싶군요. 가실 때 어디서 요기라도 하세요."

그것을 보며 입이 함지박만하게 벌어진 코르핀은 전혀 거절할 생각이 없었기에 그것을 날렵하게 받아 챙겼다.

"아이고… 뭘 이렇게 많이 주십니까. 하지만 주시는 것이니 감사히 받겠습니다."

"그렇게 많은 것 같지는 않군요. 드워프 분들의 식욕이 얼마나 왕성한지 잘 알고 있으니까요. 그럼 조심해서 돌아가시길……."

끝까지 코르핀을 드워프라 여긴 크라이츠는 가볍게 인사를 건네며 자신의 집무실로 들어가 버렸고, 벌쿤과 켈트는 울그락불그락해진 코르핀의 얼굴을 훔쳐보며 키득거리고 있었다.

방으로 돌아온 크라이츠는 품에 넣어두었던 장영실의 편지를 꺼내 들었다. 그리고 그 위로 왼손을 올리며 나직하게 중얼거렸다.

"세컨드사이트!"

그와 동시에 붉은빛이 감돌기 시작하는 그녀의 손바닥 위로 일렁이는 무형의 창이 하나 열렸다. 그 창의 안으로는 기이한 형태의 글자들이 나타나 있었는데, 바로 편지에 적힌 내용들이 창을 통해 나타나는 것이었다. 크라이츠는 편지의 내용을 보며 불만스러운 얼굴을 했다.

"이 꼬불꼬불한 그림이 그 조이센이라는 곳의 글자인가? 도무지 알아볼 수가 없군."

체념하는 목소리와 함께 마나를 거두어들인 크라이츠는 허리에 손을 올리며 잠시 생각을 해보더니 다시금 나직한 목소리와 함께 용언 마법을 발현했다.

"리딩마인드!"

그러자 이번에는 푸른색이 감도는 빛이 그녀의 손을 감싸기 시작했다. 바로 편지를 쓴 당사자의 생각이 그대로 크라이츠의 뇌리로 들어오는 것이었다. 한동안 눈을 감고서 장영실이 편지를 통해 뮤스에게 전하려 했던 내용들을 알아가던 크라이츠는 그제야 만족한 표정을 지으며 눈을 떴다.

"문자에 고유의 의미를 부여한 것이었군. 생각보다 훨씬 원시적인 언어의 형태인걸? 어쨌건 장영실이라는 자가 5년간은 듀들란 제국에서 발을 빼지는 못한다고 하니 꽤나 많은 시간이 남았다고 할 수 있는데… 그는 제국 개발 계획을 통해 뮤스의 경쟁심을 부축일 생각인 거야. 그것도 뮤스의 능력을 한층 더 끌어올릴 수 있는 좋은 방법이니까.

호홋! 오랜만에 꽤나 재미있는 일이 생기겠는걸?"

　크라이츠는 어떤 상상을 하는지 사춘기의 소녀마냥 설레이는 미소를 지었고, 잠시 후 장영실의 편지는 그녀의 금고 속으로 들어가게 되었다. 몇 년 후 주인의 손에 들어갈 그날까지…….

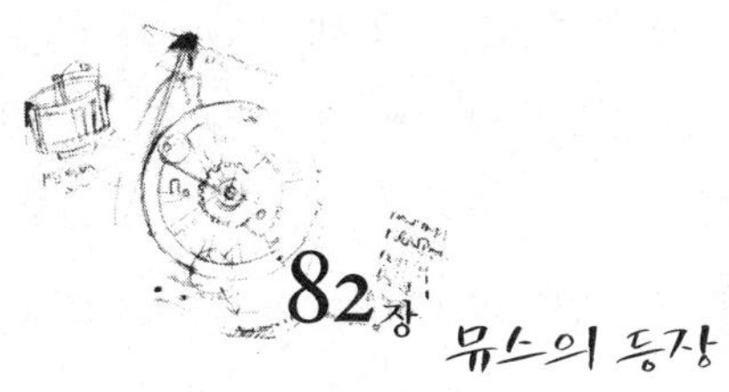

82장 뮤스의 등장

도이첸 제국 남부의 국경 부근. 여름의 더위로 좁다랗게 나 있는 흙 땅은 아지랑이를 숨결마냥 뿜어내고 있었고, 그 위를 뛰며 먹이를 구하던 들쥐들은 서둘러 그늘을 찾아 초원을 향해 달음질쳤다.

부르르릉.

드넓은 초원 사이로 좁다랗게 나 있는 길을 따라 전뇌거 한 대가 달리는 중이었다. 이 전뇌거는 주인의 필요에 맞게 개조된 듯 운전석과 조수석을 제외한 뒷부분은 모두 터놓은 모습이었고, 그곳에는 짐이 한가득 쌓여 있었다.

운전석에는 살집이 두둑이 잡힌 중년인이 운전을 하는 중이었는데, 그는 조수석에 앉아 있는 어린 아들을 향해 신바람이 난 듯 떠들고 있었다.

"하하핫! 이번에 이 물건들만 도이첸 제국으로 가지고 가면 큰돈을 벌 수가 있단다. 그곳에서는 스윈 국의 비단이 비싼 가격으로 팔리거든. 나중에 돌아갈 때 네 엄마에게 줄 주방용품들과 네 신발이나 사가지고 가자꾸나. 물론 돌아가기 전에 네 엄마 몰래 '그것'도 구경하고 말이야."

"와! 올해는 정말 볼 수 있는 거죠? 작년에는 너무 멀다고 해서 엄마가 못 가게 했었는데……."

"하핫! 네가 작년에 하도 울어대기에 올해 너를 데리고 온 것이 아니냐? 대신 네 엄마한테는 절대 말하기 없기다!"

"당연하죠!"

아버지의 말에 한껏 들뜬 얼굴로 힘차게 대답한 소년은 창에 매달려 스쳐 지나가는 풍경들을 바라보고 있었다. 그러던 중, 소년은 먼발치에서 무엇인가를 발견한 듯 아버지의 옷자락을 끌어당기며 불렀다.

"아빠! 저기 길 앞에 누가 있어요! 우리한테 손을 흔드는 것 같은데요?"

"응? 이런 외딴 곳에 누가 있단 말이냐?"

아들의 손가락이 가리키는 곳으로 안력을 돋우어 본 중년인은 길 앞에서 자신들을 향해 손을 흔들고 있는 청년을 발견할 수 있었다. 하지만 이런 곳에서 도둑들을 만나는 경우가 종종 생긴다는 소문을 익히 들어왔던 중년인은 손을 흔들고 있는 청년을 본 척도 하지 않으며 계속해서 전뇌거의 페달을 밟고 있었다. 그리곤 한 손으로 아들의 머리를 쓰다듬어 주며 말했다.

"로페드로, 훗날 네가 어른이 된다면 언제나 사람을 조심해야 한단다. 야수나 마물들은 그 모습을 보기만 해도 나에게 해가 된다는 것을 알 수 있기 때문에 대비를 할 수 있지만, 사람은 모습만으로 그것을 분간하기가 힘들기 때문이지. 언제 너를 속이고 네게 해를 끼칠지 모르는 일이란다."

비록 조리있는 말은 아니었지만 자신이 알고 있는 세상 사는 법을 아들에게 가르쳐 준 중년인은 자신의 말에 대한 시범이라도 보이듯, 손을 흔들고 있는 청년을 그대로 지나쳐 버렸다.

중년인의 아들은 창밖으로 목을 빼 점차 멀어져 가는 청년을 돌아보았고 이내 고개를 들여놓으며 말했다.

"하지만 선생님은 사람은 사람을 믿어야 한다고 했어요. 내가 먼저 남을 믿어야 좋은 세상이 된다면서요."

"그, 그건 말이지… 음……."

순간적으로 할 말이 없어진 중년인은 초롱초롱한 눈빛을 하고 있는 아들을 내려다보곤 잠시 갈등하더니 결국에는 전뇌거의 멈춤 페달을 밟으며 말했다.

"로페드로, 물론 선생님 말씀이 맞단다. 다만 이 아빠의 이야기는 조심해서 나쁠 것은 없다는 것이지. 흠… 그 사람한테 손이나 흔들어주렴. 조금 멀긴 하지만 타고 싶으면 뛰어오겠지."

아버지의 말에 밝은 미소를 지은 소년은 창밖으로 몸을 모두 빼내 손을 흔들기 시작했고, 멀리서 천천히 걸어오던 청년 역시 손을 흔들고 있는 소년의 모습을 봤는지 조금 더 속도를 내어 뛰어오기 시작했다.

어느새 중년인의 전뇌거까지 뛰어온 청년은 전뇌거의 창가로 다가와 얼굴을 내비치고 있었다. 중년인은 그의 모습을 자세히 훑어보기 시작했는데, 어깨 아래까지 길어 있는 그의 검은 머리는 지금이 여름인 만큼 더워 보였고, 여행을 한 지 오래된 듯 검은색의 옷에는 뿌연 먼지가 잔뜩 내려앉아 있었다. 여러모로 보나 흔히 볼 수 있던 여행자의 차림이었던 것이다. 어쨌든 그가 무기를 지니지 않았음에 안도한 중년인은 손을 내밀며 입을 열었다.

"나는 길버트라고 하네. 지금 우리는 도이첸 제국의 루이센으로 가는 길이지. 방향이 맞을지 모르겠군."

먼저 인사를 해오는 중년인과 그 옆에 앉아 있는 소년을 향해 환한 미소를 지은 청년은 중년인의 손을 마주 잡으며 대답했다.

"하핫! 잘되었군요. 저도 마침 도이첸 제국으로 가는 길입니다. 제 이름은 뮤스라고 하죠."

난생처음 보는 청년의 이름을 들은 길버트는 그의 이름이 귀에 익다고 느꼈기에 고개를 갸웃거리며 되물었다.

"흠… 뮤스라… 어디서 많이 들어본 이름인데. 혹시 예전에 어디선가 날 만난 기억이 있나?"

하지만 그의 고개는 서슴없이 가로저어졌다.

"하핫, 제 기억이 맞다면 오늘이 처음인 것 같군요."

"그런데 왜 이렇게 귀에 익는지 모르겠군."

그의 이름을 어디서 들어봤는지 생각을 해보던 길버트는 도무지 떠오를 기미가 보이지 않자 한숨을 내쉬며 포기하고 말았다.

"에잉… 모르겠어. 그나저나 지금 보다시피 앞쪽에는 자리가 없구면, 자리라곤 짐을 실은 화물칸밖에 없는데 괜찮다면 타게나."

"태워주시는 것만도 감사한데 자리를 투정할 수는 없죠. 그럼 감사합니다."

예의 바르게 감사의 인사를 한 뮤스는 가벼운 몸놀림으로 전뇌거의 짐칸에 올라탔는데, 의외로 푹신했기에 만족한 표정을 하고 있었다.

뮤스, 그는 3년 동안의 추방 기간을 끝마치고 라이델베르크로 돌아

가는 길이었다. 아직도 보름 정도나 더 가야 할 만큼 멀리 떨어진 곳인
데다 걸어서 국경을 넘어오느라 피로도 많이 쌓였지만, 집으로 돌아간
다는 생각에 마음은 가벼웠고, 운 좋게 전뇌거까지 얻어 탔으니 더 이
상 기분이 좋을 수가 없었다.

　푹신한 짐 더미 위에 모처럼 만에 편안하게 몸을 뉘인 뮤스는 푸른
하늘을 올려다보고 있었다. 그리고 지난 3년간 있었던 일들을 하나씩
떠올려 보고 있었는데, 가장 먼저 떠오르는 것은 바로 깊은 주름을 가
지고 있던 그라프의 얼굴이었다.

　"허헛! 왜 굳이 이 늙은이까지 데리고 가려 하는가. 자네에게 이미 말했다
시피 나는 세상을 등진 사람이고, 다시 도이첸 제국으로 돌아가 봐야 세상 사
람들은 나를 비웃을 것일세. 나는 존경받는 사람으로서 세상 사람들의 기억
에 남고 싶구먼… 게다가 지난 3년간 자네는 내가 아는 대부분의 것을 가지
고 가버렸네. 나는 자네의 지식을 별로 얻지 못했는데 말일세. 허헛! 그래서
느낀 것인데, 나는 더 이상 자네와 함께 있어봤자 괜한 열등감에만 사로잡힐
것 같더구먼. 원래 사람은 늙으면 심술이 고약해지는 법이니까… 그럼 슬퍼
지기 전에 이쯤에서 헤어지도록 하지. 자네와의 함께할 수 있었던 지난날들
을 주신께 감사하겠네."

　벌써 그와 헤어진 지 한 달이라는 시간이 지났음에도 불구하고 그의
얼굴을 떠올릴 때면 자연스럽게 눈물이 고였는데, 3년이라는 짧은 시
간 동안 자신에게 너무나 많은 것을 가르쳐 준 그라프를 진정한 스승
으로 생각하고 있었기 때문이다.

　전뇌거는 다시 흔들리며 도이첸 제국을 향해 출발하기 시작했다.

뮤스는 여전히 달리는 전뇌거의 짐 더미 위에 앉아 있었다. 가볍게 눈을 감은 그의 얼굴은 대지를 붉게 만들고 있는 노을을 향하고 있었는데, 길버트의 도움으로 하루 이상의 여정이 줄어들었다고 생각했기에 노을의 아름다움을 즐기는 여유까지 부리고 있는 것이었다.

천천히 눈을 뜬 뮤스는 전뇌거가 달리고 있는 길을 따라 멀리 떨어진 곳을 내다보았다. 그의 시선이 닿아 있는 곳에는 수많은 작은 불빛들이 보이기 시작했는데, 그 거리가 얼마나 남았는지 알 수는 없었지만, 불빛들의 수를 보아 중급 이상의 도시임을 알 수 있었다. 뮤스는 조금만 더 기다리면 오랜만에 도시의 거리를 밟을 수 있다는 생각에 흥분된 모습이었다.

덜컹! 덜컹!

뮤스가 잔뜩 기대에 부푼 표정을 하고 있을 때, 길을 잘 가고 있던 전뇌거가 멈추어 서게 되었다. 이를 이상하게 여긴 뮤스가 아래를 내려다보니 길버트가 육중한 몸을 이끌고 운전석에서 내려 전뇌거를 살피기 시작하는 것이었다.

전뇌거를 이리저리 살피던 그는 적잖게 당황한 얼굴이었는데 더운 날씨 때문인지, 아니면 멈춰 선 전뇌거 때문인지 그의 이마에는 땀까지 송골송골 맺히고 있었다. 뮤스는 짐 더미에서 뛰어내리며 물었다.

"무슨 일이라도 있으십니까?"

힘겹게 전뇌거의 아래쪽을 내려다보다 말고 몸을 일으킨 길버트는 좋지 않은 얼굴로 대답했다.

"글쎄… 무슨 일인지 전뇌거가 갑자기 서버렸네. 아무래도 고장이 난 것 같구먼… 아직 루이센의 중심지까지는 20켈리도 더 남았는데 말일세."

"그럼 제가 좀 살펴봐도 될까요? 이 전뇌거는 무슨 기종이죠?"

길버트는 뮤스의 제안에 별 기대를 하지는 않았지만, 그가 살펴본다
고 해서 더 나빠질 것은 없다고 생각했기에 어깨를 으쓱거리며 대답해
주었다.

"재작년에 생산된 '라니아' 라는 기종인데, 첫 번째 기종인 라이노를
상인들의 기호에 맞게 개량한 것이지. 어차피 전뇌거가 고장난 것이라
면 이곳을 지나가는 다른 사람들에게 부탁을 해서 루이센의 공학원으
로 연락을 하는 방법밖에는 없으니 애를 쓰지 않아도 된다네."

전뇌거의 앞쪽으로 발걸음을 옮기던 뮤스는 루이센의 공학원이라는
말에 몸을 멈췄다. 그리고 자신의 귀를 의심하며 되물었다.

"네? 지금 분명 루이센이라는 곳에도 공학원이 있다고 말씀하셨습
니까?"

"물론 루이센에도 공학원이 있다네."

뮤스의 태도를 의아하게 생각하던 길버트는 그가 오랜 여행 때문에
세상 돌아가는 소식을 모르고 있다고 단정 지었으며 조금의 도움이라
도 주기 위해 자신이 알고 있는 이야기들을 해주기 시작했다.

"아무래도 자네가 여행을 오랫동안 해서 잘 모르나 본데, 공학원은
이제 도이첸 제국의 웬만한 도시라면 하나씩은 꼭 있다네. 라이델베르
크에 있는 공학원만큼 큰 규모는 아니지만 전뇌거를 포함한 각종 제품
들을 판매하거나 수리를 해주기도 하고, 본원에서 필요한 부속품들을
생산한다고 하더군."

길버트의 이야기를 듣던 뮤스는 자신이 없는 동안 공학원의 모습이
많이 바뀌었음을 직감하고 있었다.

잠시 상념에 빠져 있던 뮤스는 멈춰 서버린 전뇌거를 떠올리며 정신을 차렸다. 그리고 전뇌거의 상태를 점검해 보기 위해서 전뇌거 앞부분의 기관실 뚜껑을 열었는데, 해가 지고 있는 중이었기에 내부를 제대로 볼 수 없었던 뮤스는 가방에서 휴대 전뇌등을 꺼내어 불을 밝혔다.

전뇌거의 내부가 밝아지자 뮤스는 능숙한 손놀림으로 이것저것을 만져 보기 시작했다. 길버트의 말대로 기관실의 모양은 자신이 설계를 했던 라이노와 다른 점이 전혀 없었기에 한눈에 고장난 곳을 알아볼 수 있었던 뮤스는 가방에서 몇 가지의 기구를 꺼내 들었다. 그의 행동을 지켜보고 있던 길버트가 다가와 함께 전뇌거의 내부를 들여다보며 물었다.

"뭐가 문제인지 알겠나? 전뇌거는 빠르고 편리해서 좋은데 고장이 나면 혼자 힘으로 고칠 수 없는 게 가장 큰 문제란 말이야."

투덜거리고 있는 길버트를 바라보며 가볍게 웃은 뮤스는 작업용 장갑을 꼈고, 고장난 전뇌거를 고치기 위해 준비해 두었던 연장들을 사용하기 시작하며 입을 열었다.

"전뇌거는 마나구에서 나오는 전뇌의 힘으로 움직이게 되는데, 전뇌의 방출량으로 전뇌거의 속도를 조절하는 것이랍니다. 그렇지만 동력기가 수용 가능한 한계치 이상의 전뇌력이 흐르게 된다면 동력기가 망가지기 때문에 그것을 막는 전뇌 조절 장치가 달려 있죠. 지금 길버트 씨의 전뇌거는 그 전뇌 조절 장치가 고장난 것입니다. 아주 예민한 부분인데 먼지가 너무 많이 들어갔군요. 마침 제가 여분을 하나 가지고 있으니 교체해 드리도록 하겠습니다."

전뇌거를 수리하는 동시에 설명을 겸하고 있는 뮤스를 바라보며 머리를 긁적인 길버트는 그의 말을 전혀 이해하지 못하고 있었다.

"어쨌건 자네가 고칠 수 있다는 말인가?"

"잠시만 기다리시면 됩니다. 아주 간단한 일이니까요."

도울 수 있는 일이 없었기에 허전한 손을 달래기 위해 팔짱을 낀 길버트는 잠자코 뮤스가 전뇌거를 고치는 모습을 보고 있었다.

찌지직―!

잠시 후, 전뇌거의 기관실로부터 익숙하지 않은 소리가 나면서 뮤스는 숙였던 허리를 폈다. 그리고 검은 기름이 잔뜩 묻은 장갑을 벗으며 이마의 땀을 닦은 뮤스는 눈을 동그랗게 뜨고선 결과를 기다리고 있는 길버트를 향해 웃으며 말했다.

"전뇌 조절 장치를 교체했으니 문제없이 작동하겠지만, 앞으로 내부는 청결하게 유지해 주시는 것이 좋을 겁니다. 한번 시험해 보시죠."

"그래? 해보도록 하지."

짧게 대답한 길버트는 뚱뚱한 몸을 뒤뚱거리며 전뇌거에 올라탔다. 그리고 전진 페달을 살며시 밟아보니 그의 전뇌거는 언제 고장이 났었나는 듯이 멀쩡하게 움직이기 시작했다. 이에 신이 난 길버트는 뮤스에게 손을 흔들었다.

"하하핫! 정말 마법처럼 고쳐졌군. 어서 타게나!"

제대로 고쳐졌다는 것을 확인한 뮤스가 연장들을 챙겨 넣으며 짐칸에 올라타자 길버트가 창밖으로 목을 빼며 외쳤다.

"이쪽으로 내려와서 앉게나. 아들 녀석이 잠들었으니, 안고 타면 될 거야."

뮤스는 짐칸도 상관없었기에 사양하려 했지만, 서두르라는 손짓을 보자 그의 배려를 받아들일 수밖에 없었다.

뮤스가 자신의 아들을 안고 자리에 앉는 것을 확인한 길버트는 전진 페달을 밟으며 전뇌거를 몰아 나가기 시작했다.

전뇌거를 몰고 있는 길버트는 나이답지 않게 들뜬 표정이었는데, 고장난 전뇌거를 뚝딱 고친 뮤스가 몹시나 신기했던 모양이었다.

"자네, 정말 대단한 능력을 가지고 있군! 이번에 공학원에서 사람들을 뽑는다던데 거기 한번 지원해 보는 것이 어떻겠나? 요즘 아무런 능력도 없이 공학원에 들어가고 싶어서 안달하는 젊은이들도 많은데, 자네 정도의 능력이면 될지도 모르지 않나?"

"풋! 저보고 공학원에 지원을 하라는 말씀이십니까?"

길버트의 말을 들은 뮤스가 나직한 웃음을 터뜨리자 뮤스의 신분을 모르는 길버트는 그의 반응에 꽤나 심각한 표정을 지었다.

"난 지금 농담하는 것이 아닐세. 만약 공학원에 들어가기만 한다면 엄청난 보수를 받을 수 있다고 하더군. 그렇게 된다면 지금처럼 허름한 옷을 입고 정처없이 떠돌아다니지 않아도 되지 않겠나?"

자신을 위해서 말해 주는 길버트에게는 미안했지만 웃음을 참을 수 없었던 뮤스는 창문 쪽으로 얼굴을 돌려 숨기며 화제를 돌렸다.

"흠… 말씀은 고맙지만 별다른 관심은 없습니다. 그런데 공학원에서는 언제부터 사람들을 뽑기 시작했죠?"

"어디 보자… 내가 이 라니아를 구입하기 바로 한 해 전이었으니, 3년 전 겨울쯤이었군. 그때부터 1년에 두 번씩 인재들을 뽑고 있는데, 매년 여름과 겨울이 되면 수많은 젊은이들이 각 지역의 공학원으로 찾아가 면접과 시험을 보거나 특별 모집을 노란다네. 하지만 지원하는 젊은이들이 많아도 정작 공학원에 들어가는 수는 극히 적어서 100명 정도가 지원을 한다고 해도 겨우 1명 정도밖에 시험에 통과를 하지 못하지. 그만큼 어려운 일일세."

자신에게 도움이 되는 정보를 주기 위해 열심히 설명하고 있는 모습을 본 뮤스는 더 이상 웃을 수 없었고, 특별 모집이라는 말에 궁금증을 느끼기도 했기에 평소의 모습을 유지하며 물었다.

"시험은 대충 이해가 가는데 방금 말씀하셨던 특별 모집이라는 것은 어떤 것입니까?"

"쯔쯧, 자네는 너무 세상 소식에 어둡구면. 도이첸 제국의 명물인 공학원의 특별 모집을 모르다니 말이야. 공학원의 특별 모집이라는 것은 바로 전뇌거 경주를 말하는 것일세."

전혀 생각지도 못한 대답에 놀란 표정을 지은 뮤스가 되물었다.

"전뇌거 경주라니요? 자세하게 좀 이야기해 주시겠습니까?"

"자네, 정말 처음 들어보는 것 같군. 전뇌거 경주는 말 그대로 전뇌거를 타고서 시합을 하는 것일세. 라이델베르크에서 처음으로 시작되었을 때만 하더라도 기존의 전뇌거를 가지고 경주를 했을 뿐이었지만, 지금은 출전자마다 팀을 이루어 시합에서 사용할 전뇌거를 개조한다네. 그리고 그 경주에서 승리를 거둔 팀원들 모두에게는 공학원에 들어갈 수 있는 자격이 주어지는 것이지."

설명이 길어지자 입 안이 말라왔던 길버트는 운전대 옆에 꽂혀 있던 물병을 꺼내 목을 축이며 말을 이어 나갔다.

"전뇌거 경주라는 것이 워낙 특이한 데다 공학원에 들어가고자 하는 젊은이들의 관심 때문에 첫 번째 시합부터 굉장한 인파가 몰려들었고, 지금은 그 매력에 푹 빠져서 해마다 경주 기간이 되면 일을 접어놓고 경주가 벌어지는 도시로 달려가는 사람들도 많다네. 하핫! 사실 이번에 아들 녀석과 루이센으로 가는 이유도 그 전뇌거 경주를 구경하기 위해서라네."

　한참 동안 길버트의 설명을 듣던 뮤스는 쓴웃음을 지을 수밖에 없었는데, 축제에서 벌어진 학교 간의 조그마한 시합이 확대되어 제국 전체가 들썩거리는 큰 대회가 되었다는 사실이 믿겨지지 않았기 때문이다.

　"이야기를 듣다 보니 느낀 것인데, 길버트 씨는 공학원의 일에 대해서 상당히 잘 알고 계시는군요."

　그의 말에 어깨를 으쓱거린 길버트는 뮤스의 어깨에 기댄 채 잠을 자고 있는 아들을 바라보며 말했다.

　"전뇌거를 처음 본 우리 아들 녀석이 커서 공학원에 들어가고 싶다고 하길래 이렇게 장사를 다닐 때마다 공학원에 관련된 소식이라면 귀담아듣는다네. 하핫! 이 녀석 뒷바라지를 해주기 위해서 오늘도 이렇게 고생을 하는 거지."

　길버트의 말에 가볍게 미소 지은 뮤스는 자신의 품에서 자고 있는 소년의 머리를 쓰다듬으며 입을 열었다.

　"이렇게 뒷바라지를 해주시는 좋은 아버지가 계시니 꼭 공학원에 들어갈 것 같군요."

　뮤스의 말에 기분이 좋아진 길버트는 어느새 흥겨운 콧노래를 부르기 시작했고, 그들을 태운 전뇌거도 뿌연 먼지만을 자리에 남기며 빠른 속도로 루이센을 향해 내달리고 있었다.

　인구 10만 정도의 중소 도시인 루이센은 거대한 겔브 호수를 둘러싼 도시였다. 비록 습하기는 했지만 호수의 경관은 그런 것쯤 금방 잊을 수 있을 정도로 수려했는데, 노을이 질 때면 호수의 색깔이 눈부신 금빛으로 변하기에 겔브 호수라는 이름을 가지게 된 것이었다.

낮이면 작렬하는 태양을 즐기기 위한 사람들로 붐볐고 밤이 되면 바람을 쐬거나 연인과 함께 시간을 보내기 위한 사람들로 붐볐다. 게다가 올해는 1년에 한 번씩 벌어지는 공학원 주최의 전뇌거 경주가 벌어지는 도시였기에 더욱 많은 사람들이 겔브 호숫가를 서성이는 듯했다.

겔브 호숫가로 마차 두 대가 지나다닐 정도의 도로가 나 있었는데, 그곳을 길버트의 전뇌거가 상쾌한 호숫바람을 맞으며 달리고 있었다. 창문을 열어놓은 뮤스는 루이센의 모습을 감상하기에 여념없었고 길버트는 오늘 묵어갈 숙소를 잡기 위해 시선을 이리저리 돌리는 중이었다.

창밖으로 고개를 내밀며 겔브 호수를 구경하고 있던 뮤스는 오랜만에 보는 도시의 야경에 도취된 듯했다.

"와! 정말 아름다운 도시군요. 얼마 만에 도시의 야경을 구경하는지 모르겠네요."

여전히 이리저리 고개를 돌리며 숙소를 찾고 있던 길버트는 피식 웃으며 대답했다.

"여행을 한 지 꽤 오래된 듯한데, 얼마 동안이나 떠돌아다닌 건가?"

"이번 달로 3년이 조금 넘은 것 같군요. 훗! 정말 정신없이 떠돌아다녔죠."

"그럼 집이나 가족들은 없는 것인가? 3년씩이나 여행을 다닌 것을 보면 아무래도 가족들은 없는 것 같은데……."

뮤스는 길버트에게 자신이 추방자 신세였다는 것을 숨기고 있었는데, 추방자에 대한 인식이 좋지 않은 사람들에게 사실을 밝혀봤자 불안감만 생길 것이라는 걸 알고 있기 때문이었다.

"아닙니다. 라이델베르크에 저희 누님과 아저씨들이 함께 살고 있죠. 그래서 라이델베르크로 가는 길이랍니다."

라이델베르크라는 말에 반가운 표정을 지은 길버트는 주변을 살피다 말고 뮤스를 바라보며 웃었다.

"하핫, 그랬었군. 라이델베르크는 숙박비가 비싸다고 하던데, 먼 훗날 우리 아들 녀석이 공학원에 들어가게 되면 좀 신세를 지게 하면 안 될까? 뭐, 평생 맡아달라는 것은 아니고, 그저 자리를 잡을 때까지 말일세."

그때까지 이 세계에 있을 가능성이 별로 없다고 생각한 뮤스는 선뜻 약속할 수는 없는 일이었기에 대답을 잠시 꺼렸다.

"글쎄요, 저희가 그때까지 라이델베르크에서 살고 있을지 모르겠군요."

"흠… 하긴 10년이나 훗날의 이야기니까."

조금 아쉬운 얼굴을 한 길버트는 계속해서 숙소를 찾기 시작했다. 그렇게 10여 분쯤 루이센 시내를 돌아다녔을 무렵 전뇌거는 길 한 모퉁이에 세워졌고 길버트는 전뇌거의 시동을 끄지도 않은 채 길의 옆에 위치한 허름한 건물로 뛰어들어 갔다. 이제는 뮤스에 대한 믿음이 제법 생긴 것 같았다.

잠시 후 길버트는 실망감이 가득 찬 표정으로 건물에서 걸어나오고 있었는데, 일이 잘 안 풀린 모양이었다.

"이런! 내가 지난번 왔을 때 묵었던 곳인데 오늘은 남은 방이 없다고 하는군. 가격도 싸고 방도 깨끗해서 마음에 들었는데 말이야. 그럼 다른 곳을 한번 알아보도록 하지."

투덜거리는 목소리와 함께 다시 전뇌거에 올라탄 길버트는 다른 숙소를 찾기 위해 다시 전뇌거를 몰아 나갔다.

　운전석에 앉아 창밖으로 발을 걸친 길버트는 이제 지친 표정이었다. 지금까지 다섯 군데를 돌아다녀 봐도 모든 곳이 만원이었기에 그는 방을 잡을 수 없었고, 결국은 이렇게 겔브 호수 주변을 떠돌고 있는 것이었다. 아들이 피곤하게 자는 모습을 물끄러미 보던 길버트는 나직한 한숨을 쉬며 말했다.
　"후우… 오늘 숙소를 잡지 못하면 전뇌거 경주가 끝나는 날까지 숙소를 잡을 수 없을 텐데……. 나야 괜찮지만 아들 녀석이 걱정이군."
　그의 말을 들으며 함께 숙소를 찾고 있던 뮤스가 미소 지으며 말했다.
　"너무 걱정하지 않으셔도 될 겁니다. 곧 찾을 수 있겠죠."
　"세상을 그렇게 마음먹은 대로 풀리는 것만은 아니라네. 흠……."
　그들이 타고 있는 전뇌거는 화려한 조명으로 외벽을 치장하고 있는 건물들이 모여 있는 곳을 지나치고 있었다. 그곳에 시선을 멈춘 뮤스는 궁금증을 느끼며 길버트를 향해 물었다.
　"이 건물들은 뭔데 저렇게 휘황찬란한 것이죠? 앞에 고급 전뇌거들도 많이 세워져 있고……."
　뮤스의 시선이 닿은 곳을 함께 바라보던 길버트는 허탈한 웃음을 터뜨리며 고개를 내저었다.
　"허헛! 세상의 잘난 사람들이 묵어가는 고급 호텔 건물이라네. 우리 같은 사람이 한 달을 꼬박 모아야 저런 곳의 하루 숙박비를 감당할 수 있을걸? 게다가 팁이나 식사비까지 합하면 정말 우리 같은 사람들은 생각지도 못할 가격이지. 괜히 딴생각 말고 우리가 묵을 곳이나 찾아

보자고."

"그래 봤자 사람들이 묵어가는 곳이겠죠."

길버트의 말을 듣고 있던 뮤스는 무슨 생각에서인지 손가락으로 그중 가장 화려한 건물을 가리키며 말했다.

"길버트 씨, 저쪽 건물로 들어가 주세요. 저곳이 가장 마음에 드는군요."

뮤스의 이야기를 듣고 있던 길버트는 농담쯤으로 치부하는지 피식 웃고 말았다.

"풋! 젊은 친구가 장난도 심하군. 자네가 말하는 곳은 여기에 있는 호텔 중에서도 가장 가격이 비싼 곳이라네. 도이첸 제국의 상가 중에서도 단연 으뜸인 호바인 가문에서 직영하는 호텔이거든."

길버트의 입에서 호바인 가문이라는 말이 나오자 뮤스는 또 한 번 웃을 수밖에 없었는데, 어디를 가든지 자신과 관계된 것들이 하나씩 있다는 사실이 신기했기 때문이다.

"후훗, 일단은 제 말대로 들어가 주세요. 뒷일은 제가 알아서 할 테니까요."

"엥? 아무래도 자네가 뭔가를 잘못 먹은 것 같군. 아니면 여행 기간이 너무 길어서 머리가 어떻게 됐거나 말이야."

"하핫! 제 말을 믿지 않으셔도 상관없지만 사랑스러운 아드님을 길거리에서 재우고 싶지는 않으시겠죠?"

"그, 그거야……."

정곡을 찔리자 할 말이 없어진 길버트는 뮤스가 가리킨 호텔로 운전대를 돌렸고, 전뇌거는 잘 포장이 된 길을 따라 호텔 건물에 가까워지고 있었다.

길버트의 전뇌거가 호텔 입구에 도착하자 그곳에서 손님을 맞이하고 있던 붉은 제복의 청년은 얼떨떨한 표정을 짓고 있었다. 그가 이곳에서 일을 하기 시작한 이후로 본 전뇌거들 중 가장 허름한 모습의 전뇌거였기 때문이다. 잠시 생각을 하던 청년은 결국 길버트의 전뇌거를 물품 납품용 전뇌거라 치부했는지 손을 흔들며 외쳤다.

"물품은 뒤쪽 창고로 가지고 가야 합니다! 앞쪽으로 가서서 왼쪽으로 돌리면 바로 창고가 보일 겁니다!"

전뇌거 안에서 그의 말을 듣고만 있던 뮤스는 길버트의 아들을 안고서 전뇌거에서 내리며 말했다.

"우리는 이곳에 묵으러 왔습니다. 전뇌거는 빼내기 좋은 데 주차시켜 주셨으면 좋겠군요."

호텔의 입구를 지키고 있던 청년은 기가 막혔다. 아무리 좋게 봐주려 해도 거지의 먼 친척뻘로밖에 안 보이는 젊은이가 도이첸 제국에서도 손에 꼽히는 고급 호텔에 묵으러 왔다는 것이 현실과는 너무 동떨어져 보였기 때문이다. 하지만 호텔의 이미지도 있었기에 험한 말은 할 수 없었고 최대한 예우를 해주려 노력했다.

"나참… 나는 지금 바쁜 몸이기 때문에 장난칠 시간이 없다네. 그러니 어서 저 전뇌거를 빼줬으면 고맙겠네."

하지만 뮤스는 여전히 그 자리에 서 있었다. 제복의 청년과 뮤스 사이에 심상치 않은 분위기가 흐르게 되자 당황한 것은 오히려 길버트였는데, 뮤스의 행동을 이해할 수가 없었던 그는 전뇌거에서 내리며 뮤스를 말리기 위해 어깨를 잡아끌었다.

"자네, 대체 왜 그러나? 이렇게 억지를 쓴다고 해서 우리를 묵게 해주는 곳이 아니란 말일세. 험한 꼴 당하기 전에 어서 다른 곳이나 찾아

보자고."

가벼운 미소를 지으며 길버트를 안심시킨 뮤스는 다시 제복의 청년을 향해 냉랭한 목소리로 입을 열었다.

"이곳은 아주 웃기는 곳이군요. 우리같이 행색이 초라한 사람들은 들어갈 수도 없다는 말입니까? 제가 알기에는 도이첸 제국의 1212년 '만인 평등 선언'에 의해서 모든 사람들은 작위의 고하와 재산의 많고 적음을 떠나 어디서나 평등한 대우를 받을 권리가 있습니다. 한데 당신은 단지 우리의 행색만을 보고서 차별 대우를 하고 있으니 도이첸 제국 국민의 기본 권리를 침해하는 것이나 마찬가지입니다. 아무래도 이것은 그냥 넘어갈 문제가 아닌 듯한데, 당신은 어떻게 생각하시죠?"

지난 3년 동안 뮤스는 그라프와 함께 지내면서 많은 것을 배웠고 대륙의 전반 상황을 그 누구보다 잘 알게 되었던 것이다. 물이 흐르듯이 술술 흘러나오는 뮤스의 말에 제복의 청년은 얼굴을 붉히며 아무런 말도 하지 못하고 있었다.

"그럼 우리는 들어가 보겠습니다. 아까 드렸던 부탁대로 전뇌거를 주차하는 것이 당신의 일인 듯하니 전뇌거를 맡기기로 하죠."

딱 부러지게 말을 마친 뮤스는 복잡한 역사 이야기를 듣고서 아직도 넋이 빠져 있는 제복의 청년을 지나쳐 호텔 내부로 걸음을 옮겼고, 길버트 역시 그 청년의 표정을 흘끔 살피며 뮤스의 뒤를 따랐다.

뮤스와 길버트는 내부로 들어가는 즉시 이곳이 왜 최고급 호텔이라 불리는지 이해할 수 있었다. 그곳에는 어느 하나 만만해 보이는 것이 없었는데, 작게는 로비의 구석에 놓여 있는 화분에서부터 크게는 실내를 장식하고 있는 최고급 대리석까지 그 화려함에 눈이 부시는 것이었다. 특히 드워프들에 의해서 건축 재료의 질을 알아볼 수 있는 눈을 가지게 된 뮤스의 놀라움은 길버트에 비할 바가 아니었다. 하지만 그런 장식에 놀라고 있을 때가 아니라고 생각한 뮤스는 카운터로 발걸음을 옮겼다.

카운터에서 대기하고 있던 중년의 점원 역시 입구를 통해 들어오는 뮤스 일행을 초라한 행색을 보며 미간을 찌푸렸다.

"밖에서 일하는 녀석들은 뭐 하고 있길래 저런 몰골을 하고 있는 녀석들까지 들여보내는 거야?"

잔뜩 불만 섞인 표정으로 혼잣말을 하고 있던 점원은 뮤스가 가까이 다가오자 금세 입을 다물며 가식적인 미소를 만면에 띠었다.

"어서 오십시오, 손님. 무엇을 도와드릴까요?"

점원의 물음에 머리를 긁적거리며 실내를 둘러본 뮤스는 휘파람을 한번 불며 말했다.

"휘유… 정말 눈이 부시군요. 당연히 호텔에 왔다면 방을 잡으러 왔겠죠. 크기는 상관없으니 빈방이 있습니까?"

"음… 빈방 말씀이십니까?"

뮤스의 말을 들으며 세상 물정을 잘 모르는 청년이라 생각한 점원은 그들을 내쫓기 위해 방이 없다고 말을 하려 했다. 하지만 금방 생각을 바꾸었는데, 보통 사람이라면 상상치도 못할 호텔 숙박비를 듣고 놀라는 표정을 보고 싶었던 것이다. 잠시 책자를 하나 꺼내 살펴보던 점원은 여전히 미소를 띠며 말했다.

"지금 남아 있는 방은 가장 넓은 방밖에 없는데, 아실지 모르겠지만 하룻밤의 숙박비가 엄청나답니다. 이 방은 아무래도 무리시겠죠?"

"그 방은 하룻밤에 얼마나 되죠?"

역시 뮤스가 물어올 것이라 예측을 했던 점원은 눈썹을 한번 치켜올리곤 기다렸다는 듯이 대답했다.

"하룻밤 묵어가시는 데 다른 서비스 비용을 제외하더라도 방 값만 40겔피입니다. 그리고 서비스 비용을 포함한다면 45겔피가량이 됩니다. 어떻게 하시겠습니까?"

자신이 하고 싶었던 말을 마친 점원은 뮤스의 놀라는 표정을 기대하며 그의 얼굴을 빤히 바라보았다. 뮤스 뒤에 서서 그들의 대화를 듣고 있던 길버트가 입에 거품을 물 지경이었다.

"하룻밤에 45겔피라니! 내가 가지고 온 비단들을 다 팔더라도 그 이윤이 20겔피가 안 된다네!"

길버트의 반응을 바라보던 점원은 흐뭇한 얼굴을 하고 있었다. 하지만 웬일인지 뮤스의 표정은 아무런 변화가 없었고 오히려 놀라기는커녕 담담하게 입을 열었다.

"그럼 그 방으로 하도록 하죠."

뮤스의 말을 들은 점원은 자신의 귀를 의심해 봐야만 했는데, 손님이 이런 태도를 보이는 이유는 단 두 가지였다. 돈의 가치를 모르는 천치거나 엄청난 재력을 가진 부자. 그러나 눈을 씻고 봐도 후자일 가능성은 없다고 생각한 점원은 나직한 한숨을 쉬며 손을 내저었다.

"헤휴… 내가 모자라는 사람을 상대하고 있었다니… 영업 방해하지 말고 빨리 나가게나. 그렇지 않으면 힘으로라도 내쫓겠네."

점원의 축객령을 듣던 뮤스는 무슨 생각에서인지 가방을 뒤적이기 시작하더니 먼지가 잔뜩 묻은 도장을 하나 꺼내어 카운터 테이블에 내려놓았다.

딱!

"이것이면 되나요? 호바인 가문에서 운영하는 호텔이라면 당연히 이것을 알고 있을 텐데요?"

별 신경 쓰지 않는 표정으로 그 도장을 살펴보던 점원은 순간적으로 두 눈이 경직되고 볼이 푸들거리기 시작했다.

"이, 이것은… 프라이 겔트. 몰라뵈어서 죄송합니다, 손님! 금방 방을 준비해 드리겠으니 잠시만 기다려 주십시오!"

재빨리 대답을 한 점원은 부산을 떨며 어디론가 사라졌고, 기이하게 변해 버린 상황을 이해할 수 없었던 길버트는 뮤스의 옷자락을 끌며 물었다.

"저 사람이 갑자기 왜 그러는 것인가? 보아하니 우리를 여기에서 재워주겠다는 것 같은데, 대체 자네가 보여준 것이 뭔데 그러나?"

어깨를 으쓱거린 뮤스는 미소를 지으며 대답했다.

"글쎄요. 그저 제 친구가 배가 고프거나 잘 곳이 없으면 아무 데나 가서 보여주라고 준 것인데 그 녀석의 말이 거짓이 아니었나 보군요. 아무렴 어떻습니까? 오늘 하루 좋은 곳에서 잠을 잘 수 있으면 된 것이죠."

"하긴, 자네의 말이 맞긴 하군. 저것 참 신기한 물건이로구먼. 허헛! 내가 이런 곳에서 잠을 잘 수 있다니 꿈만 같은걸."

결국 일이 좋은 쪽으로 해결되자 길버트는 의문점을 금세 접어버리며 마냥 좋아하고 있었다.

다음날 아침, 뮤스는 부산하게 옷을 챙겨 입고 있었다. 오랜만에 푹신한 침대에서 잠을 자는 것이기에 하루쯤은 늘어지게 잘 수 있을 법도 했지만, 지난 3년간 일찍 일어나는 것이 버릇이 되어버렸기에 어쩔 수 없이 몸을 일으킬 수밖에 없었던 것이다.

점원에게 부탁해서 얻은 깔끔하고 편안한 옷으로 갈아입은 뮤스는 방문을 열고 나갔다. 워낙 넓은 숙소를 잡았기에 방이 세 개나 됐는데, 뮤스가 그중 하나를 쓰고 길버트 부자가 다른 방을 쓰게 된 것이다. 문을 열고 나가자 거실에는 길버트가 식사를 하는 중이었다. 하지만 어쩐 일인지 한숨도 못 잔 듯 피곤해 보였다. 의아한 생각이 든 뮤스는 소매의 단추를 잠그며 물었다.

"좋은 아침이군요. 좀 피곤해 보이시는데 무슨 일이라도 있었습니까?"

스푼으로 맛깔스러워 보이는 케이크를 한입 떠먹은 길버트는 고개를 설레설레 저으며 대답했다.

"말도 말게. 잠자리가 워낙 차이가 나다 보니까 오히려 잠이 다 안 오더구먼. 누에는 뽕나무를 먹고 살아야 하듯이 사람도 살던 대로 살아야 하는 것 같아. 아무것도 모르는 아들 녀석만 신나게 잘 자고 있지."

"하핫! 차차 익숙해지시겠죠."

식사를 하며 뮤스의 말을 듣던 길버트는 놀란 듯 눈을 크게 떴다.

"차차라니? 하룻밤에 45겔피나 되는 방에서 더 머무르겠다는 말인가?"

그의 물음에 어깨를 으쓱거린 뮤스는 화려하게 차려져 있는 식탁에 앉아 마실 것과 빵을 챙겨 자신의 접시에 올려놓았다.

"어차피 이곳에서 나가봐야 숙소를 구하지도 못할 것 같더군요. 이 부근의 숙소는 모두 자리가 찬 것 같으니까요."

"하지만 이런 곳은 너무 부담스럽다네. 그리고 자네의 덕을 보는 것도 미안하고 말이지."

"미안하실 것 없습니다. 어제 말씀드렸다시피 제가 돈을 내는 것도 아니지 않습니까. 그리고 저를 이곳까지 태워다 주셨는데 그 정도의 보답은 해드려야죠. 지금 제게 하루라는 시간은 그 가치를 따질 수 없을 만큼 귀중하니까요."

대답을 하며 빵에 잼을 잔뜩 바른 뮤스는 그것을 한입 베어 물며 맛을 음미했고, 오랜만에 느껴보는 잼 맛이 기가 막히다고 생각했다. 그런 뮤스의 모습을 바라보고 있던 길버트는 아직도 뭔가 찜찜한 얼굴이었다.

"이런 대접을 받아도 될지 모르겠지만, 자네에게 정말 고맙구먼. 그나저나 자네는 어디 가는가 보군."

"저는 또 라이델베르크로 떠나야 합니다. 그곳에서 저를 기다리는 사람들이 많기 때문에 한시라도 빨리 가야 하는 상황이죠."

"아니! 이곳에 도착하자마자 떠난다는 말인가? 전뇌거 경주도 보지 않고……."

빵 한 조각으로 식사를 마친 뮤스는 입을 닦아내며 말했다.

"아쉽지만 그럴 수밖에 없을 듯하군요. 그리고 이곳의 숙박비는 제가 알아서 처리할 테니 돌아가시는 날까지 편안하게 지내십시오."

길버트는 오랜만에 마음에 드는 사람을 만났다고 생각하던 중에 갑작스럽게 이별의 시간이 다가오자 아쉬운 듯 입맛을 다셨다.

"쯧… 자네와 좀 더 이야기를 나누고 싶었는데 이렇게 헤어지게 되다니……."

가벼운 미소를 지어 보인 뮤스는 먼저 자리에서 일어나며 말했다.

"나중에라도 인연이 된다면 어디서든지 다시 만날 수 있겠죠. 저는 이만 떠나도록 하겠습니다."

"자네도 몸조심해서 돌아가도록 하게, 뮤스 군."

뮤스를 따라 몸을 일으킨 길버트는 문밖까지 걸어나와 그를 배웅했다. 비록 짧은 시간을 함께했지만 오랜 지기를 보내는 기분이 들었던 것이다.

뮤스가 숙소에서 나오자 어제 그의 얼굴을 눈에 익혀놓은 점원들은 서둘러 뛰어나와 배웅을 했고, 호텔의 현관 앞에는 포센트까지 준비되어 있었다. 새삼스럽게 돈의 위력을 절실히 느끼며 쓴웃음을 지은 뮤스는 검은색의 전뇌거에 올라타 자리를 잡으며 말했다.

"루이센의 공학원으로 가죠."

그의 말을 들은 운전 기사는 천천히 전뇌거를 몰아 나가기 시작했는데, 오랜만에 타보는 포센트는 카펫 위를 달리기라도 하듯이 조용하게 움직였다.

여름치고는 제법 시원한 바람이 부는 날씨였다. 호수로부터 불어오는 바람은 수분을 잔뜩 머금고 있었기에 더운 날이었다면 사람들에게 불쾌감을 주기 쉬웠지만 오늘만은 이마에 흐르는 땀을 식혀주기에 모자람이 없어 보였다.

루이센 시내를 달리고 있던 고급 전뇌거 한 대가 수많은 사람들이 드나들고 있는 멋들어진 4층의 건물 앞에 멈춰 섰다. 좌우로 늘어선 건물들도 많았지만 그중에서도 이 건물만은 특별해 보였는데, 1층은 벽 대신 대형 유리창으로 되어 있어 내부에 전시되어진 전뇌거를 밖에서도 볼 수 있었고, 그 위층부터는 매끄러운 대리석으로 되어 있어 깔끔한 느낌을 풍기고 있었다.

멈춰 선 전뇌거로부터 뮤스가 내리자 할 일을 마친 운전 기사는 전뇌거를 몰아 다시 호텔로 되돌아갔고, 오가는 사람들 사이에 서 있던 뮤스는 건물을 올려다보며 혼잣말을 중얼거렸다.

"이곳이 루이셴의 공학원인가 보군. 이런 건물이 제국 전역에 걸쳐서 생겼다니 아무튼 누님의 수완은 알아줘야 한다니까."

감탄의 말을 한번 던진 뮤스는 드나들고 있는 사람들 사이를 헤치며 공학원의 건물로 들어갔다.

내부로 들어간 뮤스는 또 한 번의 감탄성을 터뜨려야만 했는데, 바로 옆에 위치해 있던 건물들과의 벽을 터서 공학원과 내부적으로 연결을 해놨던 것이다. 즉, 밖에서 보던 공학원의 건물보다 최소한 네 배 정도는 넓은 공간이 형성되어 있었던 것이다.

"흠! 정말 생각지도 못했는데, 상당히 넓게 되어 있군."

그렇게 공학원의 내부를 둘러보고 있던 뮤스에게 진한 남색의 정장을 입은 노년인이 미소를 띠며 다가와 말을 걸었다.

"실례지만 뮤스 원장님 아니십니까?"

노년인의 갑작스러운 부름 소리를 듣게 된 뮤스는 고개를 돌리며 되물었다.

"네? 아니, 어떻게 제가 원장이라는 것을 알 수 있으셨습니까? 아무리 생각해 봐도 저는 그쪽을 처음 뵙는데요."

뮤스의 반응을 살피며 자신의 예측이 맞았다는 것을 알 수 있었던 노년인은 웃으며 대답했다.

"허헛! 제 눈이 틀리지 않았나 보군요. 며칠 전에 라이델베르크 본원의 총무님으로부터 오늘이나 내일쯤 뮤스 원장님께서 이곳을 방문하실 것이라는 언질이 있었습니다. 특이한 외모를 가지신 것을 보고서 한눈에 뮤스 원장님이라는 것을 알아볼 수 있었던 것이죠."

자신을 알아본 경위에 대해 들은 뮤스는 눈을 크게 뜨며 물었는데, 크라이츠가 자신이 이곳에 올 것을 알고 있다는 사실이 놀라웠기 때문이다.

"그렇다면 크라이츠 누님이 제가 이곳으로 올 것이라는 것을 미리 알고 있었다는 말씀이십니까?"

"죄송하지만, 자세한 것까지는 알 수가 없습니다."

그때 뮤스의 시선은 머리를 스치는 짧은 생각과 동시에 허리춤에 걸려 있는 가방으로 향하고 있었다.

"그래, 내 가방에 추적 마법을 걸어놓으셨지. 그러니 내가 소문을 듣고 이곳에 들를 것을 예측하신 걸 거야."

혼잣말을 하고 있는 뮤스를 보며 잠시 의아한 표정을 지은 노년인은 안쪽으로 손을 내밀며 말했다.

"어찌 되었든 이렇게 만나뵙게 되어 영광입니다. 로비나드 지점장이라고 불러주시면 됩니다. 이렇게 서 있을 것이 아니라 안쪽으로 드시죠."

"반갑습니다. 저는 뮤스 드라켄이라고 합니다."

가볍게 인사를 건넨 뮤스는 로비나드의 안내를 따라 루이센 공학원의 내부로 들어가게 되었다.

4층으로 올라가자 십여 명의 사람들이 책상에 앉아서 사무를 보고 있었다. 그들은 공학 기술에 관련된 사람이라기보다는 공학원 운영에 도움을 주는 일반 사무원인 듯했고, 로비나드가 들어서는 것을 발견하며 목례로 인사를 건넸다.

그들에게 별다른 말을 건네지 않은 로비나드가 뮤스와 함께 자신의 집무실로 들어가자 조용하기만 하던 사무실의 사람들은 비밀스러운 이야기라도 하듯이 소곤거리기 시작했다.

"오늘 원장이 온다더니, 지점장님과 함께 들어간 젊은이가 우리 공학원의 원장이라는 사람인가 봐! 이것 참… 생각보다 너무 젊잖아?"

"나도 원장의 소문을 많이 듣긴 했지만 상상을 초월하는군."

"그럼 이제 추방 기간을 끝내고 돌아온 건가? 아무튼 놀랍다고밖에 설명할 수 없는 것 같아."

사무원들의 잡담을 뒤로하고 집무실로 들어간 로비나드는 예의 바르게 자리를 권하며 입을 열었다.

"제가 듣기로는 원장님께서는 지금 미개척지에서 곧 바로 오시는 길이라고 하더군요. 그런 곳에서 3년이라는 긴 시간을 아무 탈 없이 지내셨다니 정말 대단하십니다."

소파에 앉아 집무실을 둘러보던 뮤스는 가볍게 웃으며 말했다.

"그저 운이 좋았을 뿐이었죠. 그나저나 제가 이곳을 떠나 있는 동안 공학원이 엄청나게 변한 것 같더군요. 괜찮으시다면 그간의 일에 대해서 자세히 말씀 좀 해줄 수 있으시겠습니까?"

"물론 해드리다마다요. 원장님께서 당연히 아셔야 할 내용입니다."

고개를 끄덕이며 대답을 한 로비나드는 자신의 책상으로가 큰 지도를 하나 가지고 뮤스의 가까이로 다가왔다. 그것을 소파 사이의 탁자 위에 펼치자 도이첸 제국의 모습이 드러났는데, 일반 지도와 조금 다른 것이 있다면 라이델베르크를 포함한 대부분의 도시에 용의 인장이 하나씩 찍혀 있다는 것이었다. 로비나드는 그 용의 인장을 하나씩 짚으며 자랑스러운 목소리로 설명을 해 나가기 시작했다.

"뮤스 원장님께서 추방령을 받으신 이후부터 공학원은 크라이츠님의 계획에 따라 급속하게 지점을 늘려 나갔습니다. 그로부터 3년이 지난 지금에 와서는 총 17군데의 중요 도시에 공학원의 지점이 들어서게 되었는데, 이러한 지점에서는 주로 전뇌거와 그 밖의 제품들을 판매하거나 고장을 수리해 주고, 그 지역에서 수급 가능한 자원들이나 부품들을 라이델베르크로 보내는 일을 하지요. 그중 한곳이 바로 이곳 루이셴 공학원입니다. 또 라이델베르크의 본원 역시 그 규모를 크게 확충하여 세 곳의 전뇌거 조립 공장과 다섯 곳의 부품 생산 공장을 설립, 가동하고 있는 상태입니다."

로비나드로부터 현 공학원에 대해 설명을 듣던 뮤스의 표정은 놀라움을 넘어선 것이었는데, 이 많은 일들을 3년이라는 짧은 기간 동안 이룩해 냈다는 사실이 믿기지가 않았기 때문이다.

"정말 놀라울 따름이군요. 그 짧은 시간 동안 이렇게 엄청난 변화가 있었다니……."

"상당한 수의 자본가들과 황궁이 공학원에 집중 투자를 하기 시작하자 그것을 등에 업고서 대륙의 역사에 유례없는 물자와 인력이 투입되었던 것입니다."

"그렇다면 공학원의 운영에 필요한 인력 부족 또한 중요한 문제였을 텐데 어떻게 충족시킨 거죠?"

뮤스의 질문을 받은 로비나드는 지도 아래의 숫자들을 가리키며 대답했다.

"가장 수가 많은 단순 직의 직원들은 공학원이 위치한 곳의 주민들로 충족하고, 공학 기술에 관련된 직원들은 대학생들이나 기존의 교수들을 중심으로 까다로운 시험을 거쳐 선발하고 있습니다. 지금은 그 수가 120명가량 되는데, 이런 과정을 거쳐 모집된 사람들은 라이델베르크의 본원에서 1년 정도의 교육을 거친 후 연구원의 신분으로 각 지점으로 파견하게 되는 것입니다. 그리고 그 연구원들이 자신이 속한 지점에서 연구를 계속하여 능력을 인정받게 된다면 공학자의 호칭이 주어짐과 동시에 라이델베르크 본원에서 근무를 하게 되는 것이죠.”

“그렇다면 로비나드 지점장님도 그런 과정을 거치신 것입니까?”

“그렇습니다. 저 역시 대학의 교단에서 학생들을 가르치다가 그만두고 이 자리까지 오게 되었죠.”

잠시 이야기를 정리해 본 뮤스는 대충 공학원의 체계를 이해할 수 있었고, 그간 궁금해하고 있던 사항들이 해소되자 한결 기분이 가벼워지고 있었다. 설명을 모두 마친 로비나드는 뮤스의 모습을 살피며 물었다.

“혹시라도 필요한 것이 있으시면 말씀해 주십시오. 이곳에서 구할 수 있는 것이라면 뭐든지 준비해 드리도록 하겠습니다.”

“특별히 필요한 것은 없습니다. 그저 라이델베르크로 떠날 생각이라서 그러는데, 전뇌거를 한 대 내주셨으면 합니다. 사실 그 일 때문에 이곳을 찾아온 것입니다.”

로비나드는 그의 부탁을 듣고선 뭔가 떠오른 듯 품을 뒤적여 작은 종이를 하나 꺼내어 건네주었다.

“아무래도 그 부탁에는 무리가 있을 것 같습니다. 우선 이것을 한번 읽어주시죠. 크라이츠님께서 전해달라시던 편지입니다.”

“누님께서요?”

크라이츠의 편지라는 말에 반가움을 느낀 뮤스는 편지를 재빨리 펼치며 그것을 읽어 내려가기 시작했는데, 시선이 아래로 내려갈수록 그의 반가움의 표정은 불만스러운 표정으로 바뀌고 있었다.

83장 팀 라벤

　해가 기울어져 가는 저녁 겔브 호숫가에는 수많은 사람들이 가던 발걸음을 멈추고 있었다. 그런 사람들 중에는 힘없는 발걸음을 터벅거리며 걸음을 옮기고 있던 뮤스도 있었는데, 크라이츠의 편지를 읽은 후 기분이 착잡해진 그는 로비나드가 마련해 준 전뇌거와 숙소를 마다하고 공학원을 나와 발길 닿는 대로 걷고 있었다. 그러다 결국 발이 멈춘 곳이 바로 겔브 호숫가였던 것이다. 그 역시 겔브 호수의 수면을 바라보는 중이었다.

　지금 겔브 호수는 하루 중 가장 아름다운 모습으로 변해 있었다. 끝이 보이지도 않을 정도로 드넓은 겔브 호수 전체가 마치 빛을 내뿜기라도 하듯이 눈부신 황금빛으로 변해 버린 것이었다.

　멍하니 호수의 수면을 바라보던 뮤스는 조금 더 가까이 걸어가 호숫가 풀밭에 앉았다. 그리고 뭔가 허전하기라도 한 듯이 손에 잡히는 잡초들을 뽑아내고 있었다.

"아무튼 누님은 일에 관련된 것만큼은 언제나 철저하시군. 비록 친동생은 아니지만 그래도 3년 만에 돌아온 동생인데 이런 일을 시키다니… 하루 빨리 내가 보고 싶지도 않으시단 말인가?"

뮤스는 손에 들고 있던 구겨진 편지를 펴보았다. 그 안에는 눈에 익숙한 크라이츠의 필체로 짧은 내용이 담겨 있었다.

뮤스에게.

이 편지를 읽고 있을 때쯤이면 루이센에 도착해 있겠구나. 마침 내가 직접 루이센에서 열리는 컨뇌거 경주에 참관해야 했는데, 이곳 라이델베르크 공학원의 일이 너무 정신이 없어서 그곳까지 갈 여력이 없단다. 그러니 이번에는 공학원의 원장 신분으로 네가 직접 참관해서 우승자에게 수상을 해주었으면 한단다. 그럼 자세한 것들은 지점장과 상의해서 잘 처리하도록 하고, 이만 편지를 줄이마.

간단한 안부의 말 한마디 없는 편지를 보며 입맛을 다신 뮤스는 다시 편지를 구겨 겔브 호수를 향해 힘껏 던졌다. 그리고 물결에 쓸리며 이리저리 흔들리는 편지를 보며 입을 열었다.

"쩝, 이렇게 투정 부릴 나이는 아니지만 섭섭한 것만은 사실이군."

허전함이 담긴 목소리를 내뱉은 뮤스는 그 후로도 겔브 호숫가에 앉아 해가 지는 것을 바라보고 있었다.

해가 완전히 지며 별들이 하나씩 모습을 드러내기 시작할 무렵 시간 가는 줄도 모른 채 호숫가에 앉아 있던 뮤스는 귀를 쫑긋 세웠다.

부르르르릉…….

어디선가 귀에 거슬릴 정도로 요란한 전뇌거 소리가 들리기 시작했기 때문이었는데, 보통 전뇌거의 동력기 돌아가는 소리라고 하기에는 무리가 있는 것이었다.

"응? 이 소리는 뭐지? 고장난 전뇌거라도 있나?"

이에 의아함을 느낀 뮤스는 착잡해져 있던 기분을 접으며 몸을 일으켰고, 그 소리가 나는 곳을 찾아 걸음을 옮기기 시작했다.

대략 100멜리쯤 떨어진 호수 부근의 공터에서 들려오는 소리였다. 그곳에는 세 명의 젊은이들이 모여 있었고, 그들은 전뇌거를 가운데 두고서 뭔가를 하고 있는 중이었다. 이미 저녁을 지나 밤이 되어버렸기에 그들이 무엇을 하고 있는지 잘 볼 수는 없었지만, 전뇌거로부터 들어낸 부속들이 여기저기 널려 있는 것으로 봐서 이번 전뇌거 경주에 참가하려는 젊은이들임을 눈치 챌 수 있었다. 어차피 딱히 할 일이 없었던 차에 잘되었다고 생각한 뮤스는 그들이 모여 있는 곳으로 다가갔다.

젊은이들에게 가까워지자 그들의 대화가 조금씩 들리기 시작했는데, 그들은 뭔가가 마음대로 되지 않는지 한껏 언성을 높여 말다툼을 하는 중이었다. 그중 여자의 목소리도 섞여 있었는데, 그녀는 신경질적인 목소리로 말을 하는 중이었다.

"지금 이 상태에서 전뇌력의 출력을 과다하게 늘린다면 그나마 가지고 있는 전뇌거의 동력기도 날려 버린다고! 우리 능력으로는 동력기를 만질 수도 없고, 새로 살 수도 없다는 걸 알잖아!"

하지만 그녀의 말을 듣고 있던 동료들은 다른 생각을 가진 듯했다.

"그렇지만 동력기도 충분히 안전하게 설계가 되어 있을 거란 말이야! 출력을 약간 높인다고 어떻게 되지는 않을 거라니까!"

"나도 라벤의 말에 동의해. 다른 팀들도 다들 그렇게 하는데 우리라고 못할 것은 뭐가 있어? 간단하게 전뇌조절 장치만 조금 손봐주면 된다니까."

반대 의사를 표하고 있던 여자는 답답한 듯 가슴을 치며 말했다.

"바보 같은 녀석들! 다른 팀이 가지고 있는 전뇌거는 모두 금방 출고된 것들인데 우리 전뇌거와 비교하는 건 말도 안 돼! 혹시라도 잘못되면 라벤, 네 목숨까지 위험하단 말이야! 아무리 이번 경주가 중요하다고는 하지만 목숨까지 걸 필요는 없잖아?"

"그런 재수없는 소리는 집어치워! 죽기는 누가 죽는다고 그래? 아무튼 소심한 여자랑은 일을 할 수가 없다니까!"

동료의 말을 들은 그녀는 순간적으로 울컥했는지 입을 다물며 몸을 돌렸고, 그제야 자신의 말실수를 깨달은 동료는 그녀의 어깨에 손을 올리며 말했다.

"미, 미안해, 클라렌. 진심으로 한 말은 아니야."

그들의 사이에 어두운 공기가 내려앉고 있을 때 뮤스는 그들의 전뇌거를 살펴보고 있었다. 약간의 변형을 가했지만 로데오 기종이라는 것을 한눈에 알 수 있었고, 차체의 하단에 새겨져 있는 표식을 확인하며 중얼거렸다.

"이거… 놀라운걸. 첫 번째 전뇌거 경주에 쓰였던 로데오 중 한 대잖아? 어떻게 이곳까지 흘러오게 된 거지?"

뮤스는 반가운 마음에 전뇌거의 이곳저곳을 만지며 그 감촉을 느껴보고 있었다. 역시 몇 년이나 지난 일이었기에 처음 만들어졌을 때의 매끈함은 많이 사라졌지만, 대량 생산되기 이전의 기종인만큼 자신의 손을 직접 거친 전뇌거라는 점에서 감회가 새로웠던 것이다.

"후훗, 이 녀석을 만들 때만 해도 직접 손으로 만든다고 고생깨나 했었는데… 이제는 대량 생산 체계라니……."

혼자서 피식피식 웃으며 전뇌거를 만지고 있던 중 자신의 등에 누군가의 시선이 꽂히는 것을 느낀 뮤스는 어색한 표정으로 뒤돌아봤다. 그러자 과연 말다툼을 하고 있던 젊은이들이 수상한 행동(?)을 하고 있는 뮤스를 둘러싸고 있었다. 그중 파란색의 작업복을 입은 금발의 청년이 팔짱을 끼며 물었다.

"지금 우리 전뇌거 앞에서 실실 웃으면서 뭐 하고 있는 거지? 혹시 다른 팀에서 정찰하러 온 것 아니야?"

그들의 태도에 조금 당황한 뮤스는 뭐라 말을 해야 할지 몰라 하고 있었는데, 클라렌이라 불린 여자 동료가 나서며 말했다.

"라벤, 네 말대로 다른 팀에서 우리를 경계할 정도의 실력이 있었으면 좋겠지만, 우리는 이번 경주에 참가하는 15개 팀 중에 가장 약체로 평가받고 있다고. 그런데 누가 우리를 정찰하러 오겠어?"

그녀의 말에 어깨에 잔뜩 힘을 주고 있던 라벤은 부끄러운 듯이 얼굴을 붉히며 애써 짓고 있던 무서운 표정마저 풀 수밖에 없었다.

"이봐, 클라렌. 그 말이 틀린 것은 아니지만 너무 남의 이야기하듯이 말하는 거 아니냐?"

"어차피 우리가 실력이 부족해서 약체로 평가받는 건 아니니 부끄러울 것도 없다고 생각해. 그저 돈이 없을 뿐이잖아?"

"하긴 그렇지……."

클라렌과 대화를 하다 말고 고개를 갸웃거린 라벤이라는 청년은 다시 뮤스를 돌아보았다.

“그럼 너는 여기서 뭐 하는 거지?”

라벤의 물음에 대충 분위기 파악을 한 뮤스는 가볍게 웃으며 대답했다.

“하핫! 그냥 지나가다가 전뇌거 소리를 듣고 온 거야. 잘은 모르지만 조금 불안정한 소리가 나길래.”

뮤스의 말을 듣고 피식 웃은 라벤은 전뇌거를 두드려 보며 말했다.

“그랬었군. 사실 동력기 시험을 하고 있었거든. 이 로데오에 장착되어 있는 것은 워낙 오래된 동력기라서 시원찮은 데다가 전뇌력 출력을 높였으니 굉음이 날 수밖에 없었지. 아! 내가 이런 말을 해도 잘 모르겠구나.”

말을 하다 말고 자신의 머리를 매만지며 자책을 한 라벤은 뮤스의 모습을 찬찬히 살폈다.

“그나저나 전뇌거를 신기하게 구경하고 있는 것을 보니 이번 전뇌거 경주를 구경하러 온 것 같은데… 어디서 왔지?”

“지금까지는 그냥 떠돌아다니는 중이었어. 지금은 라이델베르크로 가는 중에 잠시 들른 것이지. 그나저나 이번 전뇌거 경주에 참가하는 팀인가 보군.”

어깨를 으쓱하며 전뇌거와 친구들을 가리킨 라벤은 쑥스러운 표정을 지었다.

“뭐, 보면 알다시피 열악한 팀이야. 나는 라벤이고 뒤에는 클라렌과 팔라라고 하지. 너는?”

라벤의 물음에 잠시 생각을 하던 뮤스는 본명을 말하면 자신을 알아볼 것 같았기에 대충 이름을 하나 떠올렸다.

“어… 나는 케르히트, 부르기 쉽게 켈트라고 부르면 돼.”

　결국은 켈트의 이름을 대신 가르쳐 준 뮤스는 속으로 우습기도 했지만 애써 참고 있었는데, 그 이름을 들은 라벤 일행은 신기한 표정을 짓는 중이었다.

　"하핫! 켈트라고? 공학원의 켈트님과 똑같은 이름이잖아? 물론 그분은 드워프 족이긴 하지만."

　내심 본명을 말하지 않기를 잘했다고 생각한 뮤스는 대충 공학원에 대한 인식을 떠보기라도 할 겸 그런 사실을 모르는 척 되물었다.

　"그렇게 말하는 것을 보니 꽤나 유명한 사람인가 보군?"

　이번에는 라벤 대신 클라렌이 대답해 주었는데 그녀의 눈에는 일종의 경외감까지 일렁이고 있었다.

　"그분이 얼마나 대단하신 분인데! 공학원의 설립 때부터 기술 고문을 맡고 계신 분이고 내가 가장 존경하는 분이시지. 아마 만나보지는 못했지만 굉장히 지적이고 멋진 분이실 거야."

　상상의 나래를 펼치고 있는 클라렌을 보며 켈트에 대한 기억을 잠시 떠올려 보던 뮤스는 그만 실소를 터뜨릴 수밖에 없었다.

　"쿠쿡, 지적이고 멋지신 분이라……."

　뮤스가 웃는 것을 본 클라렌은 무서운 눈을 뜨며 그를 바라보았다.

　"뭐가 우스운 거지?"

　"아, 아냐. 그냥 멋진 분이라고 생각하는 중이었어. 그나저나 아까 대화하는 것을 잠시 들어보니 전뇌거에 문제가 있는 것 같던데 이야기 좀 해줄 수 없을까? 나도 사실 전뇌거에 관심이 많거든."

　말을 돌리기 위해 꺼낸 뮤스의 질문에 뚱뚱한 몸집을 가진 팔러가 책자를 하나 건네주며 대답했다.

　"이걸 읽어보는 편이 훨씬 이해가 쉬울 거야. 내가 접어놓은 곳을 한번 읽어보라고."

"이건 무슨 책이지?"

"그건 공학원에서 매달 발행하는 책자야. 전뇌거나 그 밖의 제품들에 대한 설명들이 주로 언급되거나 그 내용을 이해하는 데 필요한 정보들을 수록하는데, 공학원 지망생들에게는 교과서와 같은 책이지. 특히 우리처럼 대학에 다니지 못하는 사람들에게는 가뭄의 단비와 같은 존재야."

"아! 그럼 전뇌거에 대한 지식도 이 책자를 통해서 얻은 것이군?"

"뭐, 대충은 그렇다고 할 수 있어. 하지만 대부분은 직접 해보면서 배운 것들이야. 말 그대로 책자에서 언급하는 것은 아주 기본적인 자료밖에 안 되니 그 이상의 지식들은 재주껏 쌓아가는 수밖에 없거든."

책자의 표지를 한번 바라본 뮤스는 일반의 사람들에게 공학에 대한 기본 지식을 심어주기에 아주 좋은 방법이라고 생각하며 팔러가 접어 놓은 곳을 펼쳤다. 그곳에는 이번 전뇌거 경주에 참가 신청을 한 팀들에 대한 분석이 다뤄지고 있었는데, 라벤의 팀에 대한 평가 역시 책자의 한쪽 귀퉁이에서 다뤄지고 있었다.

"이것인가 보군? '팀 라벤. 참가 팀 중 유일하게 후원자가 없는 팀으로서 팀원의 열의는 강하지만 열악한 환경으로 인하여 2년 연속 대회 최하위 팀'이라는 건가?"

못마땅한 표정을 지은 팔러는 고개를 저으며 말했다.

"그렇게 직접 읽어줄 필요는 없잖아. 그렇지 않아도 서러운 판국에 그 평가를 또 들어야 하다니……."

팔러의 투덜거림을 뒤로하며 라벤이 씁쓸한 웃음을 지으며 말했다.

"평가에서 봤다시피 우리는 후원자가 없어서 개인의 돈을 털어 이

중고 전뇌거를 겨우 마련할 수 있었지. 하지만 역시 싸게 구입한 만큼 상태도 별로 좋지 않아서 최대한 손을 봤는 데도 별달리 나아지는 것이 없어. 동력기를 새 걸로 교체하고 싶은 생각도 굴뚝같지만, 낮에 틈틈이 일해서 번 돈으로는 턱도 없이 부족하거든.”

잠시 동료들을 바라보던 라벤은 어깨를 으쓱거리며 말을 이었다.

“어차피 이런 환경으로는 우리가 경주에서 우승하는 것은 꿈이나 마찬가지야. 벌써 많은 시간을 투자했고 해볼 만큼 했으니 올해에도 안 되면 깨끗하게 포기할 생각이야. 이제는 우리도 스스로를 책임지며 살아가야 할 나이이니, 가능성이 희박한 꿈만 보고 살아갈 수는 없거든.”

문득 말을 멈춘 라벤은 머쓱한 표정으로 머리를 긁적이며 뮤스를 바라봤다.

“미안하군, 켈트. 처음 보는 사이에 너무 많은 것을 주절거린 것 같군. 그럼 너는 전뇌거 경주가 끝나면 이곳을 떠나는 거야?”

아직 켈트라고 부르는 것에 익숙하지 않았던 뮤스는 누구를 향해 이야기하는지 몰랐기에 아무런 대답도 하지 않은 채 잠시 혼자만의 생각에 잠겨 있었는데, 열악한 환경에도 굴하지 않고 한 가지 일에 열정을 쏟는 라벤 일행에게 잔잔한 감동을 받고서 그들을 도울 수 있는 방법을 생각해 보는 중이었던 것이다. 뮤스가 아무런 대답을 하지 않자 라벤은 그의 어깨를 두드리며 물었다.

“이봐, 켈트. 지금 무슨 생각 중이야?”

그제야 정신을 차린 뮤스는 깜짝 놀라며 입을 열었다.

“아, 아무것도 아니야.”

놀란 표정으로 손을 내젓던 뮤스는 잠시 그들의 얼굴을 살펴보며 말을 이었다.

"사실은 나도 예전부터 전뇌거 경주에 한번 참가해 보고 싶었는데, 혹시 너희들 팀에 끼워주면 안 될까?"

그러나 뮤스의 말이 그들의 귀에는 그리 달갑게 들리지 않은 듯했고 클라렌은 화가 잔뜩 난 모습이었다.

"켈트! 말이 너무 심한 것 아니야? 우리가 아무리 약체이라고는 하지만, 그저 재미로 해보고 싶어하는 사람을 팀원으로 끼워줄 수는 없어! 비록 가능성은 희박하지만, 오직 한곳만을 바라보고 달려왔다는 긍지를 가지고 있으니까."

라벤 역시 그녀의 말에 동의하고 있었다.

"나도 같은 생각이야. 네가 고향으로 돌아가서 전뇌거 경주에 참가했었다고 자랑을 하고 싶은 모양인데, 이건 우리에게 있어서 단순한 장난이나 재미가 아니야."

전혀 예상치 못한 쪽으로 이야기가 전개되자 잠시 당황한 표정을 지어 보인 뮤스는 손을 내저으며 말했다.

"너희들이 뭔가 오해를 하고 있는 모양인데, 나도 재미로 끼어들겠다는 것이 아니야. 너희들을 진정으로 돕고 싶어서 그러는 것이지. 이야기를 듣다 보니 내가 너희 팀에 도움이 될 것 같아서."

"우리 팀에 도움이 될 수 있다고? 그럼 네가 엄청난 자산가이기라도 해서 우리를 후원하겠다는 말이야?"

아직도 감정이 담긴 목소리로 되물어오는 라벤의 말을 듣고선 씁쓸하게 웃으며 대답했다.

"물론 그런 것은 아니지만 나도 전뇌거에 관심이 있어서 공부를 꽤 많이 했었거든. 내가 보기엔 이 로데오의 동력기도 조금만 손을 보면 새것처럼 사용할 수 있을 것 같아서 하는 말이야."

"그 말이 정말이야?"

대충 말을 둘러대던 뮤스는 의심스러운 눈으로 자신을 바라보고 있는 라벤 일행을 향해 고개를 끄덕이며 대답했다.

"어차피 들통날 거짓말을 내가 왜 하겠어? 그러니 그런 미심쩍은 눈으로 바라보지는 말라고."

턱을 쓸며 곰곰이 생각해 보던 라벤은 동료들의 얼굴을 살피며 서로의 의사를 물었고, 말은 오가지 않았지만 서로의 생각을 알기라도 하는 듯 고개를 끄덕인 라벤은 동료들을 대표해서 입을 열었다.

"사실 너를 우리 팀원으로 넣어주는 것은 문제가 있어. 왜냐하면 우리가 저축해 놨던 돈을 모두 털어서 전뇌거를 구입했는데, 네가 아무런 지원을 하지 않고서 뒤늦게 팀원으로 들어온다는 것은 말이 안 되거든. 하지만… 만약 네가 로데오의 동력기를 고쳐 준다면 동력기를 새로 구입한 셈치고 팀원으로 받아들이도록 하지. 어때?"

"하핫! 나는 얼마든지 준비가 되어 있으니 상관없어."

이렇게 해서 뮤스와 라벤 일행은 하나의 팀이 되었다. 사실 뮤스가 직접 그들의 후원자가 되어주는 방법도 있었지만, 그보다는 순수한 열정만으로 좋은 성적을 거두는 편이 이들에게 큰 도움이 될 것이라 생각한 것이었다.

뮤스와 라벤 일행들은 전뇌거를 타고서 그들의 작업장이라는 곳으로 향하고 있었다. 그들이 가지고 있던 로데오는 2인승 전뇌거였기에 앉을 자리가 없었는데, 그 덕에 뮤스와 덩치 큰 팔러는 좁다란 빈 공간에 거의 몸을 끼워 넣다시피 한 상태였다.

이동하는 동안 뮤스는 대화를 통해 라벤은 목재소, 팔러는 정육점,

클라렌은 제과점에서 일한다는 것을 알게 되었고, 그 외에도 그들에 대한 여러 가지 사실을 알 수 있었다.

팀 라벤은 제2차 전뇌거 경주가 벌어지기 불과 두 달 전, 전뇌거에 큰 관심을 가지고 있던 세 사람이 함께 뭉치게 됨으로써 만들어지게 되었다고 했다. 하지만 그 경주에서는 라벤이 전뇌거 운전에도 익숙지 못했기에 그저 완주를 하는 데에 만족할 수밖에 없었고, 그 이듬해의 경주를 노려봤지만, 성능이 훨씬 개량된 신형의 전뇌거들이 대거 출전하는 바람에 좋은 성적을 내지 못했던 것이다. 게다가 올해에는 더욱 쟁쟁한 팀들이 늘었기에 그들이 가진 구식의 로데오로는 가망이 없다고 생각하고, 더 이상의 여력이 없었던 그들은 이번 대회를 마지막으로 해체할 상황이었던 것이다.

전뇌거가 한 허름한 건물 앞에 멈춰 서자 앞쪽에 타고 있던 클라렌이 재빨리 내렸다. 그런 후에야 뮤스와 팔러가 전뇌거에서 빠져나올 수 있었는데, 둘 다 숨 쉬기조차 힘들었는지 얼굴이 벌게져 있었다.

"후우, 정말 매번 탈 때마다 죽기 일보 직전이야. 기왕 개조하려면 4인승으로 만들어 버리는 것이 어때?"

팔로의 말에 운전석에 앉아 있던 라벤은 로데오의 차체를 매만지며 말했다.

"이 녀석을 4인승으로 개조하면 정말 끝장이라고. 그렇게 된다면 성능도 엉망인데다가 멋도 없어지잖아."

"하긴 그렇지… 우리가 나름대로 연구해 본다고 만신창이로 만들어 놨으니 멀쩡한 건 외장밖에 없지."

"알았으면 다시는 그런 소리 하지 말라고."

그들이 대화를 하고 있을 때 클라렌은 허름한 건물의 문 자물쇠를 따고 있었다. 건물의 형태로 보아 버려진 창고의 모습이었는데, 지금은 여름이기에 상관이 없었지만 겨울이 된다면 여기저기 깨진 창문으로 칼바람이 몰아쳐 들어올 것이기에 애로 사항이 많아 보였다.

클라렌이 자물쇠를 따고 있는 힘껏 문을 옆으로 밀자 마찰음이 나면서 전뇌거 한 대는 충분히 들어갈 정도로 넓게 문이 열렸고, 라벤은 다시 건물 안으로 로데오를 몰아 들어가기 시작했다.

뮤스와 팔러가 그 뒤를 따라 들어가고 있을 때, 어두운 내부로 들어간 클라렌이 전뇌등의 스위치를 찾아 누르자 빛이 들어오면서 작업장의 내부 모습이 드러나고 있었다. 상당히 넓은 내부에 비해 고작 두 개의 전뇌등이 천장에 매달려 있었는데, 로데오에서 내리던 라벤은 그것이 매우 자랑스러운 듯 말했다.

“하핫! 놀랐지? 이번 달에 우리가 번 돈으로 전뇌등을 설치했지. 가격은 비싸지만 밤에 작업을 해야 하니 어쩔 수가 없더라고.”

막 작업장으로 들어서며 주변을 둘러보던 뮤스는 그들을 실망시키지 않기 위해 놀란 표정을 지어주며 고개를 끄덕였다.

“이런 곳에 전뇌등이 설치되어 있다니 대단한걸? 그런데 전뇌력은 어떻게 해결하는 것이지? 설마 이곳에 수력 발전소가 세워진 것은 아닐 텐데.”

뮤스의 물음에 의외라는 표정을 지은 라벤은 손가락으로 건물의 뒤쪽을 가리켰다.

“이야! 수력 발전소까지 아는 것을 보니 괜한 말 한 것은 아닌가 보군. 돈은 많이 깨졌지만 소형 발전기를 구입할 수밖에 없었지. 루이센은 호수로 들어가는 물의 양이 상당하기 때문에 소형 발전기를 설치하기에 알맞거든.”

"음… 소형 발전기라……."

이런 곳에 전뇌력이 들어올 수 있는 이유를 이해할 수 있었던 뮤스는 여기저기 널려 있는 전뇌거 부속품들의 상태를 살펴보기 시작했다. 비록 손질이 덜 되긴 했지만 그럭저럭 쓸 만한 것들이 상당히 모여 있었고, 연장들은 매일 사용하는 듯 잘 닦여 있었다.

"꽤나 많은 것들을 모아놨는데? 이 정도면 부속은 모자람이 없을 것 같아. 언제부터 시작하면 될까?"

뮤스가 의욕있는 목소리로 말하자 가볍게 웃은 클라렌은 길게 내려온 갈색 머리를 뒤로 묶으며 말했다.

"풋, 지금 당장 시작하더라도 상관없어. 어차피 우리에겐 그리 시간이 많은 것은 아니니까 말이야."

"좋아. 상태부터 한번 살펴보도록 하자고… 어디 보자."

짧게 대답하며 손을 한번 털어낸 뮤스는 로데오의 앞쪽에 위치한 기관실 뚜껑을 열었다. 그곳에는 복잡한 기관들이 엉켜 있었는데, 전뇌선들을 이리저리 뒤적이며 가장 아래쪽에 나타난 동력기의 상태를 확인하던 뮤스는 인상을 찌푸렸다.

"이것 참… 생각보다 훨씬 엉망인걸? 아무래도 동력기를 차체로부터 뜯어내서 분해를 해야겠어."

그의 말을 듣고 있던 팔러가 뒤뚱거리며 다가와 놀라는 목소리로 되물었다.

"동력기를 분해한다고? 말도 안 돼! 공학원에서 제공하는 전뇌거 설계도에도 그 중요성 때문에 동력기의 내부 구조에 대한 설명은 제외하는 판국인데 어떻게 분해를 한다는 거야? 공학원의 사람들이 아니고서는 불가능한 일이란 말이야!"

　팔러 이외의 동료들 역시 그의 생각과 다를 바가 없었기에 놀라는 표정이었다. 하지만 동력기를 분해하지 않고서는 그것을 고칠 방법이 없다고 생각한 뮤스는 차분한 목소리로 설명을 하기 시작했다.

　"부수적인 장치들을 제외한다면 동력기 자체는 아주 간단한 구조로 되어 있어. 고성능의 자력통과 금속 뭉치가 주된 구조인데, 지금 이 동력기는 내부의 금속 뭉치에 이물질이 스며들어 마나구에서 방출하는 전뇌력을 효율적으로 전달하지 못하는 상태라고 할 수 있지. 즉, 내부의 금속 뭉치를 다시 제작해서 교체해야 한다는 말이야. 내일까지만 작업하면 동력기를 출고 직후의 상태로 되돌려놓을 수 있어."

　라벤은 침을 꼴각 삼키며 입을 열었는데, 아무래도 불안했던 모양이다.

　"그렇게만 된다면 더 이상 좋을 수가 없겠지만, 그 작업을 정말 네가 할 수 있다는 거야? 내가 알기론 그 작업을 할 수 있는 사람은 우리 팀뿐만 아니라 다른 팀에도 없어. 모두들 자신들의 전뇌거를 개조하긴 하지만 공학원에서 제공하는 설계도를 참고해서 조금씩 변화시키거나 타 기종의 완성된 동력기를 그대로 옮겨서 설치하는 수준이지, 동력기 내부까지 손을 대지는 않는다고."

　불안에 찬 라벤의 얼굴과는 정반대로 자신만만한 얼굴을 하고 있던 뮤스는 가방에서 작업용 장갑을 꺼내 끼고 있었는데, 그들이 어떤 말을 하고 있더라도 결국은 자신의 말을 들을 수밖에 없다는 것을 알고 있었기 때문이다.

　"나도 자신없으면 이야기를 꺼내지도 않았을 테니까 한번 믿어보는 게 어때? 너희들도 상대 팀들에 못지않은 동력기를 가지고 정정당당하게 경주하고 싶은 것은 사실이잖아."

도저히 거절할 수 없는 뮤스의 달콤한 유혹을 들으며 한동안 고심을 해보던 라벤은 결국 그의 말을 받아들일 수밖에 없었는지 고개를 끄덕이고 있었다.

"좋아. 어차피 이대로 출전한다고 하더라도 가망이 없는 것은 사실이잖아? 할 수 있는 것은 다 해봐야지. 부탁한다, 켈트."

진지하게 이야기하고 있는 라벤의 입에서 켈트라는 이름이 나오자 어색함을 느꼈지만 별 신경 쓰지 않기로 한 뮤스는 동료들을 둘러보며 말했다.

"믿어줘서 고마워. 너희들도 동력기를 뜯어내는 것쯤은 할 수 있을 테니까 좀 부탁할게. 나는 필요한 것들을 찾아보고 부속을 준비해야 하니까."

"알았어. 그런 것은 맡겨두라고. 시작하자, 팔러, 클라렌."

라벤의 말을 시작으로 그의 동료들은 기중기와 필요한 연장들을 가져오며 동력기를 떼어낼 준비를 하기 시작했다.

동료들이 움직이는 것을 확인한 뮤스는 그들의 눈에 띄지 않는 쪽에서 동력기를 고치는 데 필요한 부속들을 가방으로부터 하나씩 꺼내고 있었는데, 이렇게 해서 팀 라벤의 고물 로데오 개조 작업이 시작되었다.

아침 동이 밝아올 무렵에는 로데오 개조 작업에 열을 올리던 뮤스와 동료들은 깊은 잠에 빠져 있었다. 새벽 늦게까지 작업하다가 잠들어버린 그들은 밤샘 작업을 위해 가져다 놓았던 간이 침대에 누워 있었는데, 아직 작업이 끝나지 않아 로데오의 내부에 들어 있어야 할 부속들이 흉하게 밖으로 빠져나와 있었다.

창 너머로 들어오는 눈부신 태양 빛이 잠자고 있던 클라렌의 얼굴에 와 닿자 인상을 찌푸린 그녀는 손으로 눈가를 가리며 천천히 눈을 떴다. 그리고 벽에 걸린 원추 시계를 보며 시간을 확인한 그녀는 큰일이라도 난 듯 비명을 지르며 몸을 일으켰다.

"꺄악! 다들 일어나라고! 일하러 갈 시간이야!"

귀를 아프도록 자극하는 그녀의 목소리에 몸을 일으킨 동료들 역시 시간을 확인하며 놀라는 표정을 지으며 부산을 떨기 시작했다.

"이런! 피곤해서 늦잠을 자버렸군!"

"주인 아저씨가 또 시급을 깎으면 큰일이라고!"

그들은 작업장의 한쪽 구석에 있는 세면대 쪽으로 달려가 서둘러 세면을 하거나 면도를 했고, 옷장 앞에서 기름이 잔뜩 묻은 작업복을 갈아입었다. 이렇게 출근 준비를 마친 그들은 작업장에서 뛰어나왔는데, 순간 빠뜨려 먹은 것이 있는 듯 몸을 멈추며 뒤를 돌아보았다. 그들의 시선이 멈춘 곳에는 아직도 뮤스가 곤하게 자고 있었다. 조용히 서로의 얼굴을 바라보던 라벤과 동료들은 오랜만에 신나게 작업을 했었던 어제의 일을 생각하며 가볍게 웃고는 다시금 일터로 걸음을 옮겼다.

뮤스가 깨어난 것은 그로부터 두어 시간이 더 지나고 나서였다. 잠에서 덜 깬 그가 힘겹게 눈을 떠 주변을 둘러보니 함께 새벽까지 작업하던 동료들이 전혀 보이지 않고 있었다. 이에 잠이 달아남을 느낀 뮤스가 정신을 차리고 다시 한 번 둘러봐도 역시 아무도 보이지 않았다.

"어라, 다들 어디간 거지? 분명히 어제 작업을 같이 하다가 잠들었는데……."

고개를 갸웃거리며 몸을 일이킨 뮤스는 동료들이 잠을 자던 간이 침대 쪽으로 다가갔다. 그곳에는 금방 벗어놓은 듯한 작업복이 어질러져 있었고, 한쪽 구석에 있는 세면대는 사용한 지 얼마 지나지 않은 듯 물기가 고여 있었다.

"아무래도 일을 하러 나간 것 같군. 그럼 이제 나 혼자 남은 건가?"

가려운 머리를 긁으며 전뇌거로 걸어간 뮤스는 나직한 한숨을 내쉬며 허리에 손을 올렸다.

"하암! 눈치를 보지 않고 했더라면 벌써 끝낼 수 있었을 텐데, 아직도 한참이나 남았군."

앞으로 동료들의 속도에 맞춰 작업할 생각을 하니 막막함이 앞서고 있었던 것이다. 어떻게 일을 해야 할지에 대해서 한참 동안 고민에 빠져 있던 뮤스는 모종의 결심이라도 한 듯 땅에 떨어져 있는 연장을 들어 올리며 말했다.

"어차피 동력기에 대해서는 잘 모르니까 그들이 오기 전에 일을 끝마쳐도 괜찮을 거야. 다른 팀에 못지않은 동력기를 선물해 주도록 하지."

이렇게 말한 뮤스는 불편한 잠자리 때문에 결리는 몸을 시원한 기지개로 풀어보며 수십 개의 부속품으로 분해되어 땅바닥에 널려 있는 동력기로 다가갔다. 그리고 부품들을 하나씩 끼워 맞춰가면서 작업을 하기 시작했는데, 하룻밤 사이에 팀 동료가 된 라벤 일행이 기뻐할 모습을 상상해 보니 더욱 손놀림이 바빠지고 있었다.

라벤은 오늘따라 유난히 발걸음이 가벼운 것을 느꼈다. 하루 전까지만 해도 작업장으로 가는 동안 수도 없는 한숨이 나왔지만 오늘만은 다르게 저절로 휘파람이 나오고 있었다. 이는 모두 어제 자신들의 예비 동료가 된 켈트라는 친구 때문이었는데, 그가 팀원으로 넣어달라고 제의를 했을 때만 하더라도 큰 믿음이 가지는 않았지만 함께 로데오 개조 작업을 했던 짧은 시간은 그런 생각을 완전히 바꿔놓기 충분했던 것이다. 이제 새로운 팀원의 놀라운 능력으로 자신들의 로데오가 강력한 심장을 가지고 새로 태어나는 모습만 기다리면 되는 것이었다.

"하핫! 오늘도 열심히 해보는 거야!"

아무도 듣지 않는 곳에서 힘차게 허공으로 손을 내뻗어 본 라벤은 히죽거리며 경쾌한 발걸음을 옮겼다.

클라렌은 종이 봉투에 팔다 남은 빵들을 가득 담아 넣었다. 이것이 오늘 밤샘 작업의 밑거름이 될 든든한 식량이었다. 오늘은 평소 때보다 더욱 두둑히 담아 넣었다. 그 이유는 또 하나의 입이 늘었기 때문인데, 바로 자신이 존경하는 공학원의 켈트님과 같은 이름을 가진 친구였다.

처음 볼 때만 하더라도 치렁하게 머리를 늘어뜨리고 있는 그가 마음에 들지는 않았지만, 밤새 지켜본 결과 그의 실력만은 인정하지 않을 수 없었다. 어찌 되었든 올해의 경주에서는 뭔가 좋은 일이 일어날 것 같다고 생각한 그녀는 나무로 된 제과점의 문을 열고 나섰다.

정육점에서 일을 하고 있던 팔러는 이마에 흐르는 땀을 닦아내며 시계를 보고 있었다. 평소라면 귀찮아서라도 시계를 보는 일 대신 일을 했겠지만, 오늘따라 시간이 유난히 안 가는 것 같았기에 그의 눈은 십 분이 멀다 하고 시간을 확인하는 중이었다.

"이런 아직도 삼십 분이나 남았잖아? 쳇……."

우직한 얼굴에 못마땅한 표정을 그려 넣은 그는 계속해서 고기를 다듬기 위해 칼을 움직였다. 그러나 그의 눈은 또다시 시계를 향해 움직이고 있었다.

하루 일과를 마친 팀 라벤의 동료들은 시간을 맞추기라도 한 듯 작업장의 문 앞에서 만나게 되었다. 그들은 하나같이 들뜬 표정을 하고 있었다. 조금이라도 빨리 작업을 하기 위해 각자의 일터에서 뛰어오는 길이었던 것이다.

문 앞에 멈춰 서서 클라렌과 팔러를 바라본 라벤은 피식 웃으며 말했다.

"너희들도 부리나케 뛰어온 것 같군. 작업하는 게 하루 이틀도 아닌데 뭘 그렇게 서둘러 오고 그래?"

제과점에서부터 먼 거리를 뛰어와서인지 가쁜 숨을 헐떡여야 했던 클라렌은 라벤의 말에 웃으며 대답했다.

"헤… 정말 웃기는걸. 우리 셋 중에서 일터가 제일 멀리 있는 사람이 바로 너잖아? 그런데도 제일 먼저 왔으면……."

"그랬었나? 하핫! 그래도 팔러만큼은 아니지. 가깝지만 뛰는 것을 죽기보다 싫어하는데 이렇게 비슷하게 왔잖아?"

그의 말에 손을 내저은 팔러는 거친 숨을 몰아쉬며 입에 고인 침을 내뱉었다.

"퉤! 말도 말아. 정말 10년 만에 처음 뛰어보는 것 같다고. 오늘따라 왜 그렇게 시간이 안 가던지……."

"하긴 나도 그렇더라고. 전뇌거 생각에 일이 손에 잡혀야지 말이야."

클라렌 역시 빠질 수 없다는 듯이 끼어들었다.

"나는 오늘 전뇌거 생각한다고 빵을 다 태워먹었다니까. 주인 아주머니께 얼마나 혼이 났는데. 아주머니 눈빛만 생각해도 정말 아찔하다니까."

동료들의 이야기를 들으며 미소를 지은 라벤은 기다리던 작업장의 문을 열어젖혔다.

드르르륵—!

문을 열고 들어선 라벤과 동료들은 그 자리에 입을 벌리고 멈춰 설 수밖에 없었다. 작업장의 내부가 아침에 나갈 때와는 천양지간 차이를 보이고 있기 때문이었는데, 동력기의 부속으로 너저분하던 바닥은 깨끗하게 치워져 있었고, 내장을 다 드러내 놓고 있던 로데오는 원래의 모습 그대로 조립되어져 있었던 것이다.

"이게 어떻게 된 거지? 우리가 꿈을 꾸고 있는 건가?"

라벤의 말이 끝나기가 무섭게 팔러는 그의 볼을 꼬집어보았는데, 기분이 좋아서인지 전혀 아픈 것 같지도 않았기에 더욱 꿈같이 느껴지는 것이었다.

그들이 넋을 빼고 로데오를 바라보고 있을 때, 작업장의 구석에서 뮤스가 천으로 손에 묻은 기름을 닦아내며 걸어나오고 있었다. 동료들은 하나같이 그에게 뜨거운 눈길을 주며 대답을 구하고 있었고, 뮤스는 어깨를 으쓱거리며 태연하게 말했다.

"너무 그렇게 놀란 표정 짓지는 말라고. 그냥 혼자 있기가 심심해서 대충 조립을 해놨을 뿐이니까."

그의 말을 들으며 로데오로 다가와 살펴보는 동료들은 그의 말을 믿지 못하는 듯했다. 그중 클라렌이 기관실의 뚜껑을 열어보며 말했다.

"이게 심심해서 대충 조립한 거라고? 어제 분해 작업 하는 데만 하더라도 네 명이서 꼬박 밤을 샜는데……."

그녀의 말에 동의라도 하듯이 고개를 내저은 팔러 역시 자신의 눈을 의심했고, 뚱뚱한 그의 몸에 어울리지 않게 날카로운 눈을 뜨며 물었다.

"어떻게 이 복잡한 작업을 그렇게 빨리 할 수 있었던 거지? 그것도 혼자서 말이야. 이봐, 켈트… 이제 네 정체를 밝히시지!"

자신의 정체를 알아채기라도 하는 듯이 외친 팔러의 말에 뮤스는 순간적으로 크게 놀라며 마른침을 삼켰다.

"뭐… 뭐… 내 정체라니?"

뮤스의 되물음에 진지한 표정으로 턱을 매만지던 팔러는 손가락으로 뮤스의 옆구리를 가리키며 말했다.

"너는 아무래도 인간이 아닌 것 같아. 어서 너의 숨겨놓은 나머지 팔들을 보여주시지! 적어도 팔이 여섯 개는 될 거야!"

그제야 팔러의 말이 농담이었다는 것을 깨달은 뮤스는 피식 웃을 수밖에 없었고, 내심 놀란 가슴을 쓸어 내릴 수 있었다.

"후훗! 무슨 쓸데없는 소리야. 내 팔은 두 개뿐이라고."

그런 말에도 불구하고 팔러는 진심으로 뮤스를 의심하는 듯 그의 옆구리를 살펴보고 있었다.

팔러의 행동에 신경 쓰지 않기로 마음먹고 있을 때, 라벤이 탄성 섞인 한숨을 내쉬며 입을 열었다.

"휴우! 너, 정말 대단한 녀석이었군! 내부가 완전히 새것처럼 정리됐잖아? 그럼 우리 로데오의 동력기는 이제 아무런 문제가 없는 건가?"

기관실을 살펴보고 있는 클라렌의 옆으로 다가간 뮤스는 동력기 부분과 그 주변을 짚으며 말했다.

"작업을 하다 살펴보니 이 전뇌거가 초기 생산 제품이라서 수공으로 만들어진 것이라는 사실을 알게 되었지. 그래서 이 로데오의 동력기는 대량 생산된 일반 로데오의 동력기보다 훨씬 좋은 부속을 사용했는데,

덕분에 전뇌력의 방출력을 높여도 충분히 견딜 수 있을 것 같더군. 확실하지는 않지만 요즘 나오는 신형 전뇌거 동력기와 비슷한 수준은 될 거야."

"그럼 일반 로데오의 동력기보다 높은 성능을 낼 수 있다는 말이잖아!"

라벤은 진심으로 기쁜지 재빨리 달려와 뮤스를 힘껏 끌어안으며 외쳤다.

"켈트, 너는 정말 굴러 들어온 복덩어리야! 사랑한다, 켈트!"

"이… 이봐, 나는 이미 라이델베르크에 여자 친구가 있는 몸이라고! 게다가 남자 녀석이 이러면 더욱 곤란하지."

그 말을 듣고서야 뮤스를 풀어준 라벤은 머리를 긁적이며 말했다.

"하핫! 네 여자 친구가 이것을 봤으면 큰일 날 뻔했군. 그나저나 대단해. 동력기를 한번 시험해 봐도 될까?"

"쯔쯧… 그걸 나에게 물어볼 필요가 있을까? 팀 라벤의 팀장이 너라는 것을 잠시 잊은 듯하군."

"그렇군!"

짤막하게 대답한 라벤은 설레는 표정으로 전뇌거의 운전석에 올라탔다. 그리고 손을 한번 비벼보며 운전대를 잡은 그는 전뇌거 시동 스위치를 눌렀다. 그러자 어제와는 비교도 할 수 없을 정도로 동력기의 소리가 부드러웠는데, 차체의 진동도 훨씬 줄어든 듯했다.

부르르릉! 부릉!

전뇌거의 상태를 확인하며 입이 함지박만하게 벌어진 라벤은 엄지손가락을 치켜들며 외쳤다.

"환상적이야! 이거 정말 우리 로데오 맞는 거야?"

그의 물음에 팔짱을 끼며 동료들에게 다가간 뮤스는 코밑을 쓸며 말했다.

"내가 이 팀에서 할 수 있는 건 이제 다 했어. 그리고 너희들은 이제야 다른 팀과 비슷한 경주용 전뇌거를 얻게 된 것일 뿐이지 그들보다 우월한 것은 아니야. 지금부터는 너희들이 이 로데오의 성능을 어떻게 개선하느냐에 경주의 결과가 달려 있는 것이나 마찬가지니까 남은 시간 동안 수고해 보라고. 이제는 전뇌거의 성능이 못 따라줘서 졌다는 말은 못하게 되었으니까 너희들의 능력을 사람들에게 확실히 보여줘."

뮤스의 말에 코끝이 찡해진 클라렌은 아무런 말도 하지 못했고, 만면에 미소를 띤 팔러는 뮤스의 어깨를 두드리며 말했다.

"고맙다, 켈트. 이렇게까지 도와준 네게 부끄럽지 않도록 우리도 노력해 볼게."

팔러에 이어 전뇌거에서 내린 라벤이 입을 열며 다가왔다.

"네 말대로 이제 전뇌거가 구식이라서 졌다는 말도 하지 못하게 됐군. 지금부터 너는 지켜만 보고 있으라고. 우리가 지난 시간 동안 준비해 놓은 것을 보여줄 테니까."

뮤스는 처음 봤을 때와는 다르게 자신감이 가득 찬 라벤의 얼굴을 보며 웃었다.

"후훗! 그럼 얼마나 잘하는지 기대해 보기로 할게. 그건 그렇고 오랜만에 힘들게 일을 했더니 피곤한데 나는 이만 들어가서 쉬어도 될까?"

"이 자리에 그 누구도 그걸 막지는 않을걸? 오늘 정말 수고했어. 푹 쉬어."

라벤의 말에 미소로 답한 뮤스는 동료들에게 손을 흔들어주며 작업장의 문으로 걸어갔다. 그때 문득 라벤이 그를 불러 세웠다.

"이봐, 켈트! 깜빡했는데 이제 너는 팀 라벤의 정식 팀원이야!"

그의 말에 뮤스는 어깨를 으쓱거리며 대답했다.

"이런… 이제야 내가 팀원이 된 건가? 나는 어제부터 팀원이라고 생각했는데 조금 섭섭하군. 후훗."

"하하핫! 그랬다면 정말 미안한걸!"

"그럼 다들 밤새 수고해!"

라벤에게 농담을 던진 뮤스는 다시 한 번 인사를 건네며 작업장 밖으로 걸어나갔고, 라벤과 그의 동료들은 뮤스가 사라진 곳에서부터 비쳐 들어오는 금빛의 저녁노을이 오늘따라 눈이 부심을 느끼고 있었다.

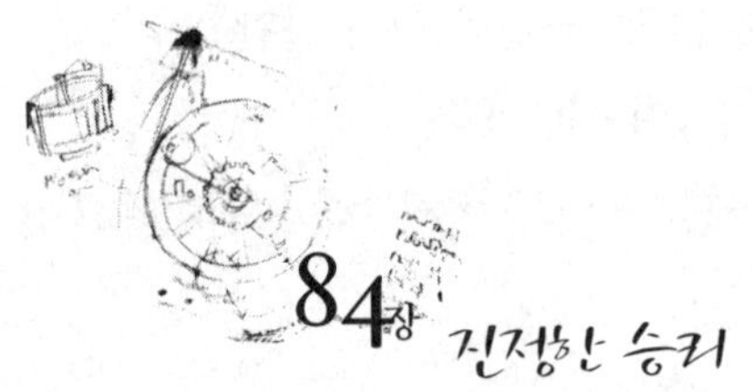

84장 진정한 승리

선선한 바람이 불어오는 쾌청한 날씨의 여름날 루이센은 유례없는 인파를 맞아들이고 있었다.

루이센으로부터 멀리 떨어진 곳에서 전뇌거 경주를 보기 위해 온 사람들은 그 수가 그리 많지 않았고, 며칠 전부터 이곳에 머물렀기에 그동안은 조금 분비는 정도의 분위기를 보이고 있었지만, 전뇌거 경주의 당일이 되어버리자 루이센에서 가까운 도시들로부터 엄청난 인파가 쏟아져 들어오게 된 것이다. 그런 탓에 경주에 사용될 도로를 제외한 곳은 모두 사람들이 들어차 있었고, 심지어는 도로변에 위치한 건물들의 창문에도 사람들이 매달려 있을 정도였다.

전뇌거 경주의 출발점이 되는 루이센 시청 앞 역시 다른 곳과 크게 다른 점이 없었다. 구경꾼들이 들어오지 못하도록 임시적으로 만들어놓은 낮은 철책 밖에는 전뇌거들이 출발하는 모습과 들어오는 모습을 보기 위해 모여든 사람들로 만원을 이루고 있었다. 그리고 그 안쪽에는 총 15대의 전뇌거가 일렬로 늘어서서 팀원들의 최종 점검을 받는 중이었다.

전뇌거들 가운데에는 3번의 번호를 붙인 팀 라벤의 개조된 로데오도 섞여 있었는데, 이곳에서 출발을 기다리고 있는 전뇌거는 대부분 로데오의 후속 기종인 '루펜트'를 기본으로 조금씩 개조한 모습이었기에 팀 라벤의 로데오는 유독 눈에 띄고 있었다.

로데오의 주변에서 초록색의 팀복을 입은 동료들은 전뇌거의 마지막 점검을 하고 있었고, 뮤스는 동료들 사이에서 개조된 부분을 하나씩 살펴보는 중이었다.

"음… 아주 좋은걸? 겔브 호수 도로 주변에는 굴곡이 많으니 차체의 중량을 줄인 것이 큰 도움이 될 거야. 게다가 바퀴의 폭을 넓혔으니 코너를 돌기 쉬울 거고, 바람의 저항을 줄이기 위해 상판 부분을 더욱 유선형으로 제작했군. 이건 라벤이 한 건가?"

그의 물음에 바퀴의 조립 상태를 확인하던 라벤이 몸을 일으키며 대답했다.

"내가 목공소에서 일하면서 배운 건 매끈하게 나무를 깎아내는 방법이지. 그냥 타고 다니기에는 모양새가 영 이상하지만, 무게도 줄일 겸 상판을 뜯어내고서 목재로 갈아 끼웠지. 덕분에 바람의 저항은 현저히 줄어들 거야. 괜찮아 보여?"

"후훗! 길거리에서 타고 다니기에는 좀 부끄럽겠지만 오늘은 경주를 하는 거니 그럭저럭 봐줄 만하군. 몸 상태는 어때?"

"그다지 좋지는 않아. 어제 너무 떨려서 그런지 잠이 통 오지 않더라고. 그래서 얼마 자지 못했어."

　피식 웃은 뮤스는 손에 들고 있던 개조 설계도를 접으며 그의 어깨를 두드려 주었다.

　"그건 다른 사람들도 마찬가지일 거니까 신경 쓰지 마. 그리고 달리면 네가 달리는 길만 바라봐. 괜히 불안한 마음에 뒤돌아보지 말고."

　"마치 전뇌거 경주에 나가본 사람처럼 말하는군. 이번이 처음도 아니니까 그런 걱정은 안 해도 될 거야."

　자신이 최초의 전뇌거 경주에 출전했었다는 사실을 꿈에도 모를 라벤을 보며 미소를 지은 뮤스는 로데오의 운전석 문을 열어주며 말했다.

　"그럼 다행이군. 어쨌든 후회하지 않을 만큼 최선을 다하고 오라고."

　뮤스의 말을 들으며 전뇌거에 탄 라벤은 의자에 설치된 안전장치를 몸에 채우며 말했다.

　"켈트, 다시 한 번 네게 고맙다는 말을 하고 싶다."

　"몇 번만 더 하면 열 번이다. 어차피 우리는 한 팀이야. 팀의 승리를 위해서 최선을 다하는 건 당연한 거잖아?"

　"아무튼 너를 그곳에서 만난 것은 행운이었어."

　뮤스와 라벤이 대화를 하고 있을 때 점검을 모두 마친 클라렌과 팔러가 다가왔다. 그리고 라벤의 머리를 한 대씩 쥐어박으며 말했다.

　"이번에도 우리의 기대를 저버리면 알아서 해! 오늘 그 지겨운 제과점을 때려치울 각오로 왔단 말이야!"

　"또 꼴찌를 하면 우리는 변명거리도 없다고! 그 점은 더 이상 말 안 해도 네가 더 잘 알겠지? 행운을 빈다."

　나름대로의 방법으로 응원해 주는 동료들을 향해 라벤은 엄지손가락을 치켜세웠다.

"죽자 사자 달릴 테니까 걱정하지 마. 이번만은 정말 우승할 수 있을 것 같으니까 말이야."

라벤이 투지 넘치는 모습으로 동료들을 안심시키고 있을 때, 장내를 울리는 방송 소리가 들려왔다.

―운전자를 제외한 모든 팀원들은 출발선 밖으로 물러나 주십시오. 다시 한 번 말씀드립니다. 팀원들은 출발선 밖으로 물러나 주십시오.

방송을 들은 뮤스와 동료들은 지금부터는 혼자서 싸워야 하는 라벤에게 고개를 한번 끄덕여 주며 출발선에서 빠져나오고 있었는데, 여전히 걱정만은 떨칠 수 없는 듯 그들의 로데오에서 시선을 떼지 못하고 있었다.

출발선으로부터 멀리 떨어진 동료들이 잔뜩 긴장한 모습으로 침을 삼키고 있을 때 다시 한 번 방송이 흘러나왔다.

―전뇌거 운전자 여러분들은 동력기 시동을 걸어주시기 바랍니다.

그와 동시에 15대의 전뇌거는 웅장한 소리를 내기 시작했고 운전대를 잡은 운전자들은 창 너머로 다른 운전자들을 바라보며 분위기를 살피고 있었다.

로데오에 타고 있던 라벤은 예전보다 훨씬 긴장이 됨을 느꼈는데, 아무런 기대 없이 출전했었던 과거의 대회와는 달리 예전에 느낄 수 없었던 압박감이 그를 짓누르기 시작한 것이었다. 그는 스스로를 진정시키려는 듯 혼잣말을 중얼거리기 시작했다.

"후우! 자… 우리의 로데오는 최고다. 정신만 차리면 되는 거야. 호흡을 가다듬고 하나씩 간단하게 생각하자고. 신호가 울리면 전진 페달을 천천히 밟고… 변속기를 한 번 당겨주고……."

과연 그의 행동은 효과를 보이기 시작했는지 딱딱하게 굳어 있던 어깨가 조금씩 풀리는 것을 느낄 수 있었다.

심호흡을 반복하면서 정신을 가다듬자 그의 귀에는 출발 신호가 똑똑하게 들려왔다. 그리고 관중들의 시끄럽던 외침 소리가 점차 그의 귀로부터 멀어지고 있었는데, 자신도 모르는 사이에 시합에 집중해 가고 있는 것이었다.

출발 준비 신호가 울리기 시작했다.

—출발 5초 전입니다. 4초… 3초… 2초… 1초… 출발!

지금 라벤의 눈앞에는 곧게 나 있는 도로만이 존재하고 있었고, 달리고 싶다는 욕구와 함께 전진 페달을 밟았다. 로데오가 빠르게 앞으로 나가며 순간적으로 몸이 뒤로 젖혀진 라벤은 보일 듯 말 듯한 미소를 짓고 있었다.

"와아아아아아!"

전뇌거가 출발선으로부터 빠져나가기 시작하자 이곳에 모인 관중들은 시청이 떠나갈 정도로 환호하고 있었다. 동시에 15대나 되는 전뇌거들이 출발하는 멋진 광경과 지금까지는 상상치도 못할 속도를 내고 있는 전뇌거들이 그들을 영광케 하는 것이었다.

관중들의 환호에 파묻혀 로데오의 뒷모습이 사라지는 것을 바라보고 있던 팀 라벤의 동료들은 이제 자신들의 로데오가 돌아오는 것을 기다리는 것밖에 할 일이 없었기에 더욱 초조함을 느꼈다.

클라렌은 두 손을 굳게 모아 쥐며 물었다.

"라벤이 잘해낼 수 있을까? 혹시 무슨 사고라도 나면 어떻게 하지?"

누구를 향해 묻는지도 모를 그녀의 말을 듣고 있던 팔러 역시 로데오가 사라진 곳에서 시선을 거두지 못하며 입을 열었다.

"저 녀석 지난 대회 이후로 엄청나게 연습했잖아. 게다가 겔브 호수
의 도로에 대해서는 누구보다 더 잘 알고 있으니까 잘해낼 수 있을 거
야. 출발도 저 정도면 꽤 빨리 한 것 같고."

뮤스 역시 그의 말에 동의하고 있었다.

"출발 속도는 거의 1, 2위를 다투더군. 그 정도면 지금쯤 상당히 유
리한 위치를 잡고 있을 테니까 너무 걱정하지 않아도 될 거야."

동료들의 말을 듣고서야 조금 안정된 표정을 지은 클라렌은 로데오
가 사라진 곳에서 시선을 떼어낼 수 있었다. 동료들이 조금 진정하자
뮤스는 팀복을 벗으며 말했다.

"나는 잠시 다녀와야 할 곳이 있으니까 여기서 기다리고 있어."

그의 말을 듣고 있던 동료들은 로데오에 정신이 팔려 있었기에 대충
고개를 끄덕여 주었고, 뮤스는 다시 한 번 동료들의 모습을 확인하며
어디론가 사라지고 있었다.

햇살을 받으며 푸른빛을 반짝이고 있는 겔브 호숫가의 도로에는 다
섯 대의 전뇌거가 빠른 속도로 달리고 있었다. 시청에서 출발한 전뇌
거들은 어느새 겔브 호수를 반이나 돌고 있었는데, 이 다섯 대가 그중
선두 그룹이었다.

네 대의 루펜트들 앞으로 3번이라는 번호가 선명히 찍힌 로데오가
달리고 있었다. 급격한 코너가 이어지는 도로임에도 불구하고 마치 자
석이라도 붙인 듯 빠른 속도로 달리고 있었는데, 시간이 갈수록 뒤를
쫓는 루펜트들과의 거리가 벌어지고 있었다.

이때에도 라벤의 눈에는 구불구불하게 이어져 있는 길만이 보이고
있었다. 그는 달리는 것에 도취되기라도 한 듯 아무런 불안감도 느끼

지 않고 있었는데, 오직 나직한 목소리로 중얼거리고 있을 뿐이었다.

"가속 페달을 밟다가 코너가 보이면 변속기를 동시에 두 칸 내려준
다. 비록 변속기에 무리가 가긴 하겠지만 동력기의 회전을 줄이지 않
고서도 로데오의 속도를 줄일 수 있지."

라벤을 태운 로데오는 그의 말을 따르기라도 하듯이 빠른 속도로 멋
지게 코너를 돌고 있었다. 마치 로데오와 그의 몸이 하나가 된 모습이
었다.

수천 명이 넘는 관중이 밀집되어 있는 시청의 중앙 광장에서 뮤스는
빈틈없이 서 있는 사람들을 힘겹게 헤치며 어디론가 움직이고 있었다.

"죄송합니다. 지나갈 수 있도록 조금만 비켜주십시오."

하지만 그의 말을 들은 사람들이라고 해도 비켜줄 공간이 없었고,
오히려 이런 곳에서 사람들 사이를 헤치고 지나가려는 뮤스가 눈총을
받고 있었다. 어렵게 사람들 사이를 통과하여 그의 발걸음이 멈추게
된 곳은 거대한 임시 단상의 위쪽에 만들어져 있는 전뇌거 경주 진행
본부였다. 잠시 후 그 앞에서 진땀을 닦아낸 뮤스는 자신이 헤쳐 온 길
을 되돌아보며 한숨을 쉬었다.

"이제야 겨우 도착했군! 무슨 사람들이 이렇게 많은 거야?"

다시 고개를 돌린 뮤스가 전뇌거 경주 진행 본부로 올라가는 계단으
로 걸어가자 사람들이 올라오지 못하도록 지키고 있던 건장한 몸집의
사내들이 그의 앞을 가로막으며 굵직한 목소리로 말했다.

"이곳은 관계자 외에는 출입 금지입니다."

그들의 말에 주변을 살펴본 뮤스는 다른 사람들에게 자신의 정체가
드러나는 것을 꺼리는 듯 나직한 목소리로 말했다.

"저는 뮤스 드라켄이라고 합니다. 공학원의 원장이니 저곳에 들어갈
자격이 충분히 있는 것 같군요."

그러나 그의 말을 들은 사내들은 어이없는 듯이 실소를 터뜨렸는데,
전혀 그의 말을 믿지 않는 눈치였다.

"하핫! 웃기는 농담 그만 하고 다른 곳으로 가보게. 공학원의 원장
이 이런 곳에 있을 리가 없잖아?"

"제 말은 사실입니다. 믿을 수 없다면 로비나드 점장님을 직접 불러
주시죠."

"그분은 지금 바쁘시니 자네 같은 젊은이는 만나줄 시간이 없으시
네. 보아하니 공학원에 들어오고 싶어서 부탁을 하려는 모양인데 일찌
감치 마음을 접고 돌아가게나."

사내들이 강경하게 나오자 어쩔 수 없다고 여긴 뮤스는 임시 단상의
위쪽을 향해 큰 목소리로 외치기 시작했다.

"로비나드 지점장님! 로비나드 지점장님!"

주변이 워낙 시끄러웠기에 그의 목소리가 단상까지 닿는지 알 수 없
었고, 그의 돌연한 행동에 놀란 사내들은 급히 그의 팔을 끌어내기 시
작하는 것이었다.

"아니, 이 젊은이가 미쳤나! 갑자기 지점장님 이름을 부르고 난리
야!"

뮤스가 사내들의 팔에 정신없이 끌려가고 있을 때 단상에서 한 중년
인의 호통 소리가 들려왔다.

"자네들, 대체 원장님께 뭘 하는 짓인가!"

그 목소리를 들은 뮤스는 로비나드의 것임을 쉽게 알 수 있었기에
안도의 한숨을 내쉬었다. 사내들은 아직도 못 믿겠다는 듯이 자신의

팔에 매달려 있는 뮤스를 내려다보고 있었지만, 로비나드의 표정으로
보아 장난이 아님을 깨달은 사내들은 급히 그의 팔을 놔주며 큰 목소
리로 사과를 했다.

"죄, 죄송합니다, 원장님!"

그 덕에 더욱 당황한 것은 뮤스였는데, 무슨 일인지 주변의 사람들
이 들을까 걱정하고 있는 것이었다.

"사과는 그 정도면 됐으니까 그만 하고 하던 일 하세요."

짤막한 말을 남기며 단상으로 올라가는 뮤스의 뒷모습을 보며 한숨
을 내쉰 사내들은 입술이 바짝 마른 것을 느끼고 있었다.

"설마 저 청년이 정말 뮤스 원장이었다니. 그렇다면 올해는 우승자
수상을 원장이 직접 하는 건가?"

"작년까지만 해도 모습을 드러내지 않고 있던 원장이 직접 오다니.
이것 참 사건이군."

서로의 생각을 교환하며 대화를 나누고 있는 사내들을 뒤로하며 단
상으로 올라가자 그곳에는 여러 사람들이 바삐 움직이고 있었다. 단순
하게 보더라도 이번 경주를 관리하는 사람이라는 것을 알 수 있었는데,
탁자의 한곳에 원거리통신기가 설치되어 있어 대회의 진행 상황을 보
고받는 듯했다.

먼저 앞장서서 올라온 로비나드가 진행 본부의 중심에 놓여 있는 의
자를 권하며 의아한 표정으로 입을 열었다.

"저와 함께 오셨더라면 이런 고초를 겪지 않으셨을 텐데, 지금까지
무엇을 하고 계셨습니까?"

자리에 앉아 시청을 둘러보던 뮤스는 어색한 웃음을 지어 보이며 대
답했다.

"사실은 제가 어떤 사정으로 전뇌거 경주 팀의 팀원으로 나서게 되었습니다. 그래서 말인데 한 가지 부탁드릴 것이…… ."

뒷 이야기를 모두 들어보지도 않은 로비나드는 그의 말에 큰 호기심을 느끼며 되물었다.

"하핫! 전뇌거 경주 팀의 팀원이라고요? 제가 팀원들의 명단을 살펴봤지만 뮤스 원장님의 이름은 못 본 듯합니다만… 어떤 팀이죠?"

"아실지 모르시겠지만 2회 연속 꼴찌를 했던 팀 라벤입니다. 그곳에서 켈트라는 예명을 사용하고 있었습니다."

어쩐 일인지 로비나드는 그다지 놀란 표정이 아니었는데, 뮤스의 말을 듣고서야 어떠한 의문이 풀리기라도 한 듯 속시원해하고 있었다.

"아하! 그 팀에 바로 뮤스 원장님께서 계셨었군요. 작년까지만 해도 꼴찌를 달리던 팀이 지금 선두로 달리고 있어서 의아하던 참이었는데 그런 일이 있었다니…… ."

뮤스는 자신의 귀를 의심하며 되물었다.

"네? 지금 팀 라벤이 선두로 달리고 있다고 하셨습니까?"

"분명 그렇게 말씀드렸습니다. 그것도 2위와의 차이가 상당하다는 보고가 들어오고 있었죠."

"이런, 그렇다면 더욱 큰일이군."

뮤스는 이마를 짚으며 골치 아픈 얼굴을 하고 있었다. 전뇌거 경주가 끝나면 시상식을 거행해야 했고, 그곳에 뮤스가 공학원의 원장으로서 나선다면 팀의 동료들이 자신의 정체를 알게 되는 일이 발생하기 때문이었다. 그렇게 된다면 팀 라벤이 우승을 하더라도 동료들은 그것이 스스로의 실력이라 생각지 않을 가능성이 있었던 것이다.

잠시 머리를 부여잡고 생각해 보던 뮤스는 로비나드의 손을 부여잡으며 말했다.

"로비나드 지점장님, 제가 찾아온 것은 다름이 아니라 저의 부탁을 좀 들어주셨으면 해서입니다. 이번 경주에서 제 대신 우승자에게 상을 수여해 주시면 안 되겠습니까? 꼭 부탁드립니다."

갑작스러운 뮤스의 부탁에 얼떨떨해하던 로비나드는 손을 내저으며 완고하게 거절했다.

"그럴 수는 없습니다. 제가 이번 전뇌거 경주에서 시상을 한다면 그 것은 이 행사 자체의 권위를 떨어뜨리는 것이 됩니다. 게다가 제가 시상을 하는 것은 이곳에 출전한 젊은이들에게 모독적인 행위입니다. 그들은 공학원을 대표할 만한 사람에게 인정을 받고 싶은 것이지 저와 같은 일개 지점장의 인정을 받고 싶어하는 것은 아니니까요. 그러니 크라이츠님과 켈트님께서도 경주 때마다 바쁘신 일정을 접으시고 찾아오셔서 직접 시상을 해주신 것입니다."

"하지만……."

"이곳에 꼭 계셔야 합니다. 제가 뮤스 원장님의 아랫사람이긴 하지만 원장님께서 고집하신다면 막을 도리밖에 없습니다."

아무리 봐도 로비나드는 그의 부탁을 들어줄 모습이 아니었는데, 결국 빼도 박도 못하는 난처한 상황에 빠져 버린 뮤스였다.

해가 약간 기울며 한낮의 기세가 조금 꺾일 무렵, 루이센 시청까지 이어진 사람들의 행렬이 일대 장관을 이루기 시작했다. 바로 시청 건물에서 먼 곳으로부터 엄청난 환호성이 일렁이기 시작했기 때문인데, 그 환호성은 전염이라도 되는 듯 빠른 속도로 시청으로 향하고 있었다.

"와아아아!"

뮤스가 앉아 있던 진행 본부에까지 그 여파가 닿고 있었다. 주변은 바로 옆 사람의 목소리도 들리지 않을 만큼 환호성으로 가득 차 있었는데, 그들의 반응을 본 뮤스는 드디어 선두의 전뇌거가 들어오고 있음을 알 수 있었다.

잠시 손을 만지작거리며 시상식에서 어떻게 해야 할지 고민에 빠져 있던 뮤스는 환호성이 가까워지는 만큼 그의 고민도 깊어지고 있었다.

부르르릉…….

색색으로 일렁이는 관중의 파도를 가르며 드디어 선두의 전뇌거가 뮤스가 앉아 있는 진행 본부에서도 확인할 수 있을 만큼 다가오고 있었다. 선두로 달려오는 전뇌거에는 3번이라는 숫자가 찍혀 있었고, 그것을 발견한 뮤스는 기쁜 마음과 고민스러움이 기묘하게 교차하고 있었다.

"결국은 우승을 하고 마는구나."

시선을 돌린 뮤스는 단상의 먼발치에 있는 팀원들의 모습도 확인할 수 있었다. 그들 역시 자신들의 로데오를 발견하기라도 했는지 클라렌은 입을 막으며 어쩔 줄 몰라 했고, 팔러는 뚱뚱한 몸에도 불구하고 펄쩍펄쩍 뛰며 기쁨을 표하고 있었다.

팀 라벤의 로데오는 점점 커지는 환호성을 받으며 골인 지점으로 달려오고 있었고, 팀의 동료들은 그를 맞이하기 위해 골인 지점으로 나가는 중이었다.

뭐니 뭐니 해도 이 자리에 있는 사람들 중 가장 이 사실을 믿을 수 없는 사람은 로데오를 운전하고 있는 라벤이었다. 그는 얼마 전까지만 해도 자신의 앞으로 달리는 차량이 보이지 않는다는 것에 대해 큰 좌절감을 느끼고 있었지만, 관중들의 행동은 과거 자신이 골인 지점으로 향할 때와는 사뭇 다른 것을 느꼈고, 그런 연후에야 자신의 앞에 어떠한 전뇌거도 지나가지 않았음을 깨달을 수 있었던 것이다.

"내가… 우승인가?"

자신에게 물음을 던진 라벤의 시야는 주책맞게 찾아온 눈물로 조금씩 가려지고 있었다. 이대로 골인 지점으로 들어간다면 기쁜 마음으로 자신을 기다리고 있을 동료들을 만날 것이라 생각한 라벤은 눈물을 보이기는 싫다고 느끼며 소매로 눈물을 훔쳤다. 하지만 눈물은 쉽사리 멈추지 않고 있었는데, 지난 시간 동안 겪었던 서러운 일들이 지금 이 순간 모두 떠오르고 있었기 때문이다.

어찌 보면 그에게 전뇌거 경주는 공학원에 들어가기 위한 하나의 방법이기보다는 그의 열정을 모두 담았던 큰 꿈이었고, 지금이 바로 그 꿈이 이루어질 순간인만큼 진정을 하는 것은 무리가 있었던 것이다.

그리고 잠시 후, 골인을 알리는 깃발이 펄럭이는 것을 볼 수 있었던 라벤은 그나마 참고 있던 눈물을 모두 쏟아버리기 시작하며 외쳤다.

"내가 우승이야!"

결국 팀 라벤의 로데오는 누가 보더라도 여유있는 모습으로 결승점을 통과했다.

어쩌면 전뇌거들의 각축을 원하고 있을지도 모를 관중들은 조용한 우승을 아쉬워할 수도 있었겠으나, 로데오가 골인 지점으로 달려오는 것을 지켜보고 있던 동료들에게는 그 여유로운 모습마저도 긴장한 눈으로 볼 수밖에 없었고, 골인 지점을 통과하고 나자 너무나 떨었던 나머지 어깨까지 아파올 지경이었다. 하지만 이런 때에 어깨를 주무르고 있을 정신은 그들에게 없었다. 그들은 이 자리에 있는 그 어떤 관중보다 큰 목소리로 환호성을 터뜨려야 할 권리를 가졌기 때문이다.

“이런 세상에! 우리가 우승을 했어!”

“하하핫! 작년까지 꼴찌를 하던 우리가 우승을 했다고!”

자신들의 로데오가 멈춰 선 것을 확인한 팀의 동료들은 그들이 지을 수 있는 가장 기쁜 모습으로 로데오를 향해 뛰어갔고, 라벤과의 감동의 포옹을 기대하는 중이었다.

로데오까지 달려온 클라렌과 팔러는 서둘러 문을 열었다. 그리고 라벤을 향해 축하의 한마디를 던지려 할 때 그의 얼굴을 볼 수 있었는데, 눈물과 콧물이 뒤범벅이 되어 도저히 못 봐줄 지경이었다. 평소 같았더라면 손가락질을 하면서 놀렸을 테지만, 지금까지 같은 길을 걸어온 이유로 라벤의 마음을 충분히 이해할 수 있었던 클라렌과 팔러는 그 자리에 서서 눈물을 흘리기 시작했다.

그 뒤를 이어 골인 지점으로 들어오는 전뇌거들의 한가운데서 우승 팀이 통곡을 하는 진풍경이 벌어지기 시작하자 관중들은 고개를 갸웃거리며 술렁이고 있었다. 관중들의 목소리를 들은 라벤은 정신이 없는 와중에도 자신들의 실태를 깨달으며 눈물과 콧물을 대충 닦아내며 동료들을 향해 외쳤다.

“이봐! 우승을 했는데도 울고 있으면 어떡해! 다른 사람들이 우리를 뭐라고 하겠어! 빨리 콧물이나 좀 닦으라고!”

밝은 표정으로 외치고 있는 라벤을 보며 눈물을 흘리다 말고 크게 웃은 클라렌은 그의 볼을 가리키며 외쳤다.

“호홋! 네 볼에 길게 묻은 콧물이나 제대로 닦으시지? 네가 징징 짜면서 들어오니까 우리도 울었다! 사내 녀석이 혼자 울고 있으면 꼴불견이잖아!”

팔러 역시 통통한 볼 살로 흐르는 눈물을 소매로 대충 쓸며 미소를 지었는데, 뒤늦게서야 라벤을 끌어안으며 기쁨을 표하기 시작했다.

"이 녀석, 라벤! 네가 언젠간 해낼 줄 알았다니까!"

"하핫! 나도 결혼을 해야 하는데 네가 이렇게 껴안으면 이상한 소문이 날지도 모른다고!"

"너도 켈트 녀석 흉내를 내는 거냐!"

기쁨을 감추지 못하며 팔러와 실랑이를 벌이다 말고 주변을 급히 둘러본 라벤은 클라렌을 향해 물었다.

"그런데 켈트는 어디 있어? 함께 있었던 것 아니야?"

라벤의 말을 듣고서야 뮤스가 없다는 것을 깨달은 클라렌은 한참 전의 기억을 되살리며 대답했다.

"아! 그러고 보니 깜빡하고 있었는데, 켈트는 어디 좀 다녀온다고 그러고서 사라지더니 아직 안 왔어."

"승리의 주역이 어디 간 거지, 이 중요한 때에?"

하지만 그의 고민은 길게 이어질 수 없었는데, 그들의 우승을 축하하기 위한 수많은 관중들이 몰려들더니 팀 라벤을 뜻하는 초록색의 옷을 입은 팀원들을 번쩍 들어 올려 시청 광장의 중심부에 있는 시상대를 향해 나르기 시작한 것이었다. 이런 경험이 처음이었던 그들은 적잖게 당황하긴 했지만 매년 우승자에게 해주던 축하의 행동임을 알 수 있었던 그들은 다시 한 번 이것이 꿈이 아닌지 생각해 보고 있었다.

같은 시각, 뮤스와 로비나드는 행사 요원들에 휩싸여 시상대의 뒤쪽으로 와 있었다. 뮤스의 손에는 순금으로 만든 트로피와 한 장의 질 좋은 종이로 만들어진 연구원 임명증이 들려 있었다. 이것들이 바로 우승자의 손에 쥐어줄 모든 것이었고, 이곳에 참여한 모든 이들은 이 두 가지를 받기 위해 모든 정열을 쏟아 부은 것이나 마찬가지였다.

뮤스가 손에 들고 있는 물건들을 내려다보며 인간이 물질에 부여하는 가치에 대한 짧은 생각을 하고 있을 때 로비나드의 목소리가 귀로 들어왔다.

"뮤스 원장님께서는 제가 부른 후에 올라오시면 되는 것입니다. 부탁을 들어드렸으면 좋았을 텐데 어쩔 수 없는 일이라 죄송하기 짝이 없습니다."

뮤스는 이제 체념한 듯 고개를 저으며 대답했다.

"아닙니다. 어차피 제가 해야 할 일이었으니까요. 다만 동료들이 화를 내지 않았으면 좋겠군요."

"잘 풀리겠죠. 그럼 저부터 올라가도록 하겠습니다."

뮤스에게 따뜻한 미소를 지어 보인 로비나드는 뒤쪽에 설치되어 있던 계단을 걸어 올라가 시상대로 사라졌고, 혼자 남은 뮤스는 보이지도 않는 시상대 쪽을 멀뚱히 바라보고 있었다.

얼마 지나지 않아 시청 광장에는 로비나드의 목소리가 확성기를 통해 울려 퍼지기 시작했다. 평소의 차분하던 목소리에 조금의 흥겨움을 담아내고 있었는데, 이곳에 모인 관중들의 호응을 끌어내기 위한 방법인 듯했다.

─오늘 제4회 전뇌거 경주에 참가해 주신 여러분들께 진심으로 감사드립니다. 오늘도 매년 그래 왔던 것같이 새로운 우승 팀이 나왔습니다. 그 팀은 여러분들이 보신 대로 팀 라벤입니다. 여러분들께 팀 라벤을 소개시켜 드립니다!

팀 라벤의 이름이 로비나드의 입에서 흘러나오자 또다시 시청 광장은 끓어오르고 있었는데, 관중들은 하루 전까지만 해도 아무런 관심도

가져주지 않던 팀을 연호하기 시작하고 있었다.

"팀 라벤! 팀 라벤!"

그리고 주변을 진정시킨 로비나드는 잠시 숨을 몰아쉬며 말을 이어 갔다.

―그리고 오늘은 또 다른 의미에서도 특별한 날입니다. 이곳에 우승 팀을 시상하기 위해 대단한 분이 와 계십니다. 그분의 이름은 뮤스 드라켄, 저희 공학원의 설립자이며 현 원장님을 소개시켜 드리겠습니다!

이번에는 팀 라벤을 소개했을 때와는 전혀 다른 분위기의 술렁임이 일고 있었다. 그것은 호기심과 경외심이 동시에 섞인 미묘한 분위기였는데, 시상대의 뒤에서 대기하고 있던 뮤스는 드디어 자신이 나서야 할 때라는 사실을 깨닫고 나직한 한숨과 함께 계단으로 오르기 시작했다.

시상대와 연결되어 있는 작은 문을 열고 들어선 뮤스는 가장 먼저 시상대에서 사람들을 향해 손을 흔들어주고 있는 라벤과 동료들의 얼굴을 볼 수 있었다. 뮤스는 이 순간 그 뒤로 보이는 수많은 사람들은 눈에도 들어오지 않고 있었는데, 그만큼 동료들이 어떤 반응을 보일지 걱정이 되는 것이었다.

뮤스가 우승자에게 시상을 할 트로피와 연구원 임명증을 들고 시상대에 올라서자 관중들은 먼발치에서 그의 얼굴을 보기 위해 노력하고 있었다. 뒤돌아 서 있던 동료들도 역시 천천히 몸을 돌리며 기대에 찬 표정으로 공학원의 원장이 나오는 곳을 향했다.

뮤스의 생각대로 동료들의 시선이 뮤스의 얼굴에 닿는 순간 그들의 표정은 딱딱하게 경직되었고 믿지 못하겠다는 듯이 자신의 눈을 부비기도 했다. 잠시 뮤스의 얼굴을 보며 서 있던 라벤이 더듬거리는 목소리로 물었다.

"케, 켈트?"

예상은 하고 있었지만 막상 닥치고 보니 동료들의 반응에 어떻게 대해야 할지 몰랐던 뮤스는 어색한 미소를 지어 보였다. 그때 그들의 사이에서 흐르고 있는 분위기를 잘 몰랐던 로비나드가 끼어들며 서로를 소개하기 시작했다.

"뮤스 원장님, 이쪽은 잘 아시다시피 올해의 우승 팀인 팀 라벤입니다. 그리고 팀 라벤 여러분, 이분은 공학원의 원장인 뮤스 드라켄이십니다."

로비나드의 말을 들으며 자신의 팀 동료였던 켈트가 공학원의 원장이었다는 사실을 받아들일 수밖에 없었던 팀 라벤의 동료들은 지금 이 순간 지난 일들이 머리를 스치며 지나가기 시작했는데, 불과 반나절 만에 전뇌거를 모두 조립하고, 그 누구도 손을 대지 못하는 동력기를 아무렇지도 않게 개량한 사실들을 떠올려 본 팀의 동료들은 이제야 모든 것이 이해가 되는지 허탈한 표정을 짓고 있었다. 라벤은 잠시 주변의 인물들을 둘러보며 뮤스를 향해 말했다.

"켈트… 아니, 이제 뮤스 원장님이라고 불러야 하나?"

껄끄럽기만 한 라벤의 목소리를 들은 뮤스는 자신이 걱정하고 있던 일이 나타나기 시작하자 그들을 이해시키기 위해 입을 열었다.

"내 말 좀 들어봐, 라벤. 내가 너희들을 도와준 건 동정 따위가 아니었어. 그때……."

"그런 변명은 하지 않아도 돼. 우리가 바보가 아닌 이상에야 어떻게 된 일인지 충분히 알 수 있으니까. 이건 우리들의 우승이 아니라 너의 우승이다."

뮤스의 말을 허리를 자르고서 허탈한 목소리로 입을 열었던 라벤은 고개를 내저으며 자신들을 향해 열광하고 있는 관중들을 바라보았다. 그리곤 큰 결정이라도 하듯 숨을 들이쉬었다. 시상대에 준비되어 있던 확성기를 잡은 라벤은 잠시 동료들의 표정을 살핀 후에 엄청난 수의 관중들을 향해 말했다.

―안녕하십니까, 저는 팀 라벤의 리더인 라벤입니다.

인사말이 끝나자 상황이 어떻게 돌아가는지 아직도 모르는 관중들은 변함없이 열렬한 환호성을 지르고 있었다. 그들을 보며 쓴웃음을 지은 라벤은 자신이 하고자 하는 말을 이어 나갔다.

―여러분들의 성원에 미안한 말이지만, 저희는 팀 라벤은 이번 우승을 포기하도록 하겠습니다.

라벤의 갑작스러운 우승 포기 발표는 관중들로 하여금 엄청난 반향을 일으키고 있었다. 그 자세한 이유를 알 수 없었던 관중들은 의아한 시선으로 어떠한 해명을 바라고 있었지만 라벤은 자신을 향해 모아지고 있던 시선들을 외면한 채 동료들이 서 있는 곳으로 걸어와 뮤스를 향해 입을 열었다.

"우리에게 잠시나마 우승의 기분을 맛보게 해줘서 정말 고맙군. 그리고 우리는 네게 화가 난 것도 아니고, 어쩌면 내일 아침에 일어나서 우승을 포기한 것을 후회할지도 모르지. 하지만 이건 우리가 원하던 것이 아니야. 비록 꼴찌를 하는 한이 있더라도 당당하게 경주에 참여하고 싶었지 이런 방식으로까지 우승을 하고 싶었던 것은 아니었어."

어깨를 으쓱거리며 동료들을 바라본 라벤은 뮤스를 향해 가뿐한 미소를 지어주었다.

"후훗! 비록 우승은 포기했지만, 소문으로만 떠돌던 공학원의 원장과 한동안 같은 팀이었다는 사실만으로 우리는 만족할 수 있을 것 같다. 그럼 우리는 우승자에게 자리를 양보하고 내려갈게."

라벤과 그의 동료들은 축 처진 뒷모습을 뮤스에게 보이며 시상대에서 쓸쓸히 내려가기 시작했다. 그들의 쓰린 마음을 백분 이해할 수 있었던 뮤스는 이대로 그들을 보낼 수는 없다는 생각에 시상대의 앞쪽으로 걸어나가 확성기를 잡았다. 그러자 사람들은 또 무슨 일인가 하는 생각에 뮤스의 얼굴로 시선을 모으기 시작했고, 뮤스는 팀 라벤의 동료들에게 시선을 고정시키며 입을 열었다.

—여러분들은 팀 라벤의 우승 포기에 의아해하시고 계실 것입니다.

갑자기 뮤스의 목소리가 확성기를 통해 시청 광장에 울려 퍼지기 시작하자 시상대에서 내려가고 있던 동료들은 몸을 돌려 뮤스를 바라보았다. 뮤스의 이야기는 계속되었다.

—제가 대신해서 일의 경위를 설명해 드리겠습니다. 저는 사실 제 신분을 속인 채 팀 라벤의 동료가 되어 그들의 전뇌거를 개조해 주었습니다.

지금 뮤스의 이야기는 그리 간단히 생각할 수 있는 성질의 것이 아니었는데, 뮤스가 직접 팀 라벤을 도왔다고 하는 것은 주최측에서 자신들의 부정을 스스로 인정하는 것이나 다름없었기 때문이다.

술렁이는 사람들의 반응을 뒤로한 채 뮤스는 계속해서 말했다.

—우선 여러분들은 제 이야기를 듣기 전에 팀 라벤에 대해서 들어주셨으면 고맙겠습니다. 그들은 15개의 참가 팀 중 유일하게 후원자가 없는 팀이었고 가장 약체로 평가되던 팀이었습니다. 그런 연유로 낮에는 직장에서 일을 해야만 했고 밤에는 잠을 쪼개가며 전뇌거 경주를 준비해야 했습니다.

뮤스의 말을 듣고 있던 관중들은 각자 다른 반응을 보였는데, 이미 그런 사실을 알고 있는 듯 고개를 끄덕이는 사람들도 있었고 오늘에서야 처음 알게 되었는지 측은한 눈길로 보는 사람들도 있었다.

—저는 며칠 전 우연한 기회에 팀 라벤과 인연을 맺게 되었습니다. 그리고 며칠간 그들과 생활을 하며 작업하는 모습을 지켜볼 수 있었습니다. 제대로 된 동력기 하나 갖추지 못한 열악한 상황에서도 열정과 도전 정신만으로 경주에 참여하려는 그들의 모습을 보았을 때 저는 큰 감동을 받을 수밖에 없었습니다. 그래서 저는 팀 라벤에게 최소한의 환경을 만들어주고 싶은 마음에서 팀 라벤의 동료가 되었고, 이번에 쓰인 로데오 기종의 동력기만을 수리해 준 것입니다. 물론 그 동력기의 성능 역시 여타 참가 팀의 동력기와 별반 다른 것이 없는 것입니다. 저는 맹세컨대 그 외의 일을 한 적이 없습니다.

지난날 팀 라벤에서 있었던 뒷이야기 듣고 있던 관중들은 뮤스의 행위에 대해서 수긍을 하기 시작했는데, 그것은 이제 부정의 의미가 아니라 오히려 인도적인 행동으로 인식이 되고 있었던 것이다.

하고자 했던 말을 대충 끝마칠 수 있었던 뮤스는 아직도 얼떨떨해하고 있는 팀 라벤의 동료들을 가리키며 관중들을 향해 호소했다.

—말하자면 팀 라벤은 기본의 조건을 겨우 충족시킨 로데오를 자신들의 실력으로 개조하여 당당하게 우승한 것입니다. 하지만 지금 팀 라벤은 그것을 인정하지 않은 채 우승의 이유를 제게 돌리며 우승 포기 선언을 한 것입니다. 여러분들은 그들이 우승자의 자리에 설 자격이 없다고 생각하십니까?

뮤스의 질문이 던져진 순간 환호성으로 뒤덮여 있던 시청 광장은 거짓말처럼 조용해져 있었다. 팀 라벤의 동료들은 돌연한 분위기에 관중들을 살피기 시작했고, 확성기를 잡고 있던 뮤스도 긴장된 표정이었다.

그리고 잠시 후 거짓말같이 시청 광장을 가득 매우는 관중들의 목소리가 다시 들리기 시작했다.

"팀 라벤! 팀 라벤! 팀 라벤!"

이 자리에 모인 관중들은 결국 팀 라벤에게 우승의 손을 들어준 것이다. 아직도 상황을 이해하지 못한 라벤과 팔러, 클라렌은 자신의 귀를 의심하며 관중들을 바라보았다.

"지금 사람들이 우리를 부르는 건가?"

"아무래도 우리가 우승 받아들여도 된다는 뜻 같은데…….."

"하… 하… 분명 이건 꿈이겠지?"

자신의 볼을 꼬집어보던 라벤은 누군가가 자신의 어깨를 잡는 것을 느끼며 고개를 돌렸다. 그곳에는 뮤스가 턱짓을 하며 시상대로 오르라는 신호를 하고 있었는데, 서로의 얼굴을 살핀 팀 라벤의 동료들은 시상대로 자리를 옮겼다. 그리고 시상대에 당당히 서서 관중들을 바라보자 시청 광장을 가득 메운 관중들은 모두 그들을 향해 엄지손가락을 치켜들었다. 이제 안도할 수 있었던 뮤스는 원래 라벤에게 건네주려 했던 트로피와 연구원 임명중을 던지듯 안겨주며 말했다.

"빨리 받으라고. 꼴찌했을 때는 전뇌거 탓을 하더니 우승을 하고 나니까 내 탓을 하는 거야? 이번 경주는 틀림없이 너희들의 실력으로 우승한 것이고 관중들도 너희들의 우승을 인정했으니까 더 이상은 딴소리하지 말라고!"

팀 라벤의 동료들은 더 이상 뮤스에게 아무런 말도 하지 못했고, 금방이라도 울음을 터뜨릴 것 같은 표정을 숨기려는 듯 고개를 숙이고 있었다. 그들의 어깨를 두드린 뮤스는 뒷짐을 지며 말했다.

"연구원 임명중을 받았으니 너희들도 공학원 식구가 된 거군. 이젠 너희들이 나의 팀에 들어온 것이나 마찬가지니 이번에도 잘해보자고. 팀 라벤이 해냈던 것처럼 말이야.”

그의 말을 듣고 있던 라벤은 새어 나온 눈물을 닦으며 한마디 했다.

“훗! 그래도 너한테 높임말을 쓸 수는 없으니까 알아서 해.”

라벤의 옆에서 훌쩍이고 있던 클라렌 역시 뮤스의 어깨를 툭 치며 말했다.

“그건 나도 마찬가지야. 그리고 공학원에 가면 꼭 켈트님과 인사시켜 주는 거 잊지 말고.”

마지막으로 일이야 어찌 되었든 결국 우승을 해서 기분이 좋았던 팔러는 눈물이나 훌쩍이고 있는 동료들을 향해 거구를 날리며 외쳤다.

“하하핫! 다들 이 무슨 추한 짓들이야! 지금은 우승을 축하해야 할 때인데 그런 소리나 하고 있다니!’

“어어!’

전혀 예상치도 못한 상태에서 그의 육체 공격에 당해야만 동료들은 결국 균형을 잃으며 볼썽사납게 넘어졌고, 그들에게 환호를 보내던 관중들은 어리둥절한 표정이었다. 하지만 시상대에 엉켜 넘어져 있는 상태에서도 그들의 얼굴에는 시원한 미소가 걸려 있었다.

팀 라벤의 동료들이 우승을 기뻐하고 있을 때 먼발치에서 시상대 쪽을 바라보고 있는 이들이 있었다. 이들은 각자 천체만리경을 통해 시상대의 위에서 일어나는 일들을 생생하게 보고 있는 중이었는데, 놀랍게도 라이델베르크에 있어야 할 크라이츠와 켈트, 그리고 카타리나였다.

천체만리경을 눈에서 떼어낸 크라이츠는 팔짱을 끼며 흐뭇한 표정으로 입을 열었다.

"호홋! 뮤스 녀석, 오랜만에 보니 제법 씩씩해진 것 같군요."

그녀의 옆에 서서 천체만리경에서 눈을 떼지 못하고 있던 켈트 역시 고개를 끄덕이며 미소 지었다.

"껄껄, 여전히 힘은 남아도는 것 같군요. 저 녀석을 보니 괜히 눈물이 팽 도는군. 쩝… 카타리나는 어때?"

켈트의 물음에 카타리나는 어떤 대답 대신 촉촉한 눈물을 머금으며 환한 미소만을 지어 보이고 있었는데, 지난 3년간 가슴에 지녀왔던 아픔과 걱정을 지금 이 순간 한꺼번에 날려 버리고 있는 듯했다.

〈제7권 끝〉

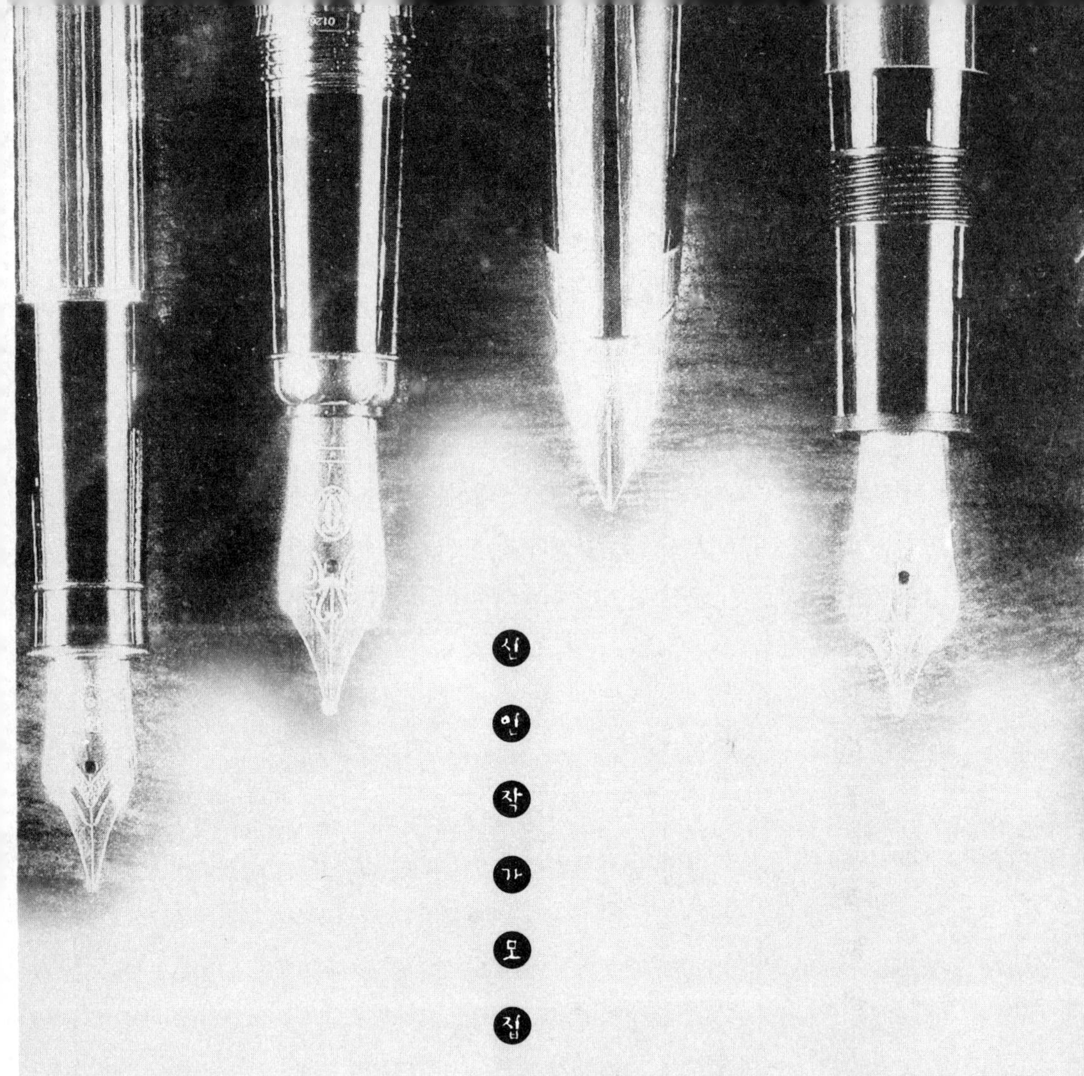
신
인
작
가
모
집